ROGUE ANGEL - VERSION FRANÇAISE

KYLIE GILMORE

Traduction par
LAURE VALENTIN

Rogue Angel © 2020 par Kylie Gilmore

Couverture par : Michele Catalano Creative

Traduction par : Laure Valentin Translation

Publié par : Extra Fancy Books

ISBN-13 : 978-1-64658-059-0

1

Becca

On ne m'a pas posé un lapin. Je parcours rapidement des yeux la Corde Pincée, mon bar préféré de Brooklyn, à la recherche de mon rencard trouvé sur eLoveMatch. Aucun blond vêtu d'un pull blanc en vue. Ce n'est pas comme si la salle était immense, il n'y a que le bar en forme de L et une rangée de tables hautes en face. À l'avant se trouve un petit espace réservé aux musiciens. Le décor est branché, avec des guitares électriques accrochées aux murs et des guirlandes suspendues au plafond.

Je jette un coup d'œil au tabouret de bar vide à côté de moi. Apparemment, j'ai un rencard avec mon cardigan. Ah ah. J'ai posé mon sac à main et mon cardigan sur le siège pour le réserver. *Soupir.*

Je regarde l'heure sur mon téléphone. Vingt heures trente. Le groupe commence à jouer à vingt et une heures. S'il n'est pas arrivé d'ici là, je partirai. Je dois. Rester. Positive.

Je bois une gorgée de chardonnay bon marché tout en écoutant sans aucune honte les trois mecs d'une vingtaine d'années assis de l'autre côté de mon siège réservé. Ils se ressemblent : cheveux sombres, une barbe de taille variée et une carrure musclée qui moule leur T-shirt et leur jean élimé. Je suppose que ce sont des frères ou des cousins. Le plus proche de moi est le plus discret, mais quand il parle, les deux autres l'écoutent avec attention. Il n'arrête pas de dire qu'ils ne devraient pas parler du boulot, vu qu'on est vendredi soir, mais ensuite il le fait quand même. Il semble très impliqué dans le projet sur lequel ils travaillent, quelque chose qui se passe sur le front de mer. On dirait qu'ils sont promoteurs immobiliers. Il se tourne soudain et croise mon regard. Mon souffle se coince dans ma gorge. Il a des yeux d'un bleu perçant. J'ai l'étrange sensation qu'il voit à travers moi, jusqu'au plus profond de mon âme. Tous mes sens passent en alerte maximale et mon pouls palpite dans mes veines.

Je tourne la tête, embarrassée par ma réaction intense à cet étranger. En temps normal, il me faut un moment avant de m'habituer à un homme. Je suis plus du genre réservé. J'ai envie de lui lancer un autre coup d'œil discret, mais je n'ose pas. Je ne crois pas l'avoir déjà vu ici. Je me souviendrais de ces yeux, j'en suis sûre.

Il reprend sa conversation et ignore ma présence, assise là toute seule. Je m'autorise un léger soupir de déception. Pas pour lui, m'assuré-je. Je suis déçue parce que Bill est en retard. Je ne suis évidemment pas venue ici pour draguer un type au hasard pendant que j'attends mon rencard. Je regarde mon téléphone pour voir si j'ai un SMS, un appel manqué ou un message privé sur l'application de rencontres. Rien. Mon estomac se serre.

Je carre les épaules et plaque une expression plaisante sur mon visage. Ce n'est pas si grave, d'être seule dans un bar un vendredi soir. Et je ne resterai peut-être pas seule longtemps. D'accord, Bill a une demi-heure de retard pour notre rendez-vous – et j'étais en avance, ce qui donne l'impression que j'attends depuis plus longtemps – mais il reste encore de l'espoir. Il a peut-être été retardé au boulot, ou bien il est coincé dans le métro, ou il a été heurté par une voiture. Je me sens rassurée à l'idée qu'il soit peut-être gravement blessé quelque part, à regretter de n'avoir pu me rejoindre ici. Ça n'a rien de personnel. Je suis *certaine* qu'il ne s'est pas enfui après m'avoir examinée de loin.

Je vous jure que je suis exactement comme sur ma photo de profil – cheveux blonds et raides qui m'arrivent aux épaules, yeux bleu clair, peau pâle, pommettes hautes et nez plutôt large. Il n'est pas énorme, mais ce n'est pas non plus l'un de ces trucs étroits. D'accord, à un mètre quatre-vingt-cinq, je suis plutôt grande, pour une femme, mais je ne pense pas que ça devrait déplaire à Bill, à moins qu'il ait menti sur sa taille. Certains mecs sont si bizarres à ce sujet. Et puis, je suis assise depuis un bon moment et je porte des ballerines plates. Il est impossible qu'il ait réussi à déterminer ma taille.

Je lisse mes cheveux, une très légère inquiétude me submergeant. Il paraît que je renvoie une aura froide et régalienne (selon les gens polis) ou que je suis une reine des glaces, selon les moins polis. Ce qui est ridicule. D'abord, ce n'est pas ma faute si j'ai le genre de teint pâle qui fait penser au mot « givré ». Ensuite, je viens d'un quartier ouvrier du Queens. Mes parents sont tous les deux professeurs. J'ai les pieds sur terre et je suis extrêmement pragmatique. Raison pour laquelle je sais qu'il faut embrasser beaucoup de crapauds avant de trouver le bon partenaire. J'ai vingt-neuf ans et je suis prête à me caser. C'est pour ça que j'accepte un rencard par semaine sur eLoveMatch depuis sept semaines. Ce site de rencontres a la réputation d'être un service de premier choix pour les gens à la recherche d'une relation sérieuse.

Je me tourne vers la porte, pleine d'espoir, en entendant des voix. Non. C'est le groupe qui arrive pour s'installer à l'avant. Mes épaules s'affaissent et tous mes membres me paraissent soudain lourds. Je me reporte mon attention sur mon vin et en bois une gorgée généreuse. Bill semblait si chaleureux et charmeur, dans ses messages. Je ne m'attendais pas à ce qu'il reste aux abonnés absents. Je commence vraiment à me lasser de tous ces types décevants.

C'est la première fois qu'on me pose (peut-être) un lapin, mais pas un seul rencard n'a progressé jusqu'au deuxième rendez-vous. Je vous jure que ce n'est pas ma faute. Seulement, ça ne colle pas, et je le sens dès la première heure. Je ne suis pas non plus difficile, malgré ce qu'affirmait mon ex. Je n'irai pas jusqu'à dire que je suis quelqu'un de détendu – plutôt une vraie fonceuse – mais j'essaie vraiment de changer ça et de m'adoucir un peu, pour ma propre santé.

C'est mon ex, Oliver, qui a complètement paniqué, pas moi. Je ne trouve pas qu'il soit aussi choquant que j'aie abordé le mariage quand on était en couple depuis un an. Ce n'est pas comme si je lui avais fait une demande en mariage ! J'ai juste mentionné que j'en avais envie dans un futur proche, et je lui ai demandé s'il était d'accord. En réponse, il a rompu avec moi. Ai-je précisé que c'était le Réveillon du Nouvel An ? Excellente façon de marquer la nouvelle année. Ou pas. J'aimerais pouvoir dire que ça ne m'a pas touchée, mais pour être honnête, ça a été le début de la fin. J'étais déjà épuisée par mon emploi de conseil en gestion à cause de ses longues journées de travail, ses voyages constants et dans ma détermination erronée à l'oublier en me concentrant sur le boulot, j'ai passé les six mois suivants à dégringoler vers le burn-out. J'ai démissionné fin juin et je me suis donné quatre semaines pour me ressaisir et trouver un nouveau sens à ma vie. Par chance, j'ai assez d'argent de côté pour faire ça. Mon ancien boulot payait très bien, mais il a fait des ravages sur ma santé. Difficile de passer d'une carrière à cent à l'heure qui me faisait voyager dans le monde entier à la vie que je mène aujourd'hui, alors que je cherche le moyen de vivre une existence plus détendue. Mais j'ai réussi. J'ai revu mes priorités et tout se passe comme prévu. Ou presque.

Je jette un regard à mon téléphone, espérant toujours. Ma recherche de partenaire est la partie de mon nouveau projet de vie qui ne se passe pas très bien. Je dois être patiente. Je vais attendre un peu plus longtemps, au cas où Bill ait une bonne excuse. De toute façon, ça fait neuf mois que j'ai rompu avec Oliver, et j'ai tourné la page. Vraiment. Oliver m'a énormément facilité la tâche en essayant de se remettre avec moi plusieurs fois « sans se prendre la tête ». Traduction : il voulait que je sois son plan cul. Oui, non merci. Je ne dis pas que ça a été facile de l'oublier – j'ai le cœur sensible – mais savoir que c'était une impasse m'a vraiment simplifié les choses.

Une grande main se pose sur mon épaule, me faisant sursauter. Mon rencard est enfin arrivé ! Je me retourne avec un grand sourire, qui reste figé sur mes lèvres alors que mon estomac se noue. C'est mon ex, l'air bronzé et détendu, ses cheveux brun clair habilement décoiffés. Qu'est-ce qu'Oliver fait ici ? Il détestait cet endroit, il disait que c'était un trou à rats. Il n'aime que les bars hipsters qui servent de la cuisine raffinée. Et il a amené une femme avec lui. Elle est belle. Bon sang. Longs cheveux bruns et ondulés, yeux sombres aux longs cils, toute en courbes et accrochée à son bras comme si elle craignait qu'il ne s'enfuie. Et moi, je suis assise là, toute seule. Ce serait le moment idéal pour qu'une trappe s'ouvre et les engloutisse tous les deux. Il est forcément là pour pavoiser. Oliver sait que c'est ici que je viens toujours traîner. Il y a tout ce dont j'ai besoin, ici : des boissons, de la bonne musique, et c'est près de mon appartement. Mince. Je n'aurais sûrement pas dû poster une photo sur Instagram à propos de mon endroit favori où traîner le vendredi soir, la semaine dernière, pendant que j'attendais mon rencard décevant numéro six.

Oliver sourit, mais ses yeux bruns restent froids.

— Comment ça va, Becca ? demande-t-il, avant de prendre un ton compatissant. Tu es toute seule ?

Il regarde par-dessus mon épaule, où un couple de femmes discute avec animation. Pourquoi a-t-il fallu qu'Oliver décide de faire son apparition au moment où je n'ai pas d'homme à mes côtés ?

Je redresse le dos, déterminée à ne pas montrer mon embarras.

— Qu'est-ce que tu fais ici ? C'est un peu loin de la ville, non ?

Il vit à Manhattan. J'ai le mauvais pressentiment qu'il n'est venu que pour exhiber sa Miss Bien Foutue. Je serre la mâchoire, tous les muscles tendus. Je suis loin d'avoir autant de courbes, même si j'en ai quelques-unes. Je suis plus du genre grande et élancée. Oliver m'a demandé une fois pourquoi je prenais la peine de porter un soutien-gorge. Crétin.

Mon regard croise celui du type aux yeux bleus perçants, qui vient de sortir des toilettes. Il plisse un peu le front, comme s'il essayait de comprendre la situation. Le mot « panique » est sûrement écrit en grosses lettres sur mon front. Je ne peux pas laisser Oliver penser que je suis seule dans un bar un vendredi soir, pathétique, parce qu'un inconnu de eLoveMatch m'a posé un lapin. Je ne peux pas.

Je retire mon pull et mon sac à main du tabouret à côté de moi et souris à monsieur Yeux Bleus, qui est tout près, maintenant.

— Je t'ai gardé un siège, chéri, lancé-je d'un ton enjoué.

J'espère désespérément qu'il comprendra le message.

Les types avec qui il était assis me lancent des regards curieux. De la sueur me coule le long du dos.

Monsieur Yeux Bleus s'assoit sur le siège que je lui propose – Dieu existe ! – et se tourne vers Oliver.

— Salut, je suis Connor. Et vous ?

Oliver se raidit.

— Je suis Oliver, l'ex de Becca. Voici Rose.

Rose esquisse un sourire tendu semblable à un rictus. Je jette un œil aux mecs avec qui Connor était assis, qui nous observent d'un air perplexe. *Oh Seigneur, faites que personne ne révèle le pot aux roses.*

— Ravi de vous rencontrer, l'ex de Becca et Rose, dit Connor, avant de passer un bras autour de mes épaules et de m'embrasser sur la tempe.

Ma peau devient écarlate et mon cœur se met à cogner dans ma poitrine. Je ne sais pas si c'est à cause de la proximité de Connor ou de cette situation bizarre. Il a une odeur merveilleuse, qui ressemble à un mélange entre celle de l'océan et d'un homme sexy. Il est bien plus large que moi – plus grand et avec de larges épaules – et j'adore me sentir petite. J'ai l'impression d'être une géante depuis la sixième (on m'a longtemps surnommée Lady Liberté, en rapport avec la Statue de la Liberté. Les enfants peuvent être très cruels).

Je reporte mon attention sur Oliver et dis d'une voix calme :

— C'était sympa de te croiser. Passe une bonne soirée.

Oliver se racle la gorge.

— Je suis passé pour te faire savoir que Rose et moi étions fiancés. Je ne voulais pas que tu l'apprennes de quelqu'un d'autre. Je me suis dit qu'il valait mieux qu'on ait cette conversation en face à face, compte tenu de notre passé.

J'étrécis les yeux. Il est bien venu ici pour remuer le couteau dans la plaie. Nous n'avons aucun ami en commun, ce n'est pas comme si j'aurais pu apprendre ça de quelqu'un d'autre. *Pff.* Lors de ce Réveillon de Nouvelle Année fatidique, il m'a d'abord expliqué ne pas se sentir prêt à se marier, et je l'ai accepté, jusqu'à ce qu'il ajoute qu'il ne se voyait pas vivre avec quelqu'un *comme moi* pour toujours. C'est à ce moment-là que je me suis un peu fâchée et que je lui ai souhaité que sa *queue se décroche* en guise d'adieu.

— Il voulait juste être franc avec toi, compte tenu de la situation, ajoute Rose inutilement.

Que lui a dit Oliver ? Que c'est *moi* qui avais tenté de me remettre avec lui plusieurs fois ? C'est lui qui n'a pas arrêté de m'envoyer des messages pour me proposer un plan cul ! En tout cas, je crois que c'est ce qu'il voulait dire quand il a proposé qu'on se remette ensemble de manière plus désinvolte. Est-ce qu'il entendait juste qu'on *sorte ensemble sans se marier* ? Est-ce que je lui ai manqué autant qu'il m'a manqué ? Et je l'ai envoyé promener. Maintenant, son ego exige que je voie ce que je rate.

Le couple heureux me regarde, attendant que je réagisse.

Ils sont ensemble depuis moins longtemps qu'Oliver et moi sommes sortis ensemble. Je prends la main de Connor et l'étreins un bon coup avant de plaquer un sourire sur mes lèvres.

— Félicitations, articulé-je d'une voix étranglée. Et si vous preniez nos places ? Connor et moi nous apprêtions à partir.

Connor se lève et m'aide à enfiler mon gilet. Je lui dois

une fière chandelle. Je prends mon sac à main, pressée de m'échapper d'ici.

Connor fait un clin d'œil à Oliver et remarque :

— Elle est impatiente de me ramener chez elle, comme d'habitude.

J'éclate de rire. Il me fait ressembler à une femme fougueuse et passionnée, et j'adore ça, même si cette passion s'est avérée élusive avec mes anciens petits amis, y compris Oliver.

— C'est vrai.

Connor me prend la main et nous nous dirigeons vers la porte. Je sens les yeux d'Oliver posés sur moi.

— Conny ? lance quelqu'un.

Je jette un coup d'œil derrière moi. C'est l'un des types avec qui il est venu. Mon cœur se met à cogner dans ma poitrine. *Si près de la porte, s'il vous plaît, s'il vous plaît, s'il vous plaît.*

— Oui, à plus tard, répond Connor par-dessus son épaule tout en m'accompagnant jusqu'à la porte.

Dès qu'on est sortis, mes genoux chancellent sous le coup du soulagement. *On a vraiment réussi ?*

— Où est-ce qu'on va ? demande-t-il.

— Aucune idée. Continuez de marcher. Et merci, au fait.

On a réussi ! Je me sens bien réveillée, maintenant, comme si je venais de participer à une course de saut d'obstacles épuisante et de gagner. *Victoire ! Et la foule se déchaîne !* Je suis *surexcitée.*

— J'ai senti que c'était un crétin à un kilomètre de distance. Ne laissez pas ce type gâcher votre soirée. Il y a un autre bar à deux pâtés de maisons d'ici, avec un jardin à l'arrière. Ça vous dit ?

Je réalise soudain que je vais finalement avoir mon rencard, ce soir. Sa main est chaude et calleuse dans la mienne, sa démarche lente et nonchalante, comme s'il était du genre décontracté et détendu que je fais tant d'effort pour devenir.

— Bien sûr, réponds-je d'une voix nerveuse.

Après tout, je ne connais même pas le minimum de ce que j'apprends d'habitude sur les profils de rencontres en ligne. Les trois choses dont il ne peut se passer, ce qui le passionne le plus et la façon dont ses amis le décriraient. Mais je ne me sens pas le droit de l'interroger alors qu'il vient de voler à ma rescousse.

Je lui jette un regard discret et ma bouche devient sèche. Il est *sublime*. J'étais trop paniquée pour apprécier pleinement sa beauté, jusqu'alors. D'épais cheveux bruns un peu longs au sommet, des pommettes anguleuses, une mâchoire carrée avec tout juste ce qu'il faut de barbe. Son T-shirt bleu marine moule ses larges épaules arrondies, son torse large et ses biceps spectaculaires. J'ai des papillons dans l'estomac, puis plus bas, un élancement qui me rappelle que ça fait longtemps que je n'ai plus été avec un homme. Trop longtemps, genre neuf fichus mois.

J'arrache mon regard de lui et espère qu'il n'a pas remarqué que je le reluquais. Ce genre de désir instantané est nouveau, pour moi, mais je ne ferai rien en ce sens. Ce n'est pas mon genre.

Nous sommes sur le point de tourner au coin de la rue quand j'aperçois Oliver et sa nouvelle fiancée, qui s'éloignent en voiture dans sa Porsche rouge bonbon. C'est ridicule d'avoir une voiture quand on vit en ville. Je croyais autrefois que cette voiture était le signe de son succès, mais maintenant, tout ce que je vois, c'est une autre manière de booster son ego. Oliver et moi étions tous les deux obsédés par la recherche du succès, et c'est peut-être pour ça que ça a fonctionné entre nous, pendant un temps. Je suis contente d'avoir cessé de ne penser qu'au succès, parce que ça n'a pas de fin et qu'on n'est jamais satisfait. Ça ne fait que tourner en rond en un cercle infini de travail.

À mi-chemin du pâté de maisons, Connor me fait m'arrêter et sort son téléphone de la poche arrière de son jean.

— Laissez-moi juste envoyer un message à mes frères. Ils se demandent sûrement ce qui vient de se passer.

— En fait, mon ex vient de partir, alors si vous voulez aller traîner avec eux, ça ne me dérange pas. J'ai eu l'impression que vous aviez beaucoup de choses à vous dire.

Ses yeux bleus perçants se rivent aux miens et il répond platement :

— Je ne vous suis plus d'aucune utilité.

Oh, non, je l'ai offensé. Je pose une main sur son bras, me sentant aussitôt coupable. Son bras ressemble à du marbre chaud, tout en muscles sculptés. Je me lèche les lèvres et tente de trouver quelque chose de rassurant à dire pour l'empêcher de se sentir insulté. Je dois arrêter de le toucher pour réussir à réfléchir.

— Ce n'est pas ça du tout. Je vous suis si reconnaissante d'avoir volé à mon secours. Mon ex voulait juste m'agiter sa nouvelle fiancée au visage après avoir rompu avec moi en prenant pour excuse son incapacité à s'engager. J'adorerais prendre un verre avec vous, mais je ne veux pas que vous vous y sentiez obligé. Vous participiez déjà à votre propre soirée.

Il étire un coin des lèvres. Mes doigts me picotent sous l'envie soudaine de toucher sa mâchoire barbue.

— Alors, retournons à la Corde Pincée et buvons ce verre.

— D'accord, souris-je. J'adore la musique en live.

Il ne dit rien tandis que nous marchons, ce qui me fait ressentir le besoin de combler le silence.

— Merci encore d'être venu à mon secours, dis-je.

— Avec plaisir. Je voulais venir vous parler, mais je croyais que vous attendiez quelqu'un, vu que vous aviez réservé le siège avec vos affaires.

Mes joues s'enflamment. Adieu mon souhait de faire bonne impression. D'abord, il est clair au vu de mon ex que j'ai très mauvais goût en matière d'hommes, et ensuite, il a compris sans mal qu'on m'avait posé un lapin.

— Mon ami a été retenu au boulot, mens-je. Ce n'était pas un rencard.

Il incline la tête.

— Je ne vous avais jamais vue à la Corde Pincée, remarqué-je.

— Oui, d'habitude je vais dans un bar dans mon ancien quartier, mais j'habite ici, maintenant.

— Oh. Ça veut dire que je vous verrai sûrement souvent.

Un afflux d'adrénaline me parcourt à cette idée, mon pouls accélère et tous mes sens s'aiguisent. *Reste détendue !* Je n'ai jamais eu une réaction aussi intense à un type que je venais de rencontrer. Je ne dois pas le lui laisser voir.

— Ça dépend. Je ne vais plus souvent dans les bars. J'y allais surtout pour mes frères.

J'ai envie de lui demander ce qu'il aime et comment il rencontre les gens. Il se sert peut-être d'une application de rencontres, comme moi. Mais cette question me paraît trop personnelle, alors je garde la bouche close.

Nous arrivons devant l'entrée du bar et Connor m'ouvre la porte. Un geste tout simple qui fait picoter toutes mes terminaisons nerveuses, alors que les papillons continuent de danser dans mon ventre. J'ai un faible pour les bonnes manières.

Il me sourit alors que je le dépasse, et je suis si fascinée par son odeur sexy et la façon dont son sourire illumine tout son visage que je ne peux détourner les yeux.

Bam ! Je m'écroule sur le flanc après avoir passé la porte et tombe comme une pierre sur le sol carrelé. *Aïe aïe aïe.* J'ai oublié la marche. Un silence s'abat dans le bar et tous les yeux se posent sur moi. Je reste couchée sur le flanc un moment, le visage écarlate et la hanche endolorie. C'est surtout mon ego qui est blessé. Ce serait si terrible si je pouvais réussir à faire bonne figure face à ce type ?

— Vous vous êtes cassé quelque chose ? demande Connor en se penchant vers moi.

— Non.

Je commence à me relever et il me soulève du sol, me blottit dans ses bras et me porte jusqu'à une table intime pour deux dans un coin au fond de la salle.

Je sens encore tous les regards rivés sur moi, mais en ce qui me concerne, je n'ai d'yeux que pour mon héros. Connor, *nom de famille inconnu.* Un prince parmi les hommes.

2

Connor

J'examine la femme aux joues rouges assise en face de moi. Becca est d'une beauté frappante. Ses lèvres rouges, en contraste avec son teint pâle, ont attiré mon regard un peu plus tôt. Elle est grande, pour une femme, avec de longues jambes fines. Elle passe aussi une très mauvaise soirée, que j'espère pouvoir arranger. Je ne crois pas m'être déjà senti à ce point attiré par une femme.

— Je vais aller nous chercher un verre et expliquer ce qui se passe à mes frères. Ne tombez pas de votre chaise pendant que je suis parti.

Elle se renfrogne et pince ses lèvres rouges et pulpeuses.

— Je ne suis jamais maladroite, d'habitude. J'ai fait du ballet pendant des années.

Elle n'a pas un accent de Brooklyn. Je n'arrive pas à déterminer d'où elle vient. Elle n'a aucun accent reconnaissable.

Dans tous les cas, je ne vois pas bien ce que le ballet a à voir avec le fait de tomber en passant une porte, alors je laisse couler.

— Un autre verre de vin blanc ?

Tu vois, j'ai remarqué ce que tu buvais tout à l'heure.

Elle hausse les sourcils.

— Oui. Du Chardonnay, s'il vous plaît.

Je repars au bar et commande, avant de me tourner vers mes frères, Brendan et Garrett. C'est drôle, Garrett s'est rasé récemment et la barbe de Brendan a besoin d'être taillée. Ensemble, ils posséderaient la quantité parfaite de poils au menton, comme moi. Nous sommes comme les trois ours : le trop poilu, le trop dépouillé, et celui qui est parfait. La preuve, c'est moi qu'a choisi Boucle D'Or. Ah.

Je m'en tiens au plus important :

— J'ai rencontré quelqu'un, on se retrouve plus tard. On parlera boutique lundi matin, sur le trajet jusqu'au front de mer.

— Oui, on t'a vu venir à son secours avec la bonne vieille technique du faux petit ami, répond Brendan.

Il boit une gorgée de sa bière et parcourt le bar d'un œil nonchalant. Il cherche sûrement une femme. Il préfère les rousses, à cause d'une théorie farfelue selon laquelle elles seraient plus fougueuses.

Garrett se penche derrière Brendan et tape dans mon poing, ses yeux aigue-marine pétillant autant que son sourire.

— Elle a l'air de sortir tout droit d'une pub pour une voiture de luxe. Très classe.

Il est le seul d'entre nous à avoir les yeux de notre père, qui sont censés indiquer qu'il est destiné à régner sur Villroy, la couleur des yeux des Rourke étant assortie à celle de la mer, là-bas. Mais le plus jeune fils de la famille exilée ne pourra jamais être roi. Ai-je mentionné que nous faisons partie d'une lignée royale ? Le reste d'entre nous a les yeux bleus de notre mère, qui révèlent notre sang de roturiers.

J'incline la tête vers Garrett. On le surnomme le Fauve, à cause de ses énormes muscles. Il a raison. Becca est très chic. Elle porte un chemisier blanc impeccable et un pantalon noir. Sa coiffure est parfaite, sans un cheveu qui dépasse même après sa chute dans l'entrée. Elle s'habille et parle comme une professionnelle d'entreprise, et pourtant elle traîne dans un bar branché de Brooklyn. Je l'aurais plutôt crue le genre de personne qui se rend dans les bars à cocktails huppés de Manhattan et sirote des martinis à trente balles. Les boissons sont bon marché, ici. Toutes ces contradictions chez elle m'intriguent. Peut-être parce que toute ma vie a aussi constitué une contradiction bizarre – je suis un prince élevé à Brooklyn, sans une once de la richesse ou du privilège censés aller avec le titre. Il aurait été plus simple de ne pas savoir ce que je ratais, mais mon père ne nous a jamais permis d'oublier que nous avions du sang royal. Je ne suis pas aigri. J'aime ma vie à Brooklyn, et nous sommes tous très proches, dans ma famille.

Brendan fait un geste du menton vers moi.

— Une femme élégante qui t'apprécie, toi ? Qu'est-ce que tu lui as dit ?

On est toujours en train de se chercher des poux – c'est le mot d'ordre entre frères Rourke – mais on est aussi toujours là l'un pour l'autre, alors ça compense.

J'esquisse un sourire narquois.

— Tu admets enfin avoir besoin de conseils de drague de la part de ton grand frère.

Je n'ai que deux ans de plus que lui, mais je dois bien revendiquer mon autorité.

Il me donne une tape sur l'épaule.

— Je t'en prie. Je n'ai aucun problème à draguer les femmes. Je compte bien en draguer une ce soir.

Le groupe commence à jouer une reprise bruyante de « Walk this Way » d'Aerosmith. Je n'entends pas Brendan défendre avec passion ses techniques « sophistiquées », et c'est tant mieux. Ça ne me concerne pas.

Je jette un coup d'œil vers la table et vois que Becca m'observe. Je lui plais. Et je suis bien content qu'on lui ait posé un lapin ce soir. Oui, j'ai bien senti qu'elle mentait. Je suis doué pour cerner les gens, et avec elle, ce n'est pas bien difficile. Je l'ai observée, plus tôt, et elle est passée de la nervosité à l'angoisse, puis à la résignation au cours des quarante-cinq minutes durant lesquelles je l'ai étudiée. Ensuite, elle a été agacée par son ex, et quand elle a trébuché, elle était embarrassée. Et maintenant ? Eh bien, maintenant, elle semble s'attendre à quelque chose d'excitant, et ce quelque chose, c'est moi.

Quelques minutes plus tard, je reviens à la table avec les verres. Elle m'adresse un petit sourire et hausse la voix par-dessus la musique.

— Merci ! Tu aimes la musique ?

Je déplace ma chaise autour de la table pour qu'on soit assez près pour s'entendre.

— Oui, c'est pas mal.

Ses joues deviennent écarlates.

— J'adore *marmonnement marmonnement*.

Elle est du genre timide. Ça ne me dérange pas. Je ne suis pas très causant non plus, et je trouve les gens bavards épuisants.

Je me penche et incline mon oreille vers elle.

— Répète-moi ça.

— J'ai dit que mon père était professeur de musique, alors j'ai grandi avec la musique.

— Cool, réponds-je en buvant une gorgée de bière. Mon père était comptable pour l'entreprise du bâtiment de mon oncle. Il est dans l'immobilier, maintenant, alors on pourrait dire que j'ai grandi avec le bâtiment.

Elle éclate de rire, un son musical que j'ai envie d'entendre plus souvent. Je souris. *Jusqu'ici, tout va bien.* Je ne mentionne pas que mon père a abdiqué le trône de Villroy pour épouser ma mère. Il y a une histoire compliquée entre la famille régnante actuelle et la mienne. Je n'aime pas l'idée que nous soyons considérés comme la racaille de la famille par une grande partie de la génération précédente. Même si, d'après mes frères, je devrais vraiment jouer la carte du prince plus souvent. Apparemment, beaucoup de femmes ont un fantasme du prince.

Elle se penche pour me parler directement à l'oreille et je hume sa délicieuse odeur d'agrumes, d'épices et d'autre chose qui n'appartient qu'à elle. J'en ai l'eau à la bouche.

— Ton père est-il impliqué dans l'immobilier sur le front de mer ?

Je tourne la tête pour croiser son regard, et nous nous retrouvons soudain très proches. Ses yeux bleu clair s'écarquillent et elle entrouvre les lèvres.

— Tu as écouté notre conversation de tout à l'heure ?

Elle détourne les yeux et ses joues se teintent de rouge.

— Je n'ai pas pu m'empêcher d'entendre.

— Quoi ? demandé-je en portant la main à mon oreille.

Je fais surtout ça parce que j'ai envie qu'elle se rapproche à nouveau. Et c'est ce qu'elle fait.

— Désolée. J'ai entendu votre conversation. C'était si calme, ici, avant que le groupe commence à jouer.

— Qui étais-tu censée retrouver ?

Elle ne répond pas, se renfonçant sur son siège pour siroter son vin.

Je me penche vers elle.

— Tu devais attendre un rencard.

Elle écarquille les yeux.

— Pourquoi tu dis ça ?

Je fais un geste vers sa tenue.

— Tu es trop bien habillée pour cet endroit.

Elle baisse les yeux sur ses vêtements.

— C'est une tenue décontractée.

Elle lève le poignet et précise :

— Tu vois, je l'ai même assortie d'un bracelet tout simple. Et je porte des ballerines plates.

— Ah.

J'imagine qu'elle est du genre à porter des robes de soirée, si cette tenue est décontractée à ses yeux.

— Quoi ? demande-t-elle, l'air soudain gênée.

— Rien, réponds-je en secouant la tête.

Le groupe entame une autre chanson de rock, méconnaissable, celle-là. C'est peut-être l'une de leurs compositions.

Je me penche pour lui murmurer à l'oreille :

— Si je te demandais si tu attendais un rencard, c'était pour savoir si tu étais célibataire. Tu attendais un homme ?

Elle détourne les yeux, se mord la lèvre inférieure comme si elle essayait de décider comment répondre à ça. J'ai juste envie qu'elle soit honnête avec moi. J'ai peut-être mal interprété la situation, peut-être ne me voit-elle que comme celui qui l'a sauvée de son connard d'ex, et pas comme le genre de type dont elle pourrait être intéressée.

— Je ne t'en voudrais pas quelle que soit la réponse. Dis-moi.

Elle se penche et murmure :

— J'étais censée retrouver quelqu'un ici, quelqu'un de nouveau, pas un petit ami. Mais il n'est jamais venu, ce qui est vraiment nul, comme comportement.

Elle est célibataire. À moi de jouer.

— Ça craint, acquiescé-je.

Pour l'autre type.

Elle esquisse un sourire un peu dépité.

— Je l'ai attendu trop longtemps. J'aurais dû rentrer chez moi, me faire du pop-corn et regarder la chaîne bricolage. J'aime quand ils prennent une maison vide et la rénovent.

Je souris.

— Ça m'a tout l'air d'être la soirée parfaite.

Elle me rend mon sourire, et ses yeux bleu pâle pétillent.

— Celle-là est bien mieux.

— Ah oui ? demandé-je en m'approchant.

— Oui.

Elle sirote son vin et s'efforce d'avoir l'air décontractée, mais elle est encore rouge et embarrassée.

— Tu aimes la chaîne de bricolage ?

— Je suis le type que tu regardes travailler sur la chaîne de bricolage.

Elle repose son verre, les yeux ronds.

— Tu travailles à la télé ?

— Ah ! Non. Je bâtis et je rénove, des bâtiments commerciaux et résidentiels. Je travaille dans l'entreprise de construction de ma famille.

Elle baisse les yeux sur mon biceps, puis les laisse errer sur mon torse.

— Pas étonnant que tu sois aussi, euh, athlétique.

— Oui, merci.

Je dissimule mon sourire en buvant une gorgée de bière.

— Tu es d'où ?

— À l'origine ?

— Oui, à l'origine. Tu n'as pas l'air d'être du coin.

Elle se penche vers moi et murmure :

— J'espère ne pas donner l'impression que je n'aime pas les accents locaux – le tien est clairement de Brooklyn – mais j'ai travaillé avec un coach vocal pour me débarrasser de mon accent du Queens. C'est juste qu'au boulot, les gens l'associaient à un manque d'éducation, même si ça n'a rien à voir. C'est juste une question de perception, et j'avais besoin d'être prise au sérieux dans ma carrière.

Je la dévisage.

— J'y crois pas. Tu es du Queens ?

— J'ay to vu de mey yeux ! C'étay juste là ! s'exclame-t-elle en prononçant « ay » au lieu de « ai », comme on devrait toujours le prononcer.

Et elle a enlevé le « ou » de « tout », bien sûr. Certaines personnes se moquent de l'accent new-yorkais, mais je le trouve génial. Je saurais reconnaître un natif de New York n'importe où. Becca étant l'exception à la règle, grâce à son super coach vocal.

Je souris.

— Ton accent me paraît tout à fait normal. Il est un peu plus perçant que le nôtre à Brooklyn, qui est plus relâché.

— Eh, je suis de Brooklyn, moi aussi. Je vis ici depuis six ans, maintenant, même si j'ai passé la majeure partie de mon temps à voyager pour le boulot.

— Tu faisais quoi ?

— J'étais consultante. En ce moment, je suis en recalibrage.

Je me penche vers elle. *Bon Dieu, ce qu'elle sent bon.*

— C'est quoi, ça, un recalibrage ?

— Tu sais, quand on recommence tout.

— Je ne suis pas sûr de comprendre ce que tu veux dire, mais OK.

Elle pousse un vif soupir.

— En bref, je suis restée debout toute une nuit à remettre

en question tout ce qui composait ma vie, et à me demander ce que je voulais. J'ai fini par élaborer un plan pour tout revoir.

— C'est comme une rénovation de vie.

— Exactement !

— Comment ça se passe jusqu'ici ?

— De mieux en mieux à chaque seconde qui passe, répond-elle, les yeux fixés sur ma bouche.

Je me rapproche lentement, désirant l'embrasser, mais craignant d'être trop entreprenant. J'hésite tout près d'elle pendant une seconde et la regarde dans les yeux. Ils sont fermés. *C'est mon signal.* C'est alors qu'elle me prend par surprise et m'embrasse en premier. Un élan de désir me submerge.

Elle s'écarte et regarde au fond de mes yeux. Elle l'a senti aussi. Je soutiens son regard et une tension alourdit l'atmosphère. Cela faisait longtemps qu'un simple baiser ne m'avait plus fait me sentir comme ça – éveillé, en vie, impatient d'en avoir plus. Je vois le moment où elle décide de se lancer. Elle abaisse les cils et m'embrasse à nouveau. Ses lèvres sont douces et souples sous les miennes. Je m'apprête à approfondir le baiser quand j'entends une voix masculine à côté de nous.

— Salut, je suis Brendan.

Mon idiot de frère. *Bon sang.*

Je me retourne et le fusille du regard, mais il est trop occupé à adresser son sourire le plus charmeur à Becca pour le remarquer. Garrett se tient derrière lui, tourné vers la porte d'entrée comme s'il n'avait pas envie de venir par ici. Il a un meilleur instinct de survie.

— Quoi ? aboyé-je.

Brendan fait un geste vers ma bouche.

— Cette couleur te va très bien au teint.

Je dois avoir des traces du rouge à lèvres de Becca sur moi.

Je m'essuie les lèvres avec une serviette et la roule en boule. J'envisage plusieurs insultes en rapport avec sa barbe mal taillée. *Tu essaies de te transformer en Viking ? Un furet est mort sur ton visage ?* C'est alors qu'il se rapproche de Becca, et je passe en alerte rouge.

— On s'en va, dit-il en haussant la voix par-dessus la musique, mais je tenais à intercéder en la faveur de Conny. Je suis son frère, alors je connais la vérité.

Une lueur amusée danse dans les yeux de Becca tandis qu'elle nous regarde tour à tour, moi et mon casse-pied de frère.

— Et quelle est la vérité ?

— Dégage d'ici, mec, dis-je en le poussant.

Il éclate de rire et répond :

— Il se trouve qu'il a des amies femmes.

Je secoue la tête.

— J'ai une amie femme, rectifié-je en me tournant vers Becca. On a grandi ensemble. Elle est mariée et a des jumelles, aujourd'hui. Elle vit à Long Island.

Brendan se penche entre nous et articule :

— Ça compte quand même.

Becca hausse un sourcil.

— Qu'est-ce que ça veut dire, quand on a une amie femme au Long Island ?

Je hausse les épaules. Ça veut dire que mon frère est une plaie.

Brendan affiche un large sourire. Soit il s'apprête à me faire une énorme faveur et de me mettre en valeur, soit il va tuer toutes mes chances avec Becca.

— Ça veut dire qu'il est capable de comprendre les femmes, et pas seulement au niveau physique. C'est un plus, non ? Ça veut dire que c'est quelqu'un d'évolué.

Il va me coincer dans la *friend zone,* avec cette remarque ! Je n'ai pas envie de côtoyer Becca à un niveau non physique.

— Ou bien ça signifie que tu es encore un homme de Néandertal, grogné-je.

Il feint l'indignation, écarquillant ses yeux bleus.

— Eh, pas la peine de m'impliquer là-dedans, dit-il, avant de sourire à Becca. Ça vous plaît, les Néandertal ?

Elle éclate de rire.

— Tu peux partir, maintenant, lui dis-je.

— J'y vais, j'y vais, répond-il en levant les mains.

Il se penche vers Becca et ajoute :

— Mais plus sérieusement, ce n'est pas parce qu'il n'a jamais réussi à rester en couple plus de quelques mois qu'il n'en est pas capable. Il a vraiment du potentiel.

Becca semble faire de gros efforts pour ne pas rire. C'est tellement embarrassant.

Je grogne et me passe une main sur le visage.

— Sérieusement, tu ne m'aides pas, là.

Il me lance un regard chagriné.

— Je t'aide tellement. Elle a l'air d'être le genre de fille à chercher une vraie relation.

— La ferme, lâché-je.

C'est comme s'il essayait de tout gâcher avant même que j'aie pu aller nulle part avec elle. Il est en train de verser du ciment autour de mes pieds pour me garder piégé dans la *friend zone* – non physique, a des amies femmes, peut rester dans le coin. *Il est l'ami homme que tu as toujours voulu.*

— Il n'a pas tort, dit Becca.

Je lance un regard noir à Brendan.

— Il a tort rien que d'être ici.

Il m'ébouriffe les cheveux et j'écarte sa main d'une tape.

— Je gâche ton effet, c'est ça ?

Il me sourit, puis se tourne vers Becca.

— Je plaisante. Il n'a jamais su s'y prendre.

Va te faire foutre, je sais très bien m'y prendre. Je garde ça pour moi, parce que je ne suis pas sûr que Becca ait envie d'entendre que je sais si bien m'y prendre que j'arrive à séduire des femmes sans le moindre mal quand j'en ai envie. Au lieu de ça, je lui lance mon plus beau regard noir, celui qui veut dire « je vais te botter les fesses ».

— Je te jure que...

— OK, je m'en vais, dit-il en reculant. Viens, le Fauve.

Garrett nous fait un signe de la main avant de suivre Brendan vers la porte. Ils sont colocataires, maintenant. Je me suis récemment installé dans mon propre appartement, après avoir vécu avec Brendan pendant un moment. Garrett vivait avec d'autres gars dans un appartement appartenant aux parents de l'un de ses amis. Mais il a été vendu et tout le monde est parti de son côté.

— Le Fauve ? répète Becca une fois qu'ils sont partis.

— Il fait trop de sport, c'est un vrai fauve couvert de muscles.

Je bois une gorgée de ma bière dans un effort pour me calmer. Je sais que mes frères et moi passons notre temps à nous emmerder, mais ce n'était pas le moment.

Elle m'adresse un petit sourire.

— C'est vrai qu'ils moulaient joliment son T-shirt. Mais j'ai l'impression qu'il a de plus gros seins que moi.

Nous éclatons de rire.

— Je suis sûr que les tiens sont plus sympas, assuré-je.

— Tu veux le découvrir ?

Je m'apprête à répondre « d'accord » quand elle se plaque une main sur la bouche, les yeux écarquillés.

— Je n'arrive pas à croire que j'ai dit ça, dit-elle après l'avoir laissée retomber.

— Ça ne me dérange pas, réponds-je avec un clin d'œil.

— Contentons-nous d'écouter la musique.

Et c'est ce que nous faisons. Je la joue détendue, lui parlant parfois du genre de musique qu'elle aime tout en lui touchant le bras, puis la main. J'ai besoin de la toucher. Elle est à moitié timide, à moitié assurée, et complètement sexy.

Le groupe termine son concert à onze heures et tout devient étrangement calme, quand il ne reste plus que les conversations des gens au bar et des quelques personnes assises aux tables.

Elle m'adresse un sourire rayonnant sans raison particulière, ce qui laisse penser qu'elle s'apprête à me dire au revoir. Je me prépare à l'inévitable. Je n'ai pas envie qu'on se sépare déjà, mais je ne compte pas insister si je ne suis pas désiré.

— Eh bien, Connor, cette soirée a été vraiment sympa.

Elle parle d'un ton formel, trop poli. Nous avons dépassé ça, après cette conversation intime et ce baiser incroyable. Je lui prends la main et fais glisser mon pouce sur l'intérieur de son poignet. Je croise son regard et baisse la voix pour prendre ce ton rauque que les femmes adorent. Quand je leur plais, en tout cas.

— J'ai passé un bon moment, moi aussi.

Elle regarde mon pouce qui caresse son poignet. Je baisse la tête. La chair de poule recouvre sa peau pâle. Un bon signe.

Nos regards se croisent et j'ai tellement envie de l'embrasser que je ne peux me retenir. Je lui donne un léger baiser, rien de trop agressif. J'ai envie qu'elle me suive.

— Je ne fais jamais ça, dit-elle d'une voix essoufflée, mais ça te dirait de me raccompagner chez moi ?

— Bien sûr.

Je me lève et lui prends la main pour la guider jusqu'à la porte, m'assurant qu'elle descende la marche qui mène dehors sans incident.

Elle s'arrête sur le trottoir.

— En fait, je ne voulais pas dire ça.

— Oh. D'accord.

Je suppose qu'elle a changé d'avis et ne veut plus que je la raccompagne chez elle. Ça craint pour moi, mais qu'est-ce que je peux y faire ? Je pourrais peut-être obtenir son numéro.

— Je veux dire, reprend-elle en se rapprochant. Tu veux rentrer à la maison avec moi ?

Elle grimace, les joues teintées de rouge.

— Oh, Seigneur, je ne vais jamais aussi vite. C'est juste…

— Oui.

3

———

Becca

Je n'arrive pas à croire que je suis en train de faire ça. Je marche main dans la main avec un mec sexy sorti tout droit de l'un de mes fantasmes de la chaîne de bricolage – eh, ces émissions de rénovations peuvent s'avérer très inspirantes, pour les femmes célibataires – et nous sommes en chemin vers chez moi. Moi, avec le Bâtisseur Sexy ! Je ne vais jamais aussi vite. J'ai une règle stricte de cinq rencards avant d'inviter un mec chez moi, pour être sûre qu'il ne s'intéresse pas seulement à mon corps. Argh ! Je suis vraiment hypocrite, parce que maintenant, c'est moi qui suis excitée par son corps. Les muscles de son frère explosaient presque son T-shirt, mais ceux de Connor sont mieux, ils moulent à la perfection son T-shirt bleu. Cet homme n'est pas un accro à la salle de sport. Il a mérité ces muscles. Et je ne vous raconte même pas la façon dont la partie inférieure de son corps moule son jean. Et ses mains sont si belles, elles aussi, chaudes et rendues calleuses par son travail.

Et ce baiser ! Une explosion d'étincelles sur ma peau, une vague de chaleur, et un désir d'aller plus loin plus puissant que tout ce que j'ai jamais ressenti.

Je lui jette un autre regard en coin, et mes yeux s'attardent. *Hum hum, salut, Bâtisseur Sexy.* Pour une fois, je ne crains pas que nos ébats soient une énorme déception. Il est si assuré et décontracté. Et vous savez quoi ? Je mérite de m'amuser un peu. Ça fait presque un an que je n'ai plus été avec un homme. OK, neuf mois, mais j'ai vraiment l'impression que ça fait un an. Je lève les yeux vers son profil et étudie l'expression de son visage – il a l'air tout à fait détendu et à l'aise avec ce qui se passe. Je suis sûre que c'est un type bien. Il travaille avec ses frères et est assez proche d'eux pour qu'ils traînent tous ensemble dans un bar. Il m'a payé un verre, m'a posé des questions sur moi-même (au lieu de se vanter, comme le font la plupart des mecs) et mieux encore, il m'a *portée* quand je me suis écroulée par terre. Aucun homme ne m'avait *jamais* portée. Je ne sais pas si c'est à cause de mon poids ou de mon comportement, mais les hommes ne me considèrent pas comme le type de filles mièvres qu'on porte dans ses bras. Tout cela suffit amplement à dire que je n'apprécie pas uniquement cet homme pour son corps. Ma culpabilité s'apaise et je me sens aussitôt plus légère. Oui. Il y a vraiment du potentiel pour que je passe plus d'une nuit avec le Bâtisseur Sexy. Par conséquent, en conclusion, ipso facto – grande inspiration – il n'y a rien de mal à passer une nuit passionnée et débridée avec lui tout de suite. Je m'étais donné pour objectif de me lâcher un peu plus et d'étendre ma zone de confort, après tout. Ça fait partie de mon projet de vie.

— Tes yeux creusent des trous dans mon corps, dit-il d'une voix taquine. Tu as envie de parler de quelque chose, ou tu profites juste de la vue ?

Grillée ! Je m'efforce de ne pas rougir. Avec un peu de chance, il ne le verra pas, dans la faible lueur des lampadaires.

— J'étais juste, euh, en train d'essayer de me souvenir si j'avais quoi que ce soit à t'offrir à boire.

— Je n'ai pas besoin de boire.

— J'ai de l'eau, ça, c'est sûr.

Il sourit.

— Je n'ai rien contre un bon verre d'eau. J'espère que c'est un bon cru.

J'éclate de rire. Puis je me tais. Je ne peux rien ajouter à la conversation sans en révéler plus que j'ai envie qu'il sache. À quel point j'ai envie de lui, par exemple, et à quel point je suis sortie de ma zone de confort. En vérité, je suis excitée par lui depuis qu'il s'est penché pour me parler à l'oreille avec cette voix grave et sexy. Il sent si bon. Ça me rappelle l'océan, mais c'est aussi chaud et sensuel. Un homme peut-il vraiment sentir ça ? C'est peut-être dû à la testostérone qui se déverse de lui par vagues. Elle suffirait à rendre n'importe quelle femme étourdie de désir.

Je lève les yeux vers lui et il sourit, tout en étreignant ma main de manière rassurante. C'est un sourire sincère, qui monte jusqu'à ses yeux bleus saisissants. Ces derniers m'observent en pétillant, à cet instant, comme s'il était ravi d'être avec moi. À moins que ce soit simplement le reflet des lampadaires. Quelle importance ? Je choisis de croire qu'il est ravi.

— C'est chez moi, dis-je avec un geste vers l'immeuble en briques de six étages au bout de la rue. C'est un immeuble qui date d'avant-guerre, et mon appartement comprend un tas de trucs charmants et mignons, comme des entrées voûtées et une bibliothèque encastrée. La cuisine a été rénovée juste avant que j'emménage, alors ce côté-là est moderne. Le lobby est sublime, lui aussi – avec des colonnes blanches et des poutres au plafond, des panneaux de bois incrustés sur les murs et du carrelage en marbre au sol.

Je suis à deux doigts de préciser qu'on n'a pas à craindre de faire trop de bruit grâce aux murs en plâtre épais et au sol bétonné, mais je décide que ça manquerait un peu trop de subtilité.

— On dirait que tu regardes beaucoup la chaîne de bricolage. À moins que tu t'apprêtes à me convaincre de signer un contrat de location pour un appartement dans cet immeuble ? Je suis tombé dans une arnaque immobilière ?

Je ris un peu.

— Il n'y a pas d'arnaque.

Je jacasse parce qu'on est presque arrivés à mon immeuble, que je ne fais jamais ça et que je ne sais même pas *comment* faire ça. Je veux dire, je sais comment coucher avec un homme, bien sûr. Je ne suis pas vierge. Mais je ne sais pas comment initier une nuit passionnée et très désirée sans avoir l'air ridicule. Je me suis déjà rétamée en passant une porte à cause de sa proximité et de son odeur merveilleuse.

C'est ce que signifie sortir de sa zone de confort. Sois détendue, comme lui.

J'accélère le pas, en me disant que plus vite on sera dans mon appartement, moins il y aura de risque pour que je me remette à énoncer des faits stupides concernant mon immeuble.

Dès que nous sommes entrés dans le lobby, Connor s'exclame :

— Regarde-moi un peu ces colonnes et ces poutres ! Un très bel exemple de bâtiment d'avant-guerre.

Il me fait un clin d'œil.

Mes joues deviennent brûlantes et ma bouche s'ouvre en grand, avant de se refermer. Je n'ai aucune répartie spirituelle à offrir. Je suis certaine qu'il me prend pour une vraie idiote, mais il passe un bras autour de mes épaules et m'étreint, avant de me guider jusqu'à l'ascenseur. *OK, détends-toi. Il plaisante, c'est tout. De toute évidence, il n'est pas en train de tout analyser et de craindre que je n'aie envie de lui que pour son corps sexy.*

— Un immeuble d'avant-guerre avec un ascenseur, remarque-t-il en appuyant sur le bouton. Sympa.

— C'est ce que je me suis dit aussi.

Nous entrons dans l'ascenseur, qui est petit et sombre. J'appuie sur la touche de mon étage. Six.

— Le dernier étage, dit-il en haussant les sourcils au-dessus de ses yeux pétillants. Sympa.

L'ascenseur commence son ascension, grinçant comme s'il était au bout du rouleau.

Je me détends un peu.

— L'appartement a aussi un haut plafond, avec du parquet en bois au sol.

Il m'adresse un sourire sexy, passe un bras autour de ma

taille et m'attire plus près de lui jusqu'à ce qu'on soit nez contre nez, torse contre torse. Je rougis des pieds à la tête.

— Parle-moi plus de ce bâtiment.

Je regarde son torse, embarrassée.

— Je suis sûre que je t'ennuie. C'est ton quotidien, tout ça.

Il écarte mes cheveux de mon visage, puis il fait courir ses doigts le long de ma mâchoire et incline mon visage vers le sien.

— C'est vrai, mais j'aime t'entendre en parler avec tant d'enthousiasme.

Mon estomac se noue. J'ai l'impression d'être tout au bord d'une falaise, à deux doigts de plonger en chute libre dans l'inconnu. C'est à cause de l'intensité de son regard. Ma bouche devient sèche.

— Cet ascenseur est très vieux.

— Hum hum. Je vais t'embrasser, maintenant.

Je ferme aussitôt les yeux.

— Prête.

Je sens son rire résonner dans sa poitrine tout autant que je l'entends, puis il entre enfin en contact avec moi, ses lèvres effleurant les miennes. Une, deux fois. Je suis à deux doigts de soupirer de béatitude quand il s'écarte.

C'est tout ? J'attrape l'avant de son T-shirt et l'attire à nouveau vers moi.

— Eh, je n'avais pas fini.

— Ah non ? demande-t-il avec ce que je ne peux interpréter que comme de la surprise moqueuse.

Mais je n'en suis pas sûre, vu que je connais à peine ce type. *Oh mon Dieu, je connais à peine ce type !*

Sa grande main se referme sur ma mâchoire, puis sa bouche recouvre la mienne, réduisant au silence ma voix intérieure. Son odeur sexy m'enveloppe. Ses lèvres sont *incroyables*. J'ai envie de le monter comme une barre de pole-dance sexy. Le temps s'arrête et je me repais de la joie d'avoir trouvé un homme si doué pour embrasser. Ça ne présage que de bonnes choses pour quand on sera dans la chambre.

L'ascenseur s'immobilise avec un sursaut et nous nous séparons pour reprendre notre souffle. *On est arrivés. Oui !*

Je lui prends la main et m'avance d'un pas décidé dans le couloir, en direction de mon appartement juste à l'angle. Je sors mes clefs de mon sac à main, l'enfonce dans la serrure et tâtonne pour ouvrir la porte, parce qu'il est en train de déposer une traînée de baisers brûlants le long de mon cou. Pour finir, j'arrive à entrer. Il me suit et la porte se ferme sans un bruit derrière lui. Je remets mes clefs dans mon sac à main et le jette sur la petite table près de la porte.

Je me tourne vers lui, impatiente d'aller plus loin.

Ses yeux bleus perçants croisent les miens. Pourquoi ai-je l'impression qu'il voit à travers moi ? Est-ce qu'il sent que je suis à la fois excitée et un peu nerveuse ? Est-ce qu'il attend que j'ouvre le bal ?

Ce fantastique baiser échangé un instant plus tôt dans l'ascenseur me donne l'assurance de me montrer audacieuse. J'enroule les bras autour de son cou et l'embrasse passionnément. Il me rend mon baiser avec le même enthousiasme. *Oui !* Je fonds contre lui, les membres lourds et une délicieuse chaleur me submergeant. Le désir s'accumule au bas de mon ventre. Le baiser semble ne jamais vouloir s'arrêter. Le besoin de me rapprocher autant de lui que possible m'envahit. Ses grandes mains sont posées sur mes hanches et soudain, j'en veux plus.

J'arrache ma bouche à la sienne, la respiration saccadée.

— J'ai envie de toi.

Il étire un coin de sa bouche et ses yeux bleus pétillent.

— C'est ce que j'avais cru comprendre quand tu as enroulé ta jambe autour de moi et donné des coups de reins de manière répétée, mais ça fait plaisir de l'entendre.

Ma jambe est relevée autour de sa hanche. Je me suis peut-être un peu frottée contre lui. Avant que j'aie eu le temps de rabaisser ma jambe, il me soulève de façon à ce que mes deux jambes se retrouvent enroulées autour de sa taille. Nos bouches entrent en collision dans un baiser effréné et la chaleur grimpe en flèche entre nous. Il se presse contre moi juste au bon endroit, puis la situation devient encore plus intéressante. Il se retourne et me plaque contre le mur, sa bouche dévorant la mienne pendant qu'il se frotte contre moi. C'est si intense, si… oh, oh, oh. *Ne t'arrête pas, ne t'arrête pas.* Le baiser est interminable et je grimpe de plus en plus haut dans mon ascenseur privé, en direction du penthouse des étoiles de plaisir scintillantes. Mon corps a un brusque sursaut quand une explosion de plaisir chauffé à blanc me coupe le souffle, transperçant tout mon corps et irradiant de l'extérieur. Oh mon Dieu.

Il relève la tête.

— Est-ce que tu viens de…

— Oui ! m'exclamé-je, rayonnante, avant de l'embrasser à pleine bouche. Ça faisait bien trop longtemps.

Il commence à traverser le couloir en me maintenant plaquée contre lui.

— Quel homme merveilleux, le complimenté-je tout en caressant ses épaules et son dos brûlants. Vraiment, vraiment merveilleux.

Il sourit en entrant dans ma chambre et appuie sur l'interrupteur. Une lumière douce se déverse de la lampe au plafond et illumine les meubles en bois clair aux accents blancs. Je suis si contente d'avoir choisi un lit king-size, parce que maintenant, j'ai un homme énorme pour emplir tout cet espace. Et pour m'emplir, moi. Je palpite d'impatience.

— Tu es merveilleuse aussi, répond-il en repoussant la couverture blanche avant de me déposer sur le matelas. Et belle.

Il m'embrasse à nouveau et je tire sur son T-shirt, frustrée par tous les vêtements entre nous. Il s'écarte et retire son T-shirt en un geste souple à deux mains. Je me redresse, impatiente de sentir tous ces muscles sublimes, puis nous nous embrassons et nous arrachons nos vêtements.

C'est torride.

C'est débridé.

C'est *tout*.

Je romps le baiser le temps de récupérer un préservatif

dans la table de chevet, parce que je suis toujours préparée, puis nous reprenons où nous en étions. Il me recouvre de son corps, se place entre mes jambes, et nos regards se rivent l'un à l'autre pendant un moment intense. Mon souffle se coince de ma gorge à la lueur brûlante dans ses yeux.

Il écarte mes cheveux de mon visage, puis prend ma mâchoire. Ce geste tendre suffit à me faire craquer. Ma gorge se serre de manière inattendue et mes yeux deviennent brûlants.

Il m'embrasse doucement et demande :

— Prête ?

— Oui, parviens-je à articuler malgré ma gorge serrée.

Il s'enfonce en moi d'un seul coup et nous gémissons tous les deux. J'éprouve un élancement des plus délicieux et mon corps s'étire pour s'accommoder à lui. Ça faisait si longtemps. Il s'immobilise et prend mon visage entre ses mains pour m'embrasser profondément. C'est plus que bien. C'est le paradis, comme si nos corps et nos âmes avaient fusionné. J'enfonce les doigts dans ses cheveux épais, puis laisse errer mes paumes le long des courbes dures de son dos musclé. J'ai besoin de me rapprocher plus encore. J'enroule les jambes bien haut autour de lui pour le prendre aussi profondément que je peux. Il grogne dans ma bouche.

Il relève la tête et me regarde dans les yeux.

— Becca.

— Encore, exigé-je.

Il me mordille la lèvre inférieure, me faisant sursauter, puis commence à me pilonner avec force, ni trop vite, ni trop lentement, et c'est siii bon. Ça continue encore et encore, et j'entends sa respiration rauque près de mon oreille. Je ferme les yeux, perdue dans un brouillard de plaisir.

— Oui, oui, oui, répété-je de manière presque incohérente.

Ça n'a jamais été aussi bon jusqu'alors.

Il dépose des baisers le long de ma mâchoire, puis aspire le côté de mon cou. Une vague de plaisir me transperce et un orgasme me submerge de manière inattendue, me faisant ruer désespérément contre lui. Il grogne contre mon cou et continue d'aller et venir fort et vite, cherchant son propre orgasme et m'apportant encore plus de plaisir, avant de lâcher prise avec un son rauque. Il se laisse tomber sur moi de tout son poids, presque comme une étreinte, et je souris en moi-même. Un élan d'affection m'oblige à le serrer contre moi.

Bordel de merde. Deux orgasmes en une seule soirée ! C'est sans précédent ! Et ils étaient bien meilleurs que ceux que je parviens à atteindre seule. Quel homme merveilleux. Soudain, je me sens avide. C'est comme s'il avait réveillé le monstre des orgasmes et qu'elle en demandait plus.

Je lui caresse le dos, appréciant la forme et la sensation de tous ces muscles chauds et spectaculaires.

— J'ai une question.

— Oui ?

Je sens son souffle chaud contre mon cou à ce mot. L'ai-je épuisé ? Est-il trop fatigué pour lever la tête ?

Je ne peux pas m'en empêcher. *Je veux, je veux, je veux.*

— Est-ce que je pourrais te convaincre de rester assez longtemps pour un autre orgasme ? Je sais que tu as déjà été très généreux avec les deux premiers, mais ça m'a un peu donné envie de plus.

Il lève la tête et un large sourire s'étire sur son magnifique visage.

— On est gourmande, hein ?

— C'est que ça faisait si longtemps.

Il m'embrasse.

— Tu n'as pas à me donner de raison. Oui. Je t'en donnerai d'autres. Plus tard.

Il roule pour s'écarter de moi et se dirige vers la salle de bains.

J'écarte les bras de chaque côté de mon corps et m'étire de manière langoureuse. Des ébats incroyables, des orgasmes incroyables. J'ai tellement de chance d'avoir trouvé ce type. Le Bâtisseur Sexy. Connor quelque chose. Je devrais lui demander son nom de famille. Plus tard. Je me sens si détendue et assoupie, en ce moment.

Quelques secondes plus tard, il éteint la lumière et me rejoint au lit, me déplaçant de manière à se placer en cuillère contre mon dos. Je suis au paradis. Ça faisait si longtemps qu'on ne m'avait plus étreinte comme ça.

Il me caresse les cheveux et murmure :

— Je suis épuisé par le boulot, aujourd'hui. On a fait beaucoup de démolition. Laisse-moi dormir un peu et je serai à ton service.

— Pas de problème. Je suis fatiguée aussi.

Quel formidable revirement pour cette soirée. D'abord, un type trouvé sur une application de rencontres me pose un lapin, et maintenant, je viens d'avoir deux orgasmes et je suis dans les bras d'un homme qui vient de me promettre d'autres orgasmes. Une bulle de bonheur pur se déploie en moi, faisant se détendre tout mon corps de satisfaction.

— Je devrais connaître ton nom.

Il me mordille l'épaule et je couine de surprise.

— Tu as oublié mon nom et tu me demandes quand même d'autres orgasmes ?

J'entends le sourire dans sa voix.

— Je sais que tu t'appelles Connor, mais quel est ton nom de famille ?

— Pas de nom de famille. Je suis comme Beyoncé. Oublie ça. C'est quoi, la version masculine ?

— Elvis ? Bono ? Prince ?

— Oui, je suis comme Prince.

Il frotte ses hanches contre moi comme s'il faisait un déhanché sexy à la Prince.

Je m'endors avec un sourire sur le visage.

Je me réveille à deux doigts de l'orgasme et réalise que j'étais au beau milieu d'un rêve érotique avec mon bâtisseur sexy habituel, tiré de mon émission de rénovation préférée, *Reno Magic,* sauf que cette fois, au lieu du présentateur Clint Owens, j'étais avec Connor *nom de famille inconnu.*

Je roule sur le côté et le découvre couché sur le dos. Je ne sais pas quelle heure il est, mais il fait encore noir, dehors. Je

distingue à peine les traits de son visage à la lueur du lampa-
daire qui s'infiltre par les bords des stores.

— Conny, tu es réveillé ? murmuré-je. J'ai encore envie
de toi.

Il marmonne quelque chose d'inintelligible dans son
sommeil, alors je me contente de descendre lentement les
couvertures le long de son corps nu, juste pour l'admirer un
peu. Non seulement il a des pectoraux bien définis et des
abdos en tablettes de chocolat, mais sa taille s'évase en un V
profond. Son sexe est impressionnant, même au repos, et ses
cuisses épaisses et musclées. Je ne crois pas avoir jamais été
avec un homme aussi sublime. J'observe son visage. Il dort
encore. Je décide que je ne ferais rien de mal si j'embrassais sa
mâchoire mal rasée, alors c'est ce que je fais. Il a encore une
odeur incroyable – l'océan, un chaud rayon de soleil et une
pointe de sex appeal de Bâtisseur Sexy. C'est quoi, cette
odeur ? Je ne sais pas si c'est de l'eau de Cologne ou juste lui,
mais j'adore ça. Je dépose de légers baisers le long de son cou
et le hume avidement, avant d'explorer plus bas le long de
son torse. Je l'embrasse sur ses abdos, qui sont magnifiques,
avec leurs sillons musclés. Puis je me couche à côté de lui et
le regarde dormir paisiblement. Quel homme sexy et
sublime.

Je ne peux pas m'en empêcher. J'ai besoin qu'il se réveille.
Peut-être qu'un autre baiser suffirait. Je me dresse au-dessus
de lui, plante les mains de chaque côté de ses épaules en
prenant soin de ne pas faire peser mon poids sur lui, et je
l'embrasse délicatement sur les lèvres.

Il ne bouge pas.

Je soupire. Je devrais le laisser tranquille. Il a dit qu'il était
fatigué à cause de tout le travail de démolition qu'il a effectué
aujourd'hui. J'admire ses épaules et ses biceps à l'air puissant
et l'imagine en train de travailler, torse nu et abattant sa
massue pour détruire des cloisons et des poutres en bois,
avant d'essuyer la sueur sur son front. Oh Seigneur. Maintenant, j'ai un élancement au bas du ventre et une palpitation
entre les jambes. Je n'ai jamais autant désiré de ma vie. Rien

qu'un dernier baiser et je le laisse dormir. Pour lui souhaiter bonne nuit.

Je presse mes lèvres contre les siennes.

— Ahhh ! m'écrié-je à pleins poumons.

Il vient de me retourner sur le dos !

Ses avant-bras sont collés au matelas pour soutenir son poids tandis qu'il me sourit.

— Tu as réveillé le fauve.

Mon cœur cogne contre ma cage thoracique, j'ai le souffle court. Je tente de la jouer détendue.

— Je croyais que c'était ton frère, ça.

— À toi de me dire.

Il m'embrasse doucement, descend le long de mon cou en me goûtant, frottant parfois ses dents contre moi et provoquant un frisson brûlant. L'adrénaline quitte mon corps, remplacée par un plaisir accru. Toutes mes terminaisons nerveuses se mettent à picoter tandis qu'il continue à descendre le long de mon corps un baiser après l'autre. Il me caresse les seins, les embrasse et les aspire dans sa bouche un par un, leur prodiguant toute son attention. Quel homme. Je fonds contre le matelas et gémis doucement.

Des chatouillis brûlants parcourent mon corps tandis qu'il descend toujours plus bas, déposant des baisers sur mon ventre, encore et encore. Ma respiration se coince dans ma gorge et mes hanches se soulèvent d'impatience.

— Quel homme merveilleux ! m'exclamé-je quand il entre en contact avec le centre de mon plaisir.

Il enfouit son nez contre l'intérieur de ma cuisse.

— Pourquoi tu t'es arrêté ? demandé-je.

— Homme merveilleux, répète-t-il, et j'entends le sourire dans sa voix. Tu es quelqu'un de très enthousiaste.

— S'il te plaît, ne t'arrête pas.

Il obéit, plongeant la tête entre mes jambes et entreprenant de me faire perdre la tête. Ses lèvres, sa langue. Mon Dieu. Je me mords la lèvre inférieure pour m'empêcher de laisser échapper autre chose qui risquerait de mettre fin à ce plaisir intense. Mes doigts se crispent sur les draps et je me mets à scander son nom comme si c'était la seule manière de faire en sorte que ça continue, de plus en plus vite. *Conny, Conny, Conny. Encore, Encore, Encore.* Ma respiration se bloque dans ma gorge, et je bascule. Des vagues successives de plaisir s'écrasent sur moi dans un afflux écrasant. Il reste avec moi, m'encourageant sans relâche tandis que je me balance contre lui, perdue dans un plaisir sans fin.

Je finis par m'effondrer et il s'écarte. Je suis morte. Une mort béate et satisfaite.

Quand j'arrive enfin à nouveau à bouger, il est prêt pour moi, préservatif en place. Je grimpe sur lui et le chevauche sans la moindre retenue.

Je voudrais que ça ne s'arrête jamais.

Lui non plus, parce que nous passons toute la nuit l'un sur l'autre.

Jusqu'à ce qu'on finisse par s'écrouler d'épuisement, mettant fin à la meilleure nuit de ma vie.

4

____

Becca

Quand je me réveille, le lit est froid, le soleil matinal s'in-filtre à travers les stores et j'entends des froissements de vête-ments non loin. J'entrouvre un œil et découvre Connor en train de s'habiller, me tournant le dos. Je jette un œil à la table de chevet. Il est sept heures et nous sommes samedi matin. Mon estomac se noue. Ce n'était pas ce que je croyais, finale-ment. Je déglutis. Je pensais qu'il y avait peut-être du poten-tiel pour nous deux. De toute évidence, il ne s'est agi que d'une nuit torride. Il est en train de se sauver en douce, presque à la pointe du jour. Ça craint. À la lueur du jour, je me sens malade à l'idée que ça n'ait été que du sexe. Je veux dire, oui, ça m'a plu. BEAUCOUP, mais je suppose qu'une part de moi espérait que ce serait le début de quelque chose.

J'ai merdé. *Sans blague.* Quand on saute au lit avec un type qu'on vient de rencontrer, c'est généralement le signe que ce ne sera que temporaire. Il pense sûrement que je fais ça tout le temps. Bon sang, il fait sûrement *lui-même* ça tout le temps. J'ai dévié de mon projet de vie, et voilà ce qui s'est passé. Vingt-neuf ans, prête à se caser, et pourtant je fais encore ce genre de trucs stupides. Tout ça à cause de mes fantasmes de bâtisseurs sexy et du manque de sexe. Je dois mieux faire.

Je roule sur le flanc, me détournant de lui, et ferme les

yeux. Je n'ai pas envie qu'il s'en aille. Et dire qu'au début de la soirée, je m'en voulais à l'idée d'abuser de lui, avec mon avidité pour son corps sexy, alors qu'en réalité, c'était tout le contraire. Moi, au moins, j'ai pris le temps de songer à ses autres qualités.

Je l'entends se déplacer autour du lit dans ma direction et respire plus profondément pour lui faire croire que je dors. Je sais, je sais, mais je n'ai jamais eu à affronter les matinées après un coup d'un soir. C'est exactement pour ça que j'ai établi ma règle des cinq rencards avant de coucher ensemble. Pour éliminer le risque de se retrouver dans ce genre de situation gênante.

Le matelas s'affaisse quand il s'assoit à côté de moi. Il replace mes cheveux derrière mon oreille.

— Dommage que tu dormes, parce que je comptais t'offrir un orgasme d'au revoir.

J'ouvre aussitôt les yeux.

— Quoi ?

C'est mal si j'en ai envie ?

Il éclate de rire et ses yeux bleus pétillent.

— Je savais que tu faisais semblant de dormir. J'ai cinq frères qui essaient toujours de se faire des blagues les uns aux autres. Je suis difficile à duper.

Je roule sur le dos.

— J'étais très fatiguée, c'est tout.

Et embarrassée.

Il prend ma mâchoire dans sa main, se penche et dépose un baiser sur ma joue brûlante.

— Je ne connais personne capable de rougir dans son sommeil.

Il se redresse et sort son téléphone de sa poche arrière.

— Tu me donnes ton numéro ?

J'écarquille les yeux.

— Tu veux mon numéro ?

— Pourquoi tu as l'air si surprise ?

Je regarde le plafond et cligne plusieurs fois des yeux

tandis que mon cerveau essaie de rajuster mon décryptage de la situation. A-t-il songé à mes autres qualités, lui aussi ?

— Becca ?

— Je croyais que c'était une aventure d'un soir, lâché-je.

Ce n'est pas ce dont j'ai envie, mais je suis confuse, très fatiguée et pas du tout dans mon élément. Le type sexy, torride et décontracté en veut plus. Mais plus de quoi ? Va-t-il m'envoyer un message à chaque fois qu'il a envie d'un plan cul, ou est-ce autre chose ?

Il incline la tête et m'étudie du regard.

— Ce pourrait être une aventure de deux soirs.

— Deux soirs, répété-je.

Ça m'a l'air d'un plan cul. Je devrais dire non, parce que ça n'ira nulle part, mais je dois aussi prendre en compte cette histoire de multiples orgasmes. Je ne peux pas balayer ça aussi facilement.

— Oui, ou ce que tu veux. Ton numéro, s'il te plaît.

Je le lui donne sans réfléchir plus avant, parce qu'il a été poli. J'ai pour habitude de récompenser les bonnes manières, parce que ça me plaît.

Il sourit, range son téléphone dans sa poche et se penche vers moi. Je m'attends à un rapide baiser, mais au lieu de ça, il m'embrasse sur le front, le bout du nez, puis les lèvres.

— À plus tard, Becca.

— Au revoir. À plus tard, marmonné-je, un peu sous le choc après la tournure inattendue qu'ont prise les événements.

Il sort de la chambre. J'écoute la porte d'entrée se refermer sans bruit derrière lui.

Qu'est-ce qui vient de se passer ?

Il s'est montré très doux et tendre, à la fin. Je me rejoue notre conversation, cherchant des indices dans son expression, le ton de sa voix, ses mots.

Son « Oui, ou ce que tu veux » pourrait avoir un vrai potentiel. Deux fois, ou peut-être plus ? Hier soir n'était peut-être pas une erreur.

Je me blottis à nouveau sous les couvertures. Quelques secondes plus tard, mon alarme se déclenche, me réveillant en sursaut. Merde. Je bondis hors du lit et m'empresse d'aller prendre une douche. J'avais presque oublié. J'ai mon premier cours ce matin, en tant que professeur à l'école de commerce de l'université de New York. Les nouveaux se voient assigner les cours du samedi matin pour les professionnels travaillant à plein temps. Je ne bosse qu'à mi-temps à titre probatoire, mais si tout va bien, il y a une possibilité pour que je sois embauchée à plein temps. Mon père est allé à la fac avec le recteur de l'école de commerce, c'est ce qui m'a permis d'être prise. Le recteur aimait aussi que je dispose d'un MBA et de plusieurs années d'expérience en tant que conseillère de gestion dans une agence prestigieuse, où j'ai aidé des entreprises à gérer les changements d'organisation. En fait, c'est exactement le sujet de mon cours : la gestion des changements d'organisation. C'est un cours électif sur la voie du leadership. J'espère pouvoir donner plus de cours au semestre prochain, que ce soit sur le leadership ou la stratégie. Je suis assez excitée par tout ça, pour tout dire.

J'allume la douche et en attendant que l'eau se réchauffe, je m'aperçois dans le miroir. Waouh, je suis magnifique ! Les orgasmes pouvaient avoir des effets si merveilleux sur les femmes. Ma peau brille et mes cheveux blonds d'habitudes plats ont gagné en souplesse. Sûrement grâce à tout ce temps passé à rouler sur le matelas, mais je ne vais pas m'en plaindre.

Concentre-toi ! Tu ne peux pas être en retard à ton premier jour de classe.

Je me dépêche de me déshabiller et saute sous la douche. Je relirai mes notes pendant le trajet de métro jusqu'en ville. J'ai vraiment envie de ce boulot. C'est le début de ma nouvelle carrière. Mes parents sont si fiers que je me sois tournée vers la profession à laquelle ils ont dédié leur vie. Mon père enseigne la musique au collège local et ma mère est institutrice d'école primaire. Je prononce un petit discours d'encouragement mental pour me motiver. C'est toujours un dur combat, de dépasser ma timidité naturelle, mais je ne la laisserai pas me barrer la route. *Tu es faite pour ça. C'est dans ton ADN.*

Le fait est que j'adore le sujet, ainsi que ma nouvelle mission d'aider de futurs hommes et femmes d'affaires à naviguer dans le monde de l'entreprise. L'enseignement est une vocation, et je suis prête à relever le défi. Je me lave rapidement et me rince. *Mon cours de trois heures sera un succès total. Si je soigne mon projet de vie, mon projet de vie prendra soin de moi. Allez, allez, allez !*

Un peu plus d'une heure plus tard, je sors du métro près du campus, un peu sonnée tandis que je cligne des yeux sous le soleil, ce jour frais de fin septembre. J'ai besoin de caféine, après être restée éveillée la moitié de la nuit. *Ne pense pas à lui. Concentre-toi, concentre-toi, concentre-toi.* Je me dirige vers le café au coin de la rue et regarde par la fenêtre en faisant la queue. J'ai toujours adoré le mois de septembre, parce que j'aime l'école. *Je suis faite pour ça. Ce jour est le début de la meilleure partie de ma vie, où j'accomplirai mon destin.*

L'attente pour commander un café est plus longue que prévu, et je suis désormais en retard pour rejoindre mon cours.

Je marche à toute vitesse vers le bâtiment, un peu gênée, mais tentant désespérément de ne pas l'être. Tu as la situation en main. Tu connais ton sujet. Tu vas simplement le partager avec d'autres personnes aux intérêts similaires. Je porte mon tailleur bleu marine porte-bonheur, mes nouveaux escarpins noirs au talon bloc, et j'espère être toujours enveloppée d'une luminescence orgasmique. *Ne pense pas à ça. Même si c'est un vrai produit de beauté miracle !*

Le bâtiment est une construction élégante et neuve composée d'une rotonde de quatre étages, de grandes baies vitrées et d'escaliers modernes comportant beaucoup de verre. Je me précipite au deuxième étage pour rejoindre ma salle de classe. C'est l'une des petites salles, et pas un immense auditorium.

Le cours commence dans quelques minutes. Je m'arrête dans le couloir aux murs lambrissés de bois clair, juste devant ma toute première salle de classe. Je suis un peu essoufflée et dois prendre plusieurs inspirations pour me calmer avant d'ouvrir la porte et d'entrer d'un pas assuré. Une petite foule est déjà présente, assise à de longues tables blanches sur quatre rangées. Il y a beaucoup de blanc, ici : les tables, les murs et plusieurs tableaux blancs à l'avant de la salle de classe. Les trois fenêtres au fond de la pièce laissent entrer encore plus de lumière qui se reflète sur le blanc.

Je jette un coup d'œil rapide à mes nouveaux étudiants, leur dis bonjour et me dirige droit vers le pupitre. Je devrais sûrement noter mon nom sur le tableau blanc derrière moi, mais je suis trop nerveuse pour l'instant. Je sors mon téléphone pour garder un œil sur l'heure, range mon sac à main à côté du pupitre et récupère mes notes et copies du programme dans mon sac en bandoulière. Je compte passer en revue le programme, donner un cours, prendre une pause de quinze minutes, puis leur faire discuter de quelques études de cas en petits groupes. Le cours concerne la meilleure manière de gérer les changements d'organisation dans des entreprises de toutes tailles, et c'est ma spécialité, grâce à mon ancienne carrière de conseillère en gestion. Je parcours mes notes tandis que quelques personnes supplémentaires nous rejoignent. Puis je regarde l'heure et lève enfin les yeux pour débuter le cours. *C'est parti.*

— Bonjour tout le monde. Je suis Rebecca Edwards. Bienvenue au…

Tout l'air s'échappe soudain de mes poumons et je reste bouche bée tandis que mon estomac se tord douloureusement. C'est impossible.

Je prends une goulée d'air. Qu'est-ce qu'il fait ici ? Le Bâtisseur Sexy, Connor *nom de famille inconnu comme Prince*, est assis au fond de ma salle de classe, ses yeux bleus perçants rivés sur moi.

Oh mon Dieu. Qu'est-ce qui se passe ? Je n'arrive pas à prendre une inspiration normale. Mon cœur essaie de s'échapper de ma cage thoracique en battant de manière effrénée. Est-ce que je suis en train de faire une crise cardiaque ?

Je n'arrive pas à y croire.

M'a-t-il suivie ici ? Ai-je attiré un harceleur ? Non, attendez. Il était là avant moi. C'est forcé. Je l'aurais remarqué s'il était entré dans la pièce, avec sa haute taille, ses muscles et son charme. Zut ! Il ne pouvait en aucun cas savoir que je serais là. Je n'en ai pas parlé du tout. Ce qui ne peut vouloir dire que…

Le Bâtisseur Sexy est mon élève.

— Une petite seconde, marmonné-je par-dessus le bourdonnement dans mes oreilles.

Je rive mon regard sur mes notes, figée sur place pendant Dieu sait combien de temps. Quelqu'un tousse et je reviens à moi-même. Je dois aller de l'avant. Ces gens ne se sont pas traînés dans une salle de classe un samedi matin pour regarder leur professeur rester plantée devant eux de manière catatonique. Je me souviens soudain que j'ai une liste d'élèves. Je vais faire l'appel et demander aux gens de se présenter. Oui, excellente idée. Ça détournera les projecteurs de moi le temps que je me ressaisisse. Et puis, je saurai enfin avec qui j'ai eu de multiples orgasmes hier soir.

Pourrais-je être virée pour ça ?

Mes joues sont cramoisies. En fait, tout mon corps est brûlant et je suis un peu tremblante. Je ne peux pas foirer le premier emploi de ma nouvelle carrière pour une sordide histoire de liaison entre professeur et élève. Je refuse de me laisser accuser d'avoir fait quoi que ce soit d'inapproprié. Non, monsieur. Je vais simplement éviter son regard et faire comme s'il n'était pas là.

— Je vais faire l'appel, annoncé-je.

Je garde les yeux fixés sur mon téléphone et pianote sur l'écran pour récupérer la liste d'élèves que le directeur m'a envoyée par e-mail.

— Quand je dirai votre nom, dites-m'en un peu plus sur votre expérience en entreprise et ce que vous espérez retirer de ce cours.

Je trouve l'e-mail et fais rapidement défiler la liste à la recherche d'un Connor. Même si je n'ai pas l'intention de le revoir en dehors de cette salle de classe. Ah, trouvé. Zut. Il y a deux Connor : Connor O'Sullivan et Connor Rourke. Je ne sais même pas lequel il est ! Comment suis-je censée l'appeler, Connor O ou Connor R ? Parce que je sais que dans ma tête, ce sera plutôt « Connor Orgasmes », « Connor Rénovations » ou « Connor Résolument Sexy ».

Je suis en train de devenir folle.

Au diable l'ordre alphabétique. J'ignore les noms de famille en A au sommet de la liste dans l'intention de résoudre le mystère du nom de famille de Connor.

— Connor O'Sullivan, dis-je en gardant les yeux baissés sur mon téléphone.

Une voix s'élève depuis la rangée de devant.

— C'est moi.

Je croise le regard d'un rouquin d'une trentaine d'années et plaque un sourire sur mon visage. Il se retourne sur son siège pour s'adresser à la classe.

— Je travaille dans une start-up et…

Je cesse de l'écouter et regarde le nom que je connais enfin. Connor Rourke. Ce nom de famille me dit quelque chose. Je le regarde bêtement pendant un long moment, mon cerveau refusant de fonctionner. Je dois faire une recherche Google. Soudain, je réalise que toute la classe est plongée dans le silence. Je m'empresse de prononcer un autre nom, au sommet de la liste, cette fois.

— Michael Ahern.

Sois sérieuse, tu n'as pas besoin de le chercher sur Google. Il est clairement intouchable. Et je sais que je me ferais des illusions de croire qu'un type aussi sublime, sexy et gentil que lui accepterait d'attendre la fin des cours dans trois mois pour sortir avec moi. Bon sang, c'est sûrement un étudiant en MBA à mi-temps, ce qui signifie qu'il suivra des cours ici pendant des années, et qu'avec un peu de chance, je continuerai à enseigner ici. En d'autres termes, Connor Rourke est interdit.

Mon esprit profite de ce moment pour retrouver l'information manquante concernant son nom de famille : la famille royale des Rourke. Voilà où j'ai entendu ce nom. Et si Connor était de leur famille ? Cela ferait-il de lui un prince ? Ai-je couché avec un prince ? Y a-t-il la moindre possibilité pour qu'à un moment donné, bien plus tard, quand ce cours sera terminé et que nous serons tous les deux commodément célibataires, je puisse visiter le palais ? Une tiare de princesse se profile-t-elle dans mon avenir ?

Argh. Je n'arrive pas à croire que je viens de m'égarer dans le territoire des fantasmes. Prince ou pas, il ne serait pas approprié pour moi d'avoir une relation avec lui.

Le Bâtisseur Sexy, et peut-être aussi prince, est un étudiant en MBA. Quelles étaient les probabilités pour que ça arrive ? Je suis tellement intriguée, et je meurs d'envie de me tourner vers Google pour découvrir tout ce je peux sur lui. Mais je ne compte rien faire de tout ça.

— Anita Beecher, annoncé-je quand le silence se fait.

De toute évidence, dévier de mon projet de vie était une énorme erreur de jugement. Attendez. C'est pour ça qu'il a dit qu'il n'avait pas de nom de famille comme Prince, hier soir ? Il ne faisait peut-être pas référence au chanteur, peut-être qu'il me donnait un indice quant à son statut royal. Je débite quelques noms supplémentaires pour faire l'appel, plongée dans mes pensées et m'efforçant de me souvenir de ce que j'ai entendu dire concernant les Rourke royaux. Ah, oui, il y a eu un énorme scandale quand la Princesse Emma a fui son propre mariage pour se mettre avec cette rock-star dure à cuire, Jackson Walker.

Quelques personnes rient à une phrase prononcée par l'un des étudiants et je réalise que je ne leur accorde pas toute mon attention. J'aurai amplement le temps de satisfaire ma curiosité après le cours. L'internet n'ira nulle part.

Je saute le nom de Connor Rourke pour le garder pour la fin, parce que j'ai besoin de me préparer à entendre sa voix grave et sexy.

— Oui, je suis là, Rebecca Edwards.

Je lève vivement la tête en entendant mon nom complet. Il me laisse savoir qu'on connaît enfin tous deux le nom de famille de la personne avec laquelle nous avons eu des ébats effrénés la nuit dernière. Oh Seigneur. Les autres étudiants se rendent-ils compte que je suis en feu à ce souvenir, ainsi qu'extrêmement embarrassée ? Je devrais peut-être déclencher l'alarme incendie. S'il y a bien une femme en feu qui a besoin d'une issue de secours, c'est moi. Sauf que jamais je n'enfreindrais les règles en déclenchant l'alarme alors qu'il n'y a aucun véritable incendie, et que je suis clouée sur place par le pouvoir de ces yeux bleus intenses qui semblent voir à travers moi, jusqu'à mon cœur tendre et vulnérable.

— Je travaille pour l'entreprise de construction et de développement immobilier de ma famille. La situation s'est un peu compliquée depuis qu'on s'est tournés vers le développement immobilier, on a beaucoup de choses à gérer, et je suis venu ici pour voir ce que je pourrais apprendre et qui nous aiderait à gérer la situation sans accroc.

Je détourne les yeux de lui non sans effort.

— Quel groupe intéressant et varié, lancé-je en récupérant mes notes entre mes mains tremblantes. Commençons. La plupart des organisations, des start-ups aux 500 plus grosses fortunes, doivent s'adapter ou mourir.

J'ai appris tout mon cours par cœur, mais je garde les yeux rivés sur mes papiers. J'ai besoin de temps pour m'ajuster à ces circonstances imprévues, et je dois juste surmonter ce premier cours.

Oh, merde. J'ai oublié de passer le programme en revue. Je tends la pile de papiers à l'étudiant le plus proche et demande :

— Faites passer, s'il vous plaît.

Je dois me ressaisir. Oh mon Dieu, ces trois mois vont être très longs.

∼

Connor

Je dois passer trois heures dans une salle de classe pour la première fois depuis des années et je n'arrive pas à me concentrer. J'ai des flash-back de la nuit dernière…

Becca au bar, l'air si sexy avec ses lèvres rouges pulpeuses et ses longues jambes.

Ces longues jambes enroulées autour de moi.

Ses cris d'extase rauques.

Son enthousiasme adorable.

Mon amante, ma professeure. *Et merde.*

Je *savais* que je n'aurais pas dû m'inscrire à ce cours. Je ne suis jamais allé à la fac, et j'ai dû obtenir une permission spéciale pour y assister. Je n'ai pas ma place ici, et j'ai des doutes depuis le moment où je me suis inscrit. Mais je dois accéder au poste de numéro deux de l'entreprise familiale, en tant que directeur des opérations, le bras droit de mon grand frère Dylan. Il est directeur général. Je me charge des tâches quotidiennes de l'entreprise tandis qu'il planifie et applique les éléments relatifs au tableau d'ensemble. Mes frères et moi sommes copropriétaires de Byrne Construction (à l'origine, c'était l'entreprise de mon oncle du côté Byrne de la famille), ainsi que de la nouvelle entreprise créée en lien avec elle, Rourke Management, spécialisée dans le développement immobilier.

Je n'aurais jamais cru devenir directeur des opérations, parce que mon grand frère Sean a toujours été la personne sur laquelle Dylan se reposait le plus. C'est logique. Sean est le deuxième né de la fratrie, et il est très proche de Dylan. Mais les temps ont changé. Sean voulait diriger notre branche caritative – la Fondation Royale Rourke US (la branche américaine de la fondation de nos cousins) – pour susciter des donations vers le développement apportant à la communauté, comme les parcs et les terrains de jeux. La véritable raison de ce changement de carrière, c'est qu'il est tombé fou amoureux d'une actrice et qu'il voulait avoir la liberté de travailler tout en voyageant, ce qui lui permettrait de la suivre sur tous ses lieux de tournages. D'ailleurs, il a envoyé un message ce matin pour annoncer qu'ils s'étaient fiancés hier soir, quand le tournage de son film s'est terminé à Atlanta. Je suppose donc que tout roule pour lui. En ce qui me concerne, j'étais le deuxième choix logique pour endosser ce rôle. Jack n'en voulait pas, Brendan avait déjà trouvé sa niche dans la recherche de nouvelles propriétés, et le Fauve est trop jeune et inexpérimenté. J'ai vingt-neuf ans et dix ans d'expérience à mon actif. Dans le bâtiment, pas dans la gestion.

Je suppose qu'on pourrait dire que ce cours était une réaction instinctive à ma nervosité à l'idée de devenir directeur des opérations. J'ai commencé à me dire que je ne m'y connaissais peut-être pas autant que je devrais pour gérer avec succès notre entreprise en pleine expansion. Je voulais juste être aussi préparé que possible, surtout sachant que dans quelques mois, Dylan compte prendre un congé paternité pour passer du temps avec son premier enfant. Tout reposera sur mes épaules, et je ne peux pas le décevoir.

Dès que le cours se termine, Becca annonce les horaires où on peut la trouver dans son bureau et s'empresse de se joindre à la file d'étudiants en train de passer la porte, sans me jeter un seul regard. Quelque chose me dit qu'elle m'évite – elle m'a à peine regardé en trois heures – mais nous devons parler de tout ça. Je n'ai pas manqué de remarquer son embarras quand elle m'a vu assis au fond de la salle. J'étais tout aussi stupéfait, quand je l'ai vue entrer. La tigresse d'hier soir est une enseignante d'école de commerce avec un MBA et une expérience professionnelle impressionnante. Je m'émerveille un moment à l'idée que nos chemins se soient croisés pas une fois, mais deux. Dans une situation normale, ils n'auraient jamais dû le faire, mais que ça arrive deux fois ? C'est peut-être un signe.

Je sors dans le couloir à temps pour la rattraper. Elle parle à un autre étudiant du cours. J'attends qu'il soit parti et me rapproche dès qu'elle est seule.

— Eh.

Des taches rouge vif recouvrent ses joues.

— Salut. Euh, je dois…

Elle fait un signe vers le couloir comme si elle devait partir.

— Je te raccompagne.

— C'est inapproprié, dit-elle entre ses dents tout en marchant d'un pas vif.

— On ne fait que parler. Je ne savais pas que tu étais Rebecca Edwards.

— Becca est le diminutif de Rebecca, marmonne-t-elle.

— Et je ne connaissais pas ton nom de famille. C'est une drôle de coïncidence.

Elle baisse la voix.

— Je savais qu'hier soir était une erreur, dit-elle avec un geste vif. Je prends toujours mon temps, je fais mes recherches…

— Des recherches ?

Elle me lance un regard en coin.

— Tu ne cherches pas sur Google les gens avec qui tu sors ?

— Euh, non.

— Eh bien, moi si, répond-elle en haussant le menton.

Elle accélère le pas.

— Regardons juste les faits, dis-je en gardant le rythme.

Elle secoue la tête.

— J'aurais dû regarder la liste d'élèves avec plus d'attention.

— Je ne t'ai jamais donné mon nom de famille. Tu te souviens quand on a plaisanté en disant que j'étais l'un de ces types qui n'ont qu'un nom, comme Prince ?

Le rouge sur ses joues descend sur son cou. Elle se souvient qu'elle était nue et blottie contre moi en cuillère quand nous avons eu cette conversation. Si je n'avais pas été si fatigué, la cuillère se serait aussitôt transformée en fourchette. Je réprime un sourire à ma propre blague. J'ai envie de retrouver cette sensation chaleureuse et agréable entre nous. Et je n'ai pas du tout envie que ça se termine si vite.

— Becca, je sais que c'est un choc pour nous deux, mais ça n'annule en rien hier soir.

— Chut !

Elle arrête de marcher et se rapproche de moi. Pas de

rouge à lèvres rouge, aujourd'hui. Il est rose. Un rose tentant. Bon Dieu, ce qu'elle est belle.

— De toute évidence, ça ne peut pas aller plus loin entre nous. S'il te plaît, contente-toi d'effacer mon numéro et faisons semblant qu'hier soir ne s'est jamais produit.

— Et si je n'ai pas envie de faire comme si ce n'était jamais arrivé ?

Elle plisse ses yeux bleu clair.

— Tu n'as pas le choix. Je ne suis que professeur adjoint et c'est mon premier cours. Je veux conserver cet emploi.

Je baisse la voix et demande d'une voix rauque :

— Et si j'ai besoin d'un peu d'aide supplémentaire ?

Elle se raidit.

— Tu pourras venir me voir quand je serai dans mon bureau, le jeudi soir.

J'incline la tête.

— Ce ne serait pas dangereux, toi et moi, seuls dans un bureau le soir ?

Je plaisante, mais ce n'est clairement pas le bon moment.

— Fais-moi confiance, je ne ferai rien qui puisse t'attirer des ennuis, lui assuré-je.

Elle hoche une fois la tête, puis le petit diable en moi prend le dessus.

— Sauf si tu ne me donnes pas de A.

Elle me donne une tape sur l'épaule.

— Ce n'est pas drôle.

— C'est absurde, cette coïncidence. Si absurde que c'en est drôle. Un tout petit peu.

Elle ouvre la bouche, puis la referme. Elle tourne les talons et s'éloigne, la tête haute.

Je la regarde partir, tentant de déterminer quoi faire. Nous allons nous voir tous les samedis matin. Peut-être aussi le jeudi soir, si j'ai besoin d'aide. *C'est vraiment mal.* Je ne suis pas aussi diabolique, d'habitude. C'est plutôt le genre de mon frère, Brendan. Je suis le petit ange de la famille. En tout cas, c'est ce que mes parents disaient toujours. Je suis le quatrième fils, et d'après eux, j'étais si sage qu'ils ont décidé d'avoir un autre enfant. Leur prochain fils, Brendan, les a pris de cours par son comportement facétieux (ils l'appelaient « le petit diable »). Je suis certain que le Fauve (Garrett) était un accident, parce qu'après lui, mon père s'est fait opérer. Notre famille s'est retrouvée composée de cinq garçons turbulents plus moi, l'ange. Je ne suis pas aussi angélique que ça, juste réservé, du genre à garder mes pensées pour moi. Je suppose que mes parents ont apprécié d'avoir un peu de calme. Ah ah.

Je sors lentement, marchant à distance prudente d'elle. Je suis sûr qu'on se dirige vers la même station de métro. On vit tous les deux dans le quartier de Flatbush de Brooklyn. Je décide de m'arrêter pour prendre un café et lui donner une longueur d'avance. Je prendrai le wagon suivant. De toute évidence, elle n'est pas prête à encaisser le fait que je sois à la fois son merveilleux amant et son étudiant moyen. Je souris tout seul en me souvenant d'hier soir. Elle a vraiment chanté mes louanges. Je devrais le lui rappeler, la prochaine fois que je la verrai.

En dehors de la salle de classe, bien sûr.

5
———————

Becca

J'ai réussi. J'ai survécu à mon premier cours, malgré la présence de mon élève inattendu. Je ne me suis pas évanouie, je n'ai pas paniqué et je ne me suis pas humiliée de quelque manière que ce soit. Je descends les marches du métro. En fait, j'irais même jusqu'à dire que ce jour était un succès. Je me suis même acheté un café mocha pour célébrer ça. Je bois la dernière gorgée de mon gobelet et le jette dans une poubelle. Après la première demi-heure, je me suis détendue et je pense que nous avons échangé des discussions de classe très approfondies et intéressantes. Pas avec lui. Il est resté silencieux. Et Dieu merci, parce que je ne crois pas que j'aurais réussi à l'ignorer aussi facilement, s'il avait participé.

Mes épaules s'affaissent tandis que la culpabilité m'envahit. Ce n'est vraiment pas juste, d'espérer que Connor ne participera pas de tout le reste du semestre. Il s'est inscrit à ce cours pour apprendre quelque chose, et cela implique de prendre part aux discussions de groupe. Samedi prochain, pendant la pause, je le prendrai discrètement à part et je l'encouragerai à participer. Je suis sûr qu'au fil du temps, il me sera plus facile d'entendre sa voix grave et sexy et de voir son corps sublime. Je pousse un brusque soupir. Je me montre si superficielle. Mon projet de vie m'indique qu'il est temps pour moi de me trouver un vrai partenaire, quelqu'un qui me conviendra sur le long terme, quelqu'un d'approprié. Connor Rourke est tout l'opposé de ce dont j'ai besoin à ce moment de ma vie.

Je suis sûre que je pourrais me faire virer si je couche avec un étudiant. Je n'ose pas poser la question à qui que ce soit. Je vais devoir feuilleter discrètement le manuel de l'employé. C'est un terrain très risqué, surtout pour une nouvelle enseignante adjointe en probation. Je ne suis pas sûre de réussir à cacher mon attirance pour lui, si nous continuons de nous voir et que je laisse les choses devenir plus sérieuses. Et si les autres étudiants pensaient que j'ai un chouchou ? Ce serait mauvais pour ma réputation.

Il est primordial de dresser des limites claires.

Je traverse la plateforme pour attendre ma rame et sors mon téléphone. Juste pour fermer la porte Connor une bonne fois pour toutes, j'étudie le règlement officiel concernant les relations entre professeur et étudiant. Oui, je ne suis pas surprise. Elles sont strictement interdites, même en école supérieure, sauf en cas de circonstances extraordinaires qui doivent être approuvées par votre superviseur dans le but d'éliminer tout conflit d'intérêts possible. Il est hors de question que j'aille voir le doyen Sears – l'ami de fac de mon père – pour lui demander la permission spéciale de continuer à sortir avec le type avec qui j'ai couché une fois. Moi, une professeure en période de probation. Je ne peux même pas m'imaginer faire ça. Non seulement ce serait extrêmement embarrassant, de demander la permission à mon patron (qu'il ne m'accorderait sûrement pas) mais en plus, je suis sûre que le doyen Sears en parlerait à mon père. Mes parents seraient si choqués et déçus de moi. Ils prennent leur carrière de professeur très au sérieux – mon père était le Professeur de l'Année de New York, l'année dernière – et en aucune circonstance ils n'encourageraient une relation entre un professeur et son étudiant. Ils n'accepteraient jamais Connor. J'aurais de la chance s'ils ne me reniaient pas.

OK, on a passé un bon moment, et c'est tout. Au bout d'un

moment, j'arriverais à donner mes cours en sa présence sans me sentir mal à l'aise. Tout ce que j'ai à faire, c'est maintenir des limites fermes. Rester professionnelle.

Je me balance sur mes talons. J'espérais vraiment qu'hier soir serait le début de quelque chose de plus. Il est le premier homme avec qui j'aie accroché aussitôt. Tout semblait si facile, si naturel. Je suis vraiment déprimée de ne pouvoir aller plus loin. Parfois, ça craint de faire le bon choix.

Je me concentre à nouveau sur mon téléphone et vais sur Google. Je ne franchis pas la limite en faisant une recherche privée rien que pour satisfaire ma curiosité à propos de cette histoire de royauté, me rassuré-je. Sur le trajet jusqu'ici, je me suis souvenue d'autres détails concernant les Rourke. Au printemps dernier, quand j'étais en Angleterre pour mon boulot, on parlait du mariage royal des Rourke à Villroy aux infos. Le plus croustillant, c'était que le marié venait de la famille exilée, et je suis certaine qu'il était de New York. Mon cœur accélère à l'idée d'avoir peut-être passé la nuit dernière avec un vrai prince. Je tape « Rourke Villroy New-York » et un nombre ahurissant d'articles et d'images apparaissent. Beaucoup concernent Dylan Rourke.

Soudain, j'ai le sentiment d'être observée. Je lève les yeux et croise le regard de ce dernier. Pas Dylan. L'homme qui refuse d'arrêter de me suivre !

Je m'empresse de ranger mon téléphone dans mon sac à main, le cœur battant la chamade et les joues écarlates.

Connor jette son gobelet de café dans la poubelle avant de réduire la distance entre nous.

— Détends-toi, je ne te suis pas. On vit dans le même quartier.

Oh, super, on va pouvoir prendre le métro ensemble tous les samedis, songé-je. Je ne le dis pas à voix haute, parce que je ne suis pas aussi mesquine. *Et je vais sûrement aussi tomber sur toi dans le quartier. Argh !* Comment je suis censée maintenir des limites fermes quand je n'arrête pas de le voir partout ? Je ne suis qu'un être humain, et je suis énormément attirée par lui. La distance est ma seule défense contre la tentation.

— Tu n'es pas obligée d'avoir l'air aussi horrifiée à l'idée qu'on soit voisins, dit-il. Tu avais l'air de m'apprécier, hier soir.

Je regarde autour de moi pour vérifier qu'il n'y a aucun visage familier de mon cours. La voie est libre. Même si je ne suis pas sûre de réussir à reconnaître chacun de mes vingt nouveaux étudiants dans une foule. Je croise les bras et réponds de ma voix la plus sévère :

— Je ne devrais pas passer de temps avec toi en dehors de la salle de classe, à moins qu'il s'agisse de mes heures de bureau officielles.

Il m'étudie des yeux pendant si longtemps que je dois faire un effort pour ne pas me tortiller sur place. *Est-ce qu'il me soupçonne de l'avoir cherché sur Google ? Ou est-ce qu'il devine que même à cet instant, je trouve difficile de lui résister ?*

— Tu es vraiment à cheval sur le règlement, hein ?

Oh seigneur, il ne soupçonne rien du tout.

Je détends les bras.

— Dans ce cas précis, oui.

Un crissement de freins annonce l'arrivée de notre rame. Dès que les passagers sortants ont passé les portes, je me précipite en avant. J'ai la chance de récupérer un siège trois places près de l'avant de la rame, l'un des meilleurs. Vous voyez, il ne se passe pas que des trucs gênants et extrêmement embarrassants, aujourd'hui. Je m'assois sur le siège contre la fenêtre et pose mon sac en bandoulière sur l'autre siège. Ah, enfin un peu d'espace.

Connor se laisse tomber sur le troisième siège et je réprime un grognement. N'a-t-il pas compris l'urgence de cette situation professeur-étudiant-amants ? Nous devons prendre nos distances.

Quelques secondes passent durant lesquelles il reste assis là en silence, comme s'il n'était qu'un parfait étranger prenant le métro, alors qu'on sait tous les deux qu'il est plus que ça. Je l'ai vu nu. Je l'ai embrassé, touché, goûté. Je mouille à ce souvenir lubrique. *Ne t'enfonce pas plus loin dans le train de pensées porno. Non, pas « s'enfoncer », c'est aussi lubrique. Contente-toi de t'arrêter. De manière permanente. Le train de pensées porno est désormais officiellement hors service.*

Je me tourne vers lui, déterminée à reprendre le contrôle de la situation.

— Tu ne vois donc pas la situation difficile dans laquelle je me trouve ? C'est mon premier jour en tant qu'enseignante et j'ai vraiment envie que ça se passe bien. Je ne travaille là-bas qu'à mi-temps durant ma période de probation. Je ne peux pas tout gâcher.

— Tu ne gâcheras rien.

— Je ne peux pas sortir avec un étudiant !

Il se glisse sur le siège du milieu, posant mon sac en bandoulière sur ses genoux, et me murmure à l'oreille :

— Ça t'aiderait si je te dis que je viens en cours en tant qu'auditeur libre, et pas pour obtenir une note officielle ? J'ai reçu une permission spéciale pour suivre le cours de la part de l'un des assistants du doyen.

Je laisse échapper un petit soupir soulagé à l'idée que ce ne soit pas le doyen qui se soit chargé de son dossier, parce que c'est mon patron et l'ami de mon père. Je n'avais pas envie que ce genre de connexion se crée, en aucune circonstance.

Je me tourne face à lui et soudain, nous sommes très proches, assez pour nous embrasser. J'ignore l'éclair de chaleur qui me parcourt ainsi que mon pouls qui palpite et m'écarte nonchalamment hors de portée de baiser.

— Pourquoi tu es en auditeur libre ?

— Je ne suis pas en école de commerce, répond-il.

Sa voix est semblable à une caresse soyeuse : apaisante, douce et attirante.

— Je voulais juste en apprendre plus, vu que je vais endosser une position de gestionnaire au boulot. Je ne suis jamais allé à la fac. Je devrais d'abord faire ça avant de pouvoir entrer en école de commerce.

— C'est le seul cours que tu comptes suivre ?

— Sûrement. Ce n'est pas facile de jongler entre ça et le travail.

Je me renfonce sur mon siège et réfléchis à cette nouvelle info. Un cours, *mon* cours. Je n'aurais pas à l'éviter pendant des années. Il a plus le statut de visiteur dans l'école de commerce. Est-ce que ça change quoi que ce soit ?

Non, ce sera mal perçu. Il *ressemble* à mon étudiant. Et il n'y a aucune chance pour qu'il attende trois mois que mon cours se termine. On vient de se rencontrer, et regardez-le, il est clair qu'il peut choisir toutes les femmes qu'il veut.

Devrais-je lui demander s'il serait prêt à attendre la fin des cours pour sortir avec moi ? Mais et s'il ne voyait ça que comme une aventure sans attaches ? M'attendre nous ferait entrer dans une relation plus sérieuse.

— Tout est arrangé, maintenant ? demande-t-il.

Je pousse un soupir.

— Ça pose toujours problème. Ce sera mal vu. Je pourrais me faire virer pour être sortie avec un étudiant.

— Mais je n'aurai pas de note. C'est différent, non ?

Je n'arrive toujours pas à m'imaginer demander au doyen Sears la permission spéciale de sortir avec Connor. Comment pourrais-je expliquer ça ? On s'est rencontrés dans un bar la veille du cours et je ne connaissais pas son nom de famille, tout cela m'est donc tombé dessus par surprise. Même en laissant de côté nos ébats, ça fait mauvais genre. Je passerais pour quelqu'un de désinvolte et coureur. Je dois ressembler au professeur qu'on a envie d'intégrer à son personnel à plein temps. Et je n'ai pas envie que cela revienne aux oreilles de mes parents.

— Tu ressembles quand même à un étudiant, réponds-je d'une voix ferme. Les autres élèves te considéreront comme l'un d'entre eux.

Et je finirais par me trahir. Je ne suis pas du tout sûre de réussir à cacher mon attirance pour lui, si je continue de sortir avec lui. Ma banque de souvenirs lubriques sera remplie d'un tas soirées aux multiples orgasmes. Argh, ça craint. J'ai enfin découvert la passion, et je vais devoir lui dire adieu. Je n'ai même pas droit à un dernier baiser. Juste un au revoir. Plus de merveilleux baisers, plus de merveilleux orgasmes et plus d'hommes merveilleux. C'est le pire lendemain de soirée du monde.

Il me prend la main et son pouce effleure la peau sensible sous mon poignet. Un frisson brûlant me parcourt le bras.

— Je n'ai pas envie que tu sois virée non plus, alors et si on restait discrets, tu sais ? On pourrait garder ça pour nous.

Je retire ma main. Je ne peux pas me laisser tenter.

— Non.

Il se redresse sur son siège.

— OK, dit-il en me rendant mon sac en bandoulière.

Je le pose sur mes genoux, mon sac à main par-dessus. *C'est tout, hein ?* Je pensais qu'il insisterait un peu plus. Il devait considérer ça comme une simple aventure.

Je serre les dents et me détourne. Sérieusement, après tous les trucs coquins qu'on s'est faits l'un à l'autre hier soir. Je suis en rogne, et j'ai bien conscience de l'ironie de cette situation. Mais je ne peux pas m'en empêcher. Je déteste devoir l'admettre, parce que j'essaie de rester forte et de faire le bon choix, mais ça aurait été sympa qu'il soit déçu, lui aussi. Je suppose que ça vaut mieux. D'accord, le sexe aurait été fantastique, mais si ça ne mène nulle part, quel est l'intérêt ? Ce n'est pas ce que je veux. Je sais au moins ça.

Je lui jette un coup d'œil et vois qu'il a les yeux fermés, comme s'il s'apprêtait à faire une sieste. Il est sérieux ? Il est assis juste à côté de moi et il m'ignore ?

— Tu vois, tu viens de me prouver que j'avais raison, lui murmuré-je à l'oreille. Tu ne considères pas notre histoire comme quelque chose de sérieux, alors pourquoi je risquerais mon futur rien que pour du sexe ?

Il ne prend pas la peine d'ouvrir les yeux.

— De quoi tu parles ? J'ai tout oublié, comme tu me l'as demandé.

Je m'affaisse sur mon siège. Je lui ai dit de tout oublier, oui, mais était-il obligé d'être aussi accommodant ?

— Tant mieux, lui assuré-je. J'ai tout oublié aussi.

Il sourit, ses dents blanches étincelant en contraste avec les poils noirs sur sa mâchoire.

— Non, c'est faux.

Si suffisant, si arrogant, si sexy. Je refuse de me laisser attirer vers lui. Mon seul recours, c'est de l'ignorer. Nous devons apprendre à coexister sans interagir de trop près, si nous voulons réussir à surmonter ce semestre.

Je sors mon téléphone de mon sac à main et m'éloigne de lui au cas où il ouvrirait les yeux. Après avoir pianoté quelques secondes sur les touches, je me retrouve à faire défiler les photos de mariage de Dylan Rourke. Oh mon Dieu, c'est lui ! Le Bâtisseur Sexy est vraiment un prince en secret. Ooh, c'est très mauvais signe. Il constitue un double fantasme, pour moi, enrobé dans le même corps – un rénovateur royal. Quelles étaient les probabilités pour que je rencontre un homme cochant toutes les cases de mes fantasmes ? Avant de devenir accro à ces émissions de bâtisseurs sexy et tous ces fantasmes incluant des hommes torses nus avec leurs outils, j'ai eu ma période fantasme princier. Il m'emmènerait dans son palais, où je vivrais comme une princesse avec tous les beaux vêtements et les chevaux dont une fille peut rêver (j'étais un peu plus jeune quand ce fantasme s'est déclaré, mais c'est encore une idée excitante). Comment suis-je censée résister à la tentation pendant trois longs mois ? Surtout en sachant que cet homme est un rénovateur royal capable de prodiguer de multiples orgasmes. C'est tellement injuste.

Je lui jette un coup d'œil. Il a toujours les yeux fermés.

— Tu es un prince.

Il entrouvre les yeux.

— Tu es en train de me chercher sur Google ? demande-t-il d'un ton amusé.

— Pourquoi tu ne m'as pas dit que tu étais un prince ?

Il referme les yeux, une expression suffisante sur son visage sublime.

— Dommage que tu ne sois pas intéressée, parce que je suis un très bon parti.

— C'est ça, marmonné-je.

Puisqu'il a toujours les yeux fermés, je retourne aussitôt sur Google et découvre l'histoire fascinante et compliquée de ses liens familiaux avec ce royaume lointain. Son père a abdiqué le trône pour épouser celle qu'il aimait. C'est si romantique ! Pas étonnant que le prince Connor m'ait portée quand je suis tombée. Les bonnes manières et la galanterie font partie de ses gènes.

Je laisse échapper un petit soupir de regret, et réalise soudain que la rame s'est arrêtée et que Connor s'est levé. C'est mon arrêt. Je récupère mes affaires et m'empresse de sortir.

Il me suit. *Ah, super. Je suis sûre qu'il vit au bout de ma rue.* C'est l'univers qui me rappelle que dévier de mon projet de vie ne pourra que causer le chaos. C'est pour ça que j'ai tout planifié au départ.

— Tu peux te détendre, dit-il tandis que nous grimpons les marches pour rejoindre la rue. Je vis à trois pâtés de maisons de chez toi. Tu ne me verras que si j'ai envie de te voir.

Je garde les yeux fixés droit devant moi et parle d'une voix calme et égale.

— Ce n'est pas un problème. Vis ta vie et je vivrai la mienne. Mais ne retourne pas à la Corde Pincée.

Il vient d'arriver dans ce quartier et c'est mon bar favori. J'adore la musique live et son emplacement près de mon appartement. Il peut se trouver un autre endroit où aller draguer des femmes. Je n'ai pas du tout envie d'être témoin de ça.

— Tu viens de mettre une option sur cet endroit ?

— Oui. Je vais là-bas depuis des années et je ne t'y avais jamais vu avant hier soir. J'ai mérité cette option.

Nous atteignons le trottoir et il continue de marcher avec moi vers mon immeuble.

— Et si j'ai envie d'une bière ?

— Eh bien, tu pourras acheter un pack de six dans ton épicerie locale.

— Tu parles de celle dans ta rue ?

— Celle que tu veux.

Il me prend le bras pour me faire m'arrêter. Il a la mâchoire crispée et j'entends clairement la frustration dans sa voix quand il me demande :

— Tu veux que je laisse tomber ce cours ?

Mon estomac se noue et je déglutis, submergée de culpabilité.

— Non, ce n'est pas ce que je veux. Tu as tous les droits d'y participer. J'espère que tu le trouveras utile.

— OK. Donc, à un moment donné, tu cesseras de te montrer hostile avec moi ?

Je suis prise de cours. J'essayais juste d'établir des limites fermes.

— Je ne suis pas hostile. J'ai juste été surprise, c'est tout. Tout ira mieux la semaine prochaine. C'est promis.

Il incline la tête et nous continuons de marcher en silence. Ma tête est remplie de pensées conflictuelles et emmêlées. J'ai toujours envie de le voir, mais je sais à quel point c'est hypocrite et mal. Mais il représente tout ce que j'ai toujours trouvé fascinant – à la fois prince et bâtisseur – et c'est de loin le meilleur amant que j'aie jamais connu. Je parie qu'il est doué de ses mains. Il est sûrement capable d'accomplir ce travail d'ébénisterie compliqué que j'adore, sur les moulures et les vieux meubles.

— Tu es doué dans ton boulot ? finis-je par demander.

— Oui, je crois.

— Qu'est-ce que tu fais, exactement ?

— Je peux tout faire. Mon oncle, l'ancien propriétaire de notre entreprise, me faisait tourner sur différentes tâches. La pose de plâtre, la plomberie, le système électrique, la toiture…

— Le travail du bois ?

Il étire les lèvres et l'amusement fait pétiller ses yeux bleus.

— Oui, il m'est déjà arrivé de travailler le bois.

Il flirte avec moi.

— Je ne toucherai pas à ça.

— Mince.

Je me mords la lèvre inférieure. C'est exactement comme dans mon fantasme de *Reno Magic*, dans lequel je suis sur le chantier avec le magnifique présentateur, Clint Owens, et que nous plaisantons au sujet des outils, du bois et ainsi de suite. Et puis, soudain, nous nous retrouvons en pleine action sur le plancher de bois original restauré récemment. *Non. Je dois rester forte.*

Quelques instants plus tard, nous arrivons devant mon immeuble. Ses yeux scrutent les miens.

— On dirait qu'on est arrivés chez toi.

Il veut savoir quelle est ma position. Il sent peut-être ma confusion. Mon cerveau et mon corps sont en pleine lutte pour décider de la voie à suivre. Et mon cœur ne sait pas quoi faire. Je ne sais pas où j'en suis avec lui. Je ne sais pas si cela vaut la peine de risquer ma carrière pour ce que nous avons, qui ne se résume finalement qu'à une nuit.

— Conny, dis-je.

Cette conversation est entre le Conny et la Becca d'hier soir, et pas entre l'étudiant/rénovateur royal Connor Rourke et le professeur Rebecca Edwards. Et la vérité, c'est qu'il n'est pas qu'un fantasme, c'est un vrai homme avec de vrais sentiments, et je n'ai pas envie de jouer avec lui. Je sais quelle est la chose à faire. Je dois juste trouver la force de m'y tenir.

— Oui, Becca, répond-il d'une voix râpeuse qui fait trembler mes genoux.

J'ouvre la bouche, puis la referme. *Prends une grande inspiration. Arrache le pansement.*

— On se voit en cours la semaine prochaine.

Il recule d'un pas, la mâchoire serrée, puis m'adresse un signe de tête tendu et reprend sa route.

J'ai fait ce qu'il fallait. J'en suis certaine. Alors pourquoi ai-je la poitrine comprimée comme si je venais de perdre quelque chose d'important ?

6

Connor

Je me laisse tomber lourdement sur une chaise pliante de notre table de déjeuner improvisée, qui n'est qu'une planche de bois en équilibre sur un tréteau, et grommelle un bonjour aux gars – Brendan, le Fauve et quelques nouveaux membres de l'équipe. Je dors très mal, ces derniers temps. Ça fait deux jours que j'ai vécu ce moment avec mon enseignante accidentelle sexy. Je refuse de penser à notre nuit ensemble, ce qui est facile durant la journée, quand je suis assez occupé pour rester distrait. Le problème, c'est la nuit. Je me retourne dans tous les sens avant de finir enfin par m'endormir, puis je me mets à rêver d'elle et me réveille dur comme la pierre. Sa peau douce, ses yeux bleu pâle, ses lèvres roses et pulpeuses... tout ce qui la compose est ancré dans mon cerveau. Je dois l'oublier, je le sais, mais c'est impossible. Nous semblions si bien accrocher. Nous riions en même temps, nous discutions facilement, et le sexe était fantastique. Quelles étaient les chances pour que je tombe sur elle deux fois en deux jours ? Je viens d'emménager dans le quartier, la rencontrer au bar était donc une chose. Tout le monde est nouveau, pour moi, ici. Mais quelles étaient les probabilités pour que je la retrouve à l'université de New York ?

Arrête de penser à elle !

Je déballe mon sandwich de déjeuner habituel – chips de pomme de terre sur un morceau de rosbif et du provolone – et j'écoute les bavardages autour de la table, qui tournent autour d'une boîte de nuit souterraine. Nous avons engagé du personnel pour ce projet, raison pour laquelle je ne connais pas très bien certains des membres de l'équipe. Nous rénovons une ancienne usine de cordes marines située dans l'ancienne zone industrielle du front de mer de Brooklyn, en espace commercial style loft, dans l'espoir d'attirer des locataires high-tech et artistes. Les hautes fenêtres en ogive apportent beaucoup de luminosité et la vue sur le paysage urbain de Manhattan est spectaculaire. Une partie de notre projet philanthropique pour cet endroit est d'inclure des studios d'art au prix abordable pour les gens ayant besoin d'un espace large pour travailler avec leurs matériaux, comme les ébénistes, ceux qui travaillent le métal ou la céramique. Le terrain environnant a besoin d'une nouvelle jetée, qui fera bientôt partie d'un petit parc sur le front de mer avec un chemin de promenade et un espace vert pour les bains de soleil et les pique-niques. C'est notre projet le plus ambitieux jusqu'ici, et j'éprouve une certaine pression à me trouver impliqué à la gestion des choses, surtout sachant que c'est notre famille qui finance. Par chance, le fait de continuer aussi à bosser avec l'équipe m'aide à ne pas devenir fou. Je ne pourrais jamais être le genre de type qui travaille derrière un bureau.

Brendan soulève son téléphone et grogne.

— Qui a ajouté maman à notre messagerie groupée ? Sérieux ! Mon téléphone explose de notifications. Tout ce qu'on dit dans ce groupe n'est pas fait pour être vu par elle.

Les membres de l'équipe ricanent. Mes frères et moi parlons dans une messagerie groupée.

Il fait défiler les messages et grommelle :

— Ça va nous revenir en pleine face.

Puis il lève la tête et son regard passe de moi au Fauve.

— Que celui qui a fait ça la retire du groupe.

— Mais elle s'en rendra compte si on la vire, dit le Fauve,

se trahissant. Je me suis juste dit qu'il serait plus facile de trouver une date qui convienne à tout le monde pour la fête de fiançailles de Sean et Josie.

— Elle va passer son temps à envoyer des messages, réplique Brendan en agitant son téléphone.

— Crée un groupe de messagerie séparé sans elle, suggéré-je.

Le Fauve commence à pianoter sur son téléphone. Il est le bébé de la famille. Ma mère l'appelle son ours en peluche. C'est sûrement pour ça qu'il s'est musclé à ce point, pour se débarrasser de ce surnom. Je dois admettre qu'il ressemble plus à une bête sauvage qu'à un ours en peluche, maintenant. Surtout depuis qu'il s'est rasé la tête. Les cheveux courts rendent vraiment son visage plus anguleux et dur. Mais tout cela n'est que de la poudre aux yeux pour dissimuler sa sensibilité secrète.

Mon grand frère, Jack, s'assoit et dépose une bouteille de sauce piquante sur la table. Ses cheveux brun foncé sont plus longs sur le dessus et coiffés avec un produit qui lui donne l'air plus hipster qu'il ne l'est. Il déballe nonchalamment son sandwich.

— Quelqu'un veut de la sauce piquante ? C'est une nouvelle recette de Lola.

Le restaurant de son amie. Pour ce que j'en sais, ils ne vendent pas de condiments à emporter.

Personne ne fait un geste pour prendre la sauce piquante. Jack est le roi des farceurs, et nous en avons tous déjà été la victime, même les nouveaux. Surtout les nouveaux. Dommage pour eux, parce que Jack est désormais chef d'équipe.

— Toi d'abord, dis-je en mordant dans mon sandwich.

— J'en ai déjà pris, répond-il d'une voix assurée. Il y en a dans mon sandwich.

— Je veux te voir en prendre directement depuis la bouteille, dis-je.

Jack tente de prendre un air offensé, yeux écarquillés.

— Oh, allez. Tu sais que j'ai réduit les farces. Ma fiancée

m'a ouvert les yeux et je sais ce que ça fait d'en être la victime, maintenant.

Il adore dire « ma fiancée ». Il l'a déjà dit au moins cent fois, alors qu'ils ne sont fiancés que depuis trois semaines.

Brendan éclate de rire.

— C'est vrai qu'elle t'a bien eu, à Las Vegas.

— Ce n'était pas la seule fois, répond Jack.

Tout le monde se met à l'interroger en même temps sur ce qu'elle a fait d'autre.

Il lève une main pour les interrompre.

— Je ne vous confierai pas les détails croustillants. Sachez juste que cette femme sournoise m'a donné une bonne leçon.

Un sourire stupide s'étire sur son visage tandis qu'il ouvre une bouteille d'eau. Il n'a aucune idée à quel point il a l'air idiot, avec tous ses sourires rêveurs. Le Jack amoureux est à la fois agaçant et divertissant. C'est la première fois qu'il est dans une vraie relation, et il y est allé à fond. Je suis heureux pour lui, mais je vais quand même me moquer un peu. C'est comme ça que ça marche, entre nous.

Je prends une photo de son expression ridicule et la lui montre.

— Regarde-moi cet idiot.

Il sourit.

— C'est à ça que ressemble un homme amoureux.

Il attrape la sauce piquante et en verse directement sur sa langue.

— Vous voyez ? Elle est juste très très piquante, dit-il avant de prendre sa bouteille d'eau pour l'engloutir, le visage écarlate.

Tout le monde éclate de rire.

— Du pain t'apaiserait plus que de l'eau, remarque le Fauve par-dessus les rires.

Nous jetons tous un morceau de pain de nos sandwichs à la tête de Jack. Il rit, avant de se mettre à tousser comme un dingue.

— Elle n'est pas si piquante, en vrai, affirme-t-il en

prenant une inspiration étranglée. Il ne faut pas la prendre sans rien, c'est tout.

Dylan, notre frère aîné et directeur, entre dans la pièce et annonce d'une voix tonnante :

— Salut, les gars ! On dirait que j'arrive juste à temps pour le déjeuner.

Il ressemble plus à mon père que le reste d'entre nous, pas seulement dans les traits de son visage, mais aussi dans son assurance innée et son allure. Mon père et Dylan sont tous les deux des meneurs naturels. Sauf qu'au lieu d'être respectivement roi et prince héritier, ils sont devenus chef de famille et directeur d'entreprise. Ils n'en sont pas moins des meneurs importants.

— Pourquoi tu es d'aussi bonne humeur ? demande Brendan, la bouche pleine de chips. Tu as une nouvelle piste de propriété à acheter ?

Dylan nous a dit qu'il avait un rendez-vous ce matin, mais il ne nous a pas précisés pour quoi. Je ne suis pas sûr de savoir à quoi pense Brendan. Nous n'avons pas les fonds nécessaires pour acheter une autre propriété tant qu'on travaillera encore sur l'actuelle.

— On a réglé le problème du château d'eau ? demandé-je, vu que c'est notre plus grosse prise de tête en ce moment.

Le sourire de Dylan se flétrit.

— Non aux deux. Conny, il faut qu'on parle du château d'eau.

Il nous rejoint, lève son téléphone et annonce :

— C'est une fille. On vient de faire l'échographie.

Nous nous penchons tous en avant et observons en plissant les yeux la tache granuleuse noir et blanche.

— Comment tu le sais ? demande Brendan.

Dylan crispe la mâchoire.

— Félicitations, dit le Fauve, et nous l'imitons tous avec un temps de retard.

— Je ne vois toujours pas comment on peut être sûr que c'est une fille, dit Brendan en se levant pour aller regarder par-dessus l'épaule de Dylan. C'est quoi, ce long truc ?

Dylan referme la main sur le visage de Brendan et le pousse.

— C'est le cordon ombilical, abruti. Il n'y a pas de pénis. Tu vois ? C'est une fille.

Dylan regarde son téléphone, un large sourire sur le visage.

— Une fille, répète-t-il en nous observant, les yeux larmoyants. Je vais être papa.

Il secoue la tête, l'air encore un peu surpris à cette idée.

— Vous vous rendez compte que je vais être papa ?

Je déglutis pour ravaler la boule qui s'est formée dans ma gorge. Mes grands frères sont tous en train de se caser, de se marier ou de se fiancer, et maintenant, Dylan sera bientôt papa. Pendant ce temps, je suis obsédé par une femme que je ne peux avoir. Mon estomac se tord, mes yeux me brûlent à cause du manque de sommeil. Je déteste me sentir jaloux. C'est juste que Dylan a l'air si heureux, alors que je suis tout sauf ça. C'est tout. Je vais la revoir. Je ne sais pas quand ni comment, mais je vais devoir la jouer fine. Nous parlerons en face à face et trouverons un moyen de contourner le problème tout en continuant à nous voir.

Je me tourne vers Dylan.

— Tu feras un excellent père. Tu as toujours veillé sur nous quand on était gosses.

Je croise le regard de Jack et ajoute :

— Tu te souviens quand il a donné un coup de poing sur le nez d'Andy Wilson pour avoir volé nos déjeuners ?

— Oui, c'était incroyable, répond Jack. Andy Wilson. Quel connard, de voler les plus petits que lui.

Dylan s'assoit lentement sur la chaise libre à côté de moi.

— Oh, merde. Je sais quoi faire avec des frères. Mais je n'ai jamais eu de sœur. Une fille, c'est totalement différent.

— Ariana a une sœur, rappelé-je. Elle saura quoi faire.

C'est sa femme. Elle a grandi à côté de chez nous et c'était une fille discrète, studieuse. Je craquais un peu pour elle, à l'époque, mais elle avait quatre ans de plus que moi et je n'avais pas la moindre chance.

Il se passe une main sur la mâchoire.

— Ariana est la petite sœur. Rosalie a veillé sur elle. Je ne crois pas qu'elle sache quoi faire non plus.

Il parcourt la table des yeux, l'air de chercher une réponse. Aucun de nous n'est père. Les nouveaux membres de l'équipe n'arrêtent pas de parler de faire la fête et de draguer des filles. Nous recommençons tous à manger notre déjeuner en silence, à court de suggestions.

Brendan s'assoit en face de moi et soulève son sandwich poulet parmesan, l'immobilisant à deux doigts de sa bouche.

— Ne t'en fais pas, Dylan. Je suis sûre que les filles sont exactement comme les garçons.

Il prend une bouchée de son sandwich, mâche et continue :

— Mis à part pour les cheveux.

Il avale sa bouchée et reprend d'un ton songeur :

— Et les rubans, les robes et tout ce rose…

Il s'interrompt en voyant le regard froid de Dylan et mord une grosse bouchée de sandwich. Je suis sûr qu'élever une petite fille ne se réduit pas à bien les coiffer et les habiller, mais je n'ai aucune idée de comment faire non plus. Elles étaient un mystère quand j'étais petit, et ne le sont que légèrement moins maintenant que je suis adulte. Leur processus de pensée est si compliqué, et chaque nuance semble compter. Je ne pense pas que mon ton ou les expressions de mon visage signifiaient la moitié de ce que mes ex affirmaient y lire. Je suis juste ce qu'on voit au premier abord, et je n'ai aucun profond secret à cacher.

Dylan laisse échapper un soupir.

— Je me débrouillerai. C'est pour ça que je prends trois mois de congés au début, pour créer ce lien dès le départ.

Mes épaules se raidissent. C'est la principale raison pour laquelle j'ai été nommé directeur des opérations si vite, pour pouvoir prendre sa place durant son absence. Je ne peux pas me foirer.

— Jusqu'à l'adolescence, intervient Jack de manière peu constructive, un sourire aux lèvres.

Il faut toujours qu'il cause des ennuis. Par chance, il a une *fiancée* pour le freiner un peu.

— Contente-toi d'empêcher ta fille de sortir avec un loser.

— Tu ne m'aides pas, là, réplique Dylan.

— Ignore-le, lui conseillé-je.

Dylan me donne une tape sur l'épaule.

— Je suis content de savoir que Conny sera aux commandes pendant que je serai en congé. En parlant de ça, j'aimerais que tu assistes à une réunion en ville, demain, au sujet du château d'eau.

Je réprime un grognement. Ce château d'eau est une vraie pollution visuelle sur notre propriété – rouillée et couverte de graffiti – mais les résidents locaux la voient comme un emblème historique et veulent qu'il reste. Il est en plein milieu de notre futur parc et pourrait s'avérer dangereux si des enfants décidaient de l'escalader. À mon avis, ce truc allait nous faire nous retrouver avec un procès aux fesses en moins de deux.

— Je m'en occupe, réponds-je en me tournant vers lui.

Il hoche une fois la tête, l'air satisfait, et recommence à observer sa photo d'échographie floue.

— Je savais que je pouvais compter sur toi, Conny.

Le lendemain, je me traîne sur le trottoir en direction de chez moi. Je suis sur les rotules après une réunion gouvernementale épuisante et parce qu'*elle* hante mes rêves et que je dors très mal. D'autres réunions se profilent à l'avenir, vu que celle-ci s'est terminée sans qu'aucune décision définitive n'ait été prise. Statut : d'autres délibérations sont nécessaires. Il est assez tard, environ seize heures, et il ne sert plus à rien de retourner au boulot. J'ai bien besoin d'un peu de caféine. Je n'aime pas toutes ces réunions. Je suis habitué à être sur le terrain, à faire ce qu'il y a à faire, à agir. Pas à ces échanges de mots lents et interminables entre actionnaires. Ce n'est que notre deuxième projet immobilier pour Rourke Management.

Le premier, qui consistait à convertir une ancienne école primaire en espace de bureaux commerciaux dotés d'un terrain de jeux accessible en fauteuil roulant à l'arrière, a été un énorme succès. Il nous a valu les félicitations du conseil de la ville pour avoir ajouté de la valeur au quartier, ainsi que des récompenses pour excellence urbaine et responsabilité sociale. Tout cela devrait jouer en notre faveur, mais certains résidents très véhéments se sont impliqués dans ce nouveau projet et pensent qu'on essaie d'effacer leur histoire.

Je m'arrête à un café et fais la queue, en songeant que je devrais craquer pour un double espresso, même si en temps normal, je prends juste un café normal. Je fais attention à mes dépenses, vu que j'économise pour m'acheter un logement. Mais je suis censé aller en ville ce soir, pour assister au spectacle de stand-up de ma future belle-sœur, Josie (la fiancée de mon grand frère Sean, l'actrice/comique). Je n'ai pas envie de dormir pendant le spectacle. Josie est une vraie boule d'énergie contagieuse, et je suis sûr qu'elle est très drôle derrière le micro. Ce sera la première fois que je la verrai se produire.

Un père portant un enfant sur ses épaules avance dans la file et je me fige, les cheveux se hérissant sur ma nuque. C'est *elle*. La femme qui hante mes rêves. Becca est la serveuse qui manie les machines à café d'une main experte. L'adrénaline parcourt mes veines et soudain, je me sens plus réveillé et alerte que depuis… la dernière fois que je l'aie vue. C'est la *troisième* fois que je tombe sur elle totalement par accident. Je ne peux pas ignorer ça. C'est comme si elle était vouée à faire partie de ma vie. Pourquoi, sinon, n'arrêterait-elle pas d'apparaître sur mon chemin ? Je ne m'arrête pas pour prendre un café dans mon quartier durant la semaine, d'habitude. Normalement, je suis au boulot. Et pourquoi travaille-t-elle ici ? Je croyais qu'elle était professeure.

Je passe ma commande auprès du guichet et me déplace jusqu'au bout du long comptoir pour attendre qu'on me serve. Becca ne m'a pas vue, elle est concentrée sur son travail. Je la regarde ajouter de la mousse, mélanger et refermer les multiples gobelets. Je ne peux m'empêcher de me dire qu'il doit y avoir une raison pour que je n'arrête pas de tomber sur elle. Nous ne pouvons ignorer ce qu'il y a entre nous rien que parce qu'on s'est retrouvés dans une situation étrange. Je songeais à l'inviter à me retrouver pour boire un verre quelque part, mais le Destin a visiblement d'autres plans. Je vais le suivre.

Elle est occupée, alors je garde le silence jusqu'à ce qu'elle annonce mon nom et lève la tête pour voir qui est Connor. Espère-t-elle que ce sera moi ?

— Salut, Becca, souris-je.

Elle pousse un cri et se plaque une main sur la bouche, les yeux écarquillés. Je lui ai fait peur.

— Je ne savais pas que tu travaillais ici, dis-je en baissant la voix. Pourquoi est-ce que tu travailles ici ?

Elle laisse retomber sa main de sa bouche.

— Alerte harceleur.

— Je te jure que ce n'est pas ça.

— OK, harceleur.

— Je serais en train de traîner près de ton immeuble, si j'étais un bon harceleur. Et puis, c'est toi qui m'as cherché sur Google, non ?

Son expression s'adoucit et elle m'observe un moment avec ce qui ressemble presque à de l'émerveillement avant de lâcher :

— Je dois me remettre au boulot.

— À quelle heure est ta pause ?

— Je finis dans une demi-heure, répond-elle en recommençant à remplir des gobelets. Pourquoi ?

— On pourra parler, après ?

Elle se fige sur place et se tourne lentement vers moi.

— De quoi ?

— De trucs, réponds-je évasivement, ne pouvant lui dire ça devant tout le monde. Comment ça va ?

Elle soupire et reprend son travail.

— Ne t'en fais pas pour moi. J'ai un projet de vie.

Je me mets à réfléchir très vite, ne voulant pas manquer cette opportunité.

— Et j'ai besoin d'un projet de vie. J'aimerais apprendre ce que ça implique de la part d'une experte.

Elle se tourne vers moi, un sourire jouant sur ses lèvres.

— OK, très bien. Je te donne des conseils en projet de vie si tu réponds à quelques questions qui me sont venues en tête durant mes recherches Google.

— Ça a un rapport avec Villroy ?

Elle m'adresse un grand sourire et ses yeux s'illuminent.

— Oui.

Je ne joue jamais la carte du prince.

Je vais totalement jouer la carte du prince.

— Marché conclu.

7

Connor

Une demi-heure plus tard, Becca me rejoint à une petite table près de l'avant du café.

— Je n'ai que quinze minutes, dit-elle en ouvrant une bouteille d'eau et en buvant une longue gorgée. Tu veux bien m'expliquer pourquoi je n'arrête pas de te croiser ?

Je hausse une épaule.

— J'ai été surpris de te trouver ici. D'habitude, je ne passe jamais l'après-midi, mais je suis sorti du boulot en avance. Je ne suis venu ici qu'une ou deux fois, le week-end.

— Tu me jures que tu n'es pas un harceleur ? demande-t-elle en pointant le doigt vers moi.

J'accroche mon petit doigt au sien.

— Je le jure sur la vie de ma sœur.

— Tu n'as pas de sœur.

J'éclate de rire, parce que je l'ai piégée. Elle a fait des recherches sur moi, et elle m'a dit que c'était ce qu'elle faisait avant de sortir avec quelqu'un.

— J'ai l'impression que de nous deux, c'est toi la plus intrusive ; tu as fait des recherches en ligne sur ma famille, après tout.

Elle rougit, puis murmure :

— Qu'est-ce que ça fait d'être membre de la royauté ?

Je m'appuie sur la table et réponds sur le même ton :

— Je suis membre de la royauté en secret, ce qui fait que personne ne le sait.

— Et ?

— Et puisque personne ne le sait, on me traite exactement comme n'importe quel type de Brooklyn.

Je recule sur mon siège et lève une paume.

— Et tu sais quoi ? Je suis un type de Brooklyn.

Elle se renfonce sur sa chaise et fronce les sourcils.

— Tu as dit que tu me confierais des détails.

Je ne suis vraiment pas doué pour jouer la carte du prince.

— La vérité, c'est que quand on grandit en entendant que notre père a été viré de son royaume pour avoir épousé notre mère, et qu'on a tous été traités de racailles, eh bien, ça ne nous donne pas une très bonne impression de la royauté.

Elle pose la tête dans ses mains, un sourire rêveur sur son beau visage.

— À quoi ressemble le palais ?

Cette femme a un fantasme de prince. Je dois l'assouvir, pour notre bien à tous les deux.

— OK, dis-je en m'efforçant de mettre de l'enthousiasme dans ma voix. Imagine un palais royal de conte de fées, ou dans l'un de ces films animés de princesse. Il est comme ça. Une monstruosité de pierre avec des tours et des clochers.

Elle hoche vigoureusement la tête.

— J'ai vu une photo prise de loin en ligne. Il est si beau. Est-ce qu'il y a des douves ?

— Non, juste une grande cour à l'avant.

— À quoi ça ressemble à l'intérieur ?

— À un musée.

— Allez, je veux des détails ! insiste-t-elle.

Je repense au jour où j'ai visité Villroy pour le mariage de Dylan, au printemps dernier. J'étais aussi présent pour le mariage de mon cousin Adrian.

— Un hall d'entrée en marbre blanc de deux étages, avec du papier peint en soie et un chandelier en cristal. Une énorme salle de bal au parquet incrusté, du papier peint doré, des fresques au plafond et encore plus de chandeliers. Beaucoup trop de pièces. On se croirait dans un labyrinthe, quand on essaie de retrouver son chemin là-dedans. Les ailes est et ouest forment une cour à l'arrière, avec des jardins aménagés composés de haies sculptées et de plantations géométriques.

Elle pousse un soupir.

— Waouh. Tu as tellement de chance. J'ai vu des photos de toi et tes frères au mariage de Dylan.

— Oui. C'est bien moi. Le prince Connor Rourke, à ton service.

Regardez ça, je commence à m'habituer à mon rôle de fantasme de prince.

Elle sourit et me regarde de sous ses cils.

— Je n'arrive pas à croire que je connais un vrai prince.

— Alors tu aimes vraiment cette histoire de royauté, hein ?

Elle se renfonce sur sa chaise, les joues et le cou rouges.

— C'est intéressant, répond-elle avant d'engloutir son eau.

Elle adore ça, c'est clair. Ça me donne presque envie de prendre contact avec mon cousin Adrian pour demander à leur rendre visite et montrer les lieux à Becca, mais chaque chose en son temps. Mon cousin est quelqu'un de très accommodant, et il est très facile de voyager jusque là bas grâce au jet royal. Mais d'abord, je dois mettre Becca assez à l'aise pour qu'elle accepte de me revoir.

— À ton tour, dis-je. Dis-m'en plus sur cette histoire de projet de vie.

Elle pince ses lèvres roses. Des pensées coquines envahissent aussitôt mon esprit. *Arrête. D'avoir. L'esprit. Tordu.*

— Tu veux vraiment savoir, ou tu vas juste te moquer de moi ?

— Je veux vraiment savoir.

Elle repose sa bouteille d'eau.

— En bref, il faut faire un inventaire de sa vie et de la façon dont on aimerait se voir dans diverses catégories : le travail, la santé ou d'un point de vue personnel. Ensuite, tu remontes en arrière et détermines les étapes nécessaires pour en arriver là. J'ai fait ça sur un an, sur trois ans et sur cinq ans, mais ça peut varier en fonction de tes besoins.

— C'est comme un projet professionnel, mais pour ta vie.

— Tout à fait !

— Tu vois, j'ai déjà retenu quelque chose de ton cours.

Son visage s'assombrit et elle détourne les yeux.

— Hum hum, tant mieux.

Idiot. Pourquoi a-t-il fallu que j'évoque les cours ? C'est la raison précise pour laquelle elle craint de s'impliquer avec moi.

— J'aimerais bien avoir un projet de vie, reprends-je. Parle-moi du tien, pour que je puisse avoir un exemple pour composer le mien.

Elle me regarde d'un air soupçonneux.

— Je suis sérieux, assuré-je en me penchant vers elle. Je veux savoir.

Peut-être pour apprendre à mieux te connaître. Voir Becca aujourd'hui me fait me dire que toutes mes nuits sans sommeil en valaient la peine. Rien qu'à l'entendre parler et la voir sourire, je sens mes épaules se détendre.

— OK. Pour ce qui est du boulot, j'ai décidé que je voulais devenir enseignante. C'est le métier de mes parents, et ils adorent ça. J'aime l'idée d'aider des gens à construire leur carrière. J'ai eu de la chance et j'ai trouvé un poste tout de suite. Je ne suis qu'adjointe pour l'instant, mais c'est un début. Et enseigner m'apporte un meilleur équilibre entre mon travail et ma vie. Avant, je travaillais des centaines d'heures par semaine et je voyageais dans le monde entier. J'ai fait un burn-out. Si j'avais essayé de continuer à ce rythme, je suis sûre que j'aurais commencé à avoir de sérieux problèmes de santé. Je dormais à peine.

— Et maintenant, tu peux dormir.

— Oui. Je me sens plus moi-même.

— Combien de boulots tu as ?

— Seulement deux. Je travaille ici à mi-temps pour bénéficier de l'assurance maladie. Mon patron veut me faire passer manager, mais j'essaie de m'accorder un peu de marge de manœuvre.

Elle devait gagner gros dans son ancien emploi, si elle peut travailler à mi-temps et conserver son bel appartement. Ça veut dire qu'elle est économe, comme moi. J'enregistre aussitôt cette information.

— Pour ce qui est de mes objectifs de santé, continue-t-elle. Je mange sain, je fais du sommeil ma priorité et je fais un peu d'exercice tous les jours.

— OK pour le travail et la santé, dis-je, avant de me pencher en avant, la voix rauque. Qu'en est-il de ta vie personnelle ?

Elle incline la tête et se frotte la nuque.

— Quelle heure est-il ?

Je vérifie mon téléphone.

— Il te reste encore sept minutes. On sait parler vite. Surtout toi.

La plupart des New-yorkais parlent vite.

Elle laisse échapper un soupir.

— Je m'efforce d'y aller doucement, pour commencer. J'essaie d'être un peu plus détendue.

Faire des efforts pour être détendu me semble contradictoire, mais je garde ça pour moi.

— Qu'y a-t-il d'autre dans la section des objectifs personnels ?

J'insiste, parce que quelque chose me dit que ça a un rapport avec le fait de se trouver un homme. *Et devine qui est commodément assis juste en face de toi ? Le type avec qui tu as eu des ébats époustouflants vendredi dernier.* Je l'ai époustouflée, j'en suis certain. Elle n'arrêtait pas de me faire des compliments. *Homme merveilleux.* Personne ne m'avait encore jamais appelé comme ça, surtout avec un tel enthousiasme. Je l'entends encore dans mes rêves.

Elle boit un verre d'eau et me scrute par-dessus la bouteille, l'air de chercher à gagner du temps. J'attends patiemment, parce que quelque chose me dit qu'au fond d'elle, elle a envie de se confier.

Elle repose sa bouteille d'eau et commence à parler d'une voix si basse que je dois me pencher pour entendre.

— J'ai vingt-neuf ans et je voudrais être dans une relation sérieuse d'ici mes trente ans, alors j'accepte un rencard par semaine pour aller boire un verre le vendredi soir. J'en ai un ce vendredi, en fait, juste à temps. Voilà ce que c'est, que d'avoir un projet de vie : on soigne notre projet, et notre projet prend soin de nous.

Je me redresse. Elle a un rencard vendredi ? Je me passe une main dans les cheveux et m'efforce de trouver un moyen d'empêcher ça, ou de me présenter comme une meilleure option. Bien sûr que je suis une meilleure option. On a passé une nuit incroyable ensemble. Et cet autre type ne peut en aucun cas être un prince. Allez. Ce que je ressens ne peut pas être à sens unique.

De la sueur me coule sur le torse. Je la joue détendue.

— Comment t'assures-tu que ton objectif personnel se déroule selon tes plans quand tu vas boire un verre le vendredi ? Tes rencontres ne se font pas un peu au hasard ?

Comme la façon dont on n'arrête pas de se rencontrer ?

Elle sourit.

— C'est toute la beauté du projet, hein ? Je me contente de suivre les étapes. D'abord, je fais des recherches, et…

— Tu fais des recherches pour une relation ?

Elle secoue lentement la tête et me lance un regard compatissant.

— On ne peut pas s'attendre à trouver une personne avec qui entamer une relation sérieuse dans un bar à rencontres. Les candidats doivent d'abord être approuvés.

— Sur Google ? ne puis-je m'empêcher de demander.

Elle rit.

— Ça, c'est plus tard. Bref, j'accepte un rencard par semaine et si ça n'accroche pas durant la première heure, je passe à autre chose.

Je bombe le torse. J'ai dépassé de loin la première heure. Je songe alors qu'elle retrouve ses rencards à la Corde Pincée, raison pour laquelle elle était là-bas vendredi dernier, sauf que le type de la semaine dernière lui a posé un lapin. C'est sûrement aussi pour ça qu'elle ne veut pas que j'y retourne. Elle a un plan – les rencards du vendredi soir dans le bar le plus proche de chez elle. *Pour pouvoir faire une vérification de compatibilité sexuelle ensuite ?* Non. Elle m'a dit qu'elle ne faisait jamais ça, quand elle m'a proposé de venir chez elle. En plus, elle avait l'air nerveuse au début, et embarrassée ensuite. J'étais une exception. Il y a clairement quelque chose de spécial entre nous.

Et ça veut dire qu'elle cherche un type pour une relation sérieuse. Je ne dirais pas que je cherche à me caser, mais je ne suis pas non plus contre les relations. Mes parents sont heureux en mariage et je suis proche de ma famille. Mes frères aînés – Dylan, Sean et Jack – ont tous trouvé une femme dont ils sont fous amoureux. C'est peut-être mon tour. Pourquoi n'arrêterais-je pas de tomber sur elle, sinon ?

Ça expliquerait aussi pourquoi je n'arrête pas de penser à elle, de rêver d'elle. Je n'ai jamais été à ce point bloqué sur une femme. Je ne peux pas la laisser aller à ce rencard vendredi. Et si elle accrochait avec ce type ?

Bon sang, elle a accroché avec moi d'abord, et je n'ai pas envie qu'elle passe à autre chose. *Reste calme, réfléchis.*

— Où est-ce que tu trouves tes rencards ? l'interrogé-je.

Elle baisse la voix.

— J'ai fait mes recherches et j'ai trouvé le meilleur service de rencontres en ligne pour les gens cherchant une relation sérieuse.

Vous voyez, j'avais raison ! Elle est lancée dans une quête. Et c'est moi qu'elle cherche.

— Tu parles de New York Avances ?

J'ai totalement inventé ce nom.

— Non, eLoveMatch.

Bingo !

Elle fronce les sourcils et ajoute :

— Je n'ai jamais entendu parler de New York Avances.

— Je sais pas, je crois avoir entendu le Fauve en parler une fois. C'est censé te donner une avance sur les rencontres, parce que les deux personnes vont si bien ensemble que ça ressemble aussitôt à un deuxième rencard plutôt qu'un premier.

— Vraiment ? demande-t-elle en prenant son téléphone. Je l'essaierai peut-être.

Je pose une main sur son téléphone.

— Ce n'est pas fait pour les relations sérieuses.

— Mais tu viens de dire que les deux personnes allaient bien ensemble.

— Oui, pour être assez à l'aise pour passer plus vite à la phase du sexe. Avec du potentiel, mais sans attentes sérieuses.

Un peu comme nous vendredi dernier.

— Oh.

Elle entrouvre les lèvres et soutient mon regard. Elle se remémore notre soirée. Tant mieux.

— Je ferais mieux d'y aller, dit-elle avec un geste vague derrière elle. Une pause pipi et je devrai retourner bosser.

Elle se lève et me tend la main.

— Bonne chance avec ton projet de vie.

Je m'avance vers elle et lui serre la main.

— Toi aussi, Becca. À bientôt.

Elle secoue la tête en souriant.

— Oui. Mais pas trop tôt, harceleur.

Je souris.

— Tu ferais mieux d'effacer ma photo de ton fond d'écran.

Je suis sûr qu'en faisant des recherches sur moi, elle m'a vu sur mon trente-et-un, dans ce smoking que je portais au mariage de Dylan.

Des taches rouges apparaissent sur ses joues.

— Je n'ai pas mis ta photo en fond d'écran ! Quel prétentieux !

— Conserve-la sur ton téléphone, ajouté-je avec un clin d'œil. Je serai ton prince secret.

— Ridicule, rétorque-t-elle en replaçant une mèche de cheveux derrière son oreille. Tu n'es pas... je n'ai même pas...

Elle croise mon regard, la culpabilité peinte sur son visage. Elle a bien enregistré ma photo trouvée sur internet.

— Je m'en vais.

— Au revoir, Becca.

Je me retourne et passe la porte. Il y a clairement quelque chose entre nous, et maintenant, j'ai un projet qui nous met sur la même voie. J'ai le feu vert.

Tant qu'on ne se fait pas prendre.

Becca

On est jeudi soir et je suis assise dans un petit bureau de l'université pour mes heures de présence. Tout est calme, de ce côté du couloir, seuls quelques cours du soir ont lieu dans le bâtiment. J'ai laissé la porte ouverte et mon pouls accélère au moindre petit bruit. Je ne peux m'empêcher de me demander si Connor va venir. Il est bien apparu à mon autre boulot, complètement par hasard. S'il vient ici, ça voudra dire quelque chose. Parce que maintenant, il sait que j'ai envie d'une relation. S'il veut encore me séduire, je ne suis pas sûre de ce que je ferai. Oserai-je risquer une carrière pour une opportunité de trouver le genre de relation que je désire ?

Je suis certaine de savoir ce qui se passerait si quelqu'un l'apprenait – je serais virée et cela laisserait des traces dans mon dossier ; je ne pourrais jamais plus travailler pour l'académie. Ce genre d'infraction aux règles vous poursuit toute votre vie. Et ces règles sont là pour une bonne raison. Je ne suis pas sûre que ma situation corresponde à ce que les administrateurs avaient en tête quand ils les ont implémentées. Après tout, notre relation est totalement consensuelle. Au fond, c'est même plutôt Connor qui me court après, et pas le contraire. Et on s'est rencontrés avant que je sache qu'il serait mon élève. Oui, je suis en train de rationaliser.

Il va peut-être venir. Je l'ai quasiment invité, quand j'ai dit que ce serait un endroit approprié où me parler. Je m'évente avec le programme de cours tandis que la voix rauque de

Connor résonne dans ma tête. *Et si j'ai besoin d'un peu d'aide supplémentaire ?*

Et moi : *Tu pourras venir me voir quand je serai dans mon bureau, le jeudi soir*

Le Bâtisseur Sexy/Prince Secret/Meilleur Amant que j'aie Jamais eu : *Ce ne serait pas dangereux, toi et moi, seuls dans un bureau le soir ?*

Je repose le programme et lisse mes cheveux. J'espère qu'il ne viendra pas, parce que ce serait inapproprié et je ne peux pas me laisser emporter. Je veux dire, s'il entrait ici maintenant, avec son sourire charmeur et sa voix grave et sexy, et qu'il m'embrassait…

Mes pensées se tournent vers cette nuit-là. Connor me plaquant contre le mur, sa bouche exigeante sur la mienne. Ses grandes mains calleuses de bâtisseur, son corps dur, son odeur enivrante. Tous ces merveilleux orgasmes qu'il m'a offerts. Ma peau rougit et un élancement dans mon bas-ventre me rappelle à quel point je me suis montrée avide, à quel point j'ai toujours envie de plus. Un baiser suffirait. Avant d'avoir compris ce qui se passe, on serait en pleine action sur ce bureau en métal lisse – ma peau brûlante contre le métal froid, stop ! Quelqu'un nous verrait et je me ferais virer. Je perdrais mon boulot, je devrais endurer l'humiliation d'affronter mes parents et je signerais la fin de ma nouvelle carrière à peine débutée – je ne peux pas faire ça.

Je ferme les yeux et prends une grande inspiration. S'il vient, je lui proposerais de discuter tout en se baladant dans le couloir. Je me félicite pour ce plan astucieux. Nous serons en public et il n'y aura aucun risque qu'il se passe quelque chose d'intime, mais je pourrais quand même le voir si un autre étudiant arrive dans mon bureau.

Je regarde l'heure sur mon téléphone. Un quart d'heure a déjà passé sur mon heure. On appelle ça des heures de présence, mais en réalité, ça ne dure qu'une heure. Certains professeurs en proposent plusieurs fois par semaine, mais on n'en attendait qu'une seule de ma part. Hum, je me demande si quelqu'un va venir. Le doyen nous a encouragés à garder notre porte ouverte et à assurer nos étudiants qu'ils peuvent passer nous voir juste pour discuter. Ils ne sont même pas obligés d'avoir une question à poser. L'idée est que les professeurs apprennent à connaître leurs étudiants et leurs aspirations, pour pouvoir être une source de soutien dans leur objectif de carrière. Tout est très centré sur les élèves, ici. Même si, pour être honnête, c'était pareil dans mon école de commerce, et j'ai dû me rendre aux heures de présence peut-être deux fois durant les deux années que j'ai passées là-bas.

Je sursaute quand on frappe à ma porte, et mon cœur se met à battre plus fort.

— Bonjour, entrez.

Je souris à l'homme qui n'est pas Connor Rourke et m'efforce de cacher ma déception. Pourquoi est-ce que je n'arrête pas de penser à lui ? Je sais qu'il est intouchable.

— Mike Ahern, dit-il en s'avançant dans la pièce et en me tendant la main.

Je l'imite et il me gratifie d'une poignée de main ferme avant de s'asseoir en face de moi. Il doit avoir la trentaine et a les cheveux blonds coiffés sur le côté. En cours, il était clair que c'était un fonceur, qui parlait fort et vite et qui dominait la discussion.

— Oui, je me souviens de votre nom. Comment trouvez-vous le cours jusqu'ici ?

— Excellent. C'était un très bon début, et je suis vraiment content de m'y être inscrit. L'étude de cas sur le café était fascinante. Je n'avais jamais réfléchi à la différence entre le commerce équitable et le commerce direct. On entend parler de café en commerce équitable tout le temps, et il est censé être de qualité supérieure, OK, ah ah, mais lequel est le meilleur pour les employés ? Quel est le véritable but final, et comment assurons-nous des standards de qualité dans le café ?

J'ai à peine le temps de prononcer une réponse avant qu'il se lance dans une longue tirade concernant les pratiques marketing et la façon dont certaines entreprises ont opté pour le jargon sans aller au bout. Il est très passionné, et cela me fait me dire qu'il est le genre de penseur original qui, un jour, fera quelque chose d'important dans le monde.

Quand il termine enfin, je demande :

— Rappelez-moi ce que vous faites dans la vie, Mike.

— Je suis chef de projet informatique. Très important. Les gens veulent que leur technologie soit pleinement opérationnelle en permanence, et vite. Pour en revenir au café. La chaîne d'approvisionnement me fascine. Je n'avais jamais vraiment réfléchi à ça non plus.

Il se lance dans un discours *très* similaire à celui que j'ai donné en cours.

J'ouvre plusieurs fois la bouche pour parler, mais c'est inutile. Mike partage avec moi tout ce que j'ai déjà partagé avec lui, avec quelques redites et son opinion personnelle. J'ai presque l'impression d'être l'élève et lui le professeur, sauf qu'il répète ce que je lui ai déjà appris comme un perroquet. Il n'est peut-être pas un penseur original, pour finir. Mince alors. Je n'ai vraiment pas envie de me retrouver coincée avec lui pendant une autre heure de présence. Quand je les verrai samedi, je m'assurerai de rappeler à mes étudiants que j'aimerais vraiment les voir durant les heures de présence pour parler de leurs futurs objectifs et les rapprocher des ressources nécessaires du mieux que je peux. Je prie pour qu'au moins une personne vienne. Et si je devais endurer un discours de Mike tous les jeudis soir, qui me recracherait mes leçons ? *Tuez-moi tout de suite.*

Pour finir, à mon grand soulagement, l'heure se termine et je me lève, récupérant ma veste légère et mon sac à main.

— Eh bien, Mike, il est temps pour moi d'y aller, dis-je en fourrant le programme dans mon sac en bandoulière. On se voit en cours samedi.

— Waouh, dit-il en se levant. Cette heure est passée si vite.

Je contourne le bureau et attends qu'il se dirige vers la porte. Je suis censée verrouiller en partant.

Il m'adresse un sourire.

— Eh, que diriez-vous qu'on continue cette conversation ? Ce serait super de pouvoir en discuter autour d'un café, non ?

— Eh bien, il est tard et je dois vraiment y aller. Mais merci quand même.

— Bien sûr, aucun problème.

Il se retourne et passe la porte. Je le suis et ferme derrière moi.

Il me tend à nouveau la main et la serre avec fermeté.

— C'était une super discussion. Je suis impatient d'être au prochain cours.

Je dois bien lui accorder des points pour son enthousiasme.

— Je suis contente que vous ayez aimé le cours, souris-je.

Il m'adresse un petit salut et un sourire trop étincelant, puis traverse le couloir.

Je laisse échapper un soupir et pars dans la direction opposée. Je ne crois pas avoir déjà enduré une heure de conversation aussi épuisante. Et dire que ma plus grande inquiétude était de voir arriver Connor.

Mes épaules s'affaissent. Connor n'est pas venu. Je suppose qu'il n'essaie pas de me séduire, pour finir. Je n'aurais pas dû annuler mon rencard de vendredi soir sur eLove-Match. Je carre les épaules et accélère le pas. Ce n'est rien. J'ai été claire avec lui concernant mes futurs objectifs, et de toute évidence, il n'est pas sur la même longueur d'onde que moi. Une relation avec lui serait trop compliquée, de toute façon. Maintenant, je n'ai plus à m'en faire. Je peux reprendre ma vie comme avant, retourner sur eLoveMatch pour y trouver mon prochain premier rencard. Il y a toujours de nouveaux mecs potentiellement supers sur l'application. J'ignore la crainte qui grandit déjà en moi à cette idée. J'ai élaboré un projet de vie pour une bonne raison, et je compte bien le suivre quoi qu'il arrive.

8

Becca

Tant pis pour la réputation exemplaire de eLoveMatch. Je n'y crois pas ! Je suis là, en train d'attendre à la Corde Pincée de rencontrer un autre type qui n'a pas pris la peine de venir. J'ai répondu à l'invitation de Matt hier soir, juste après mon heure de présence épuisante. Il a eu l'air ravi, quand j'ai répondu. Vous savez quoi, je vais envoyer un courrier écrit très sévère à eLoveMatch et demander un remboursement. Je regarde mon téléphone. Toujours aucun message et il a un quart d'heure de retard. Je me fiche qu'il ait une excellente excuse. Je ne vais pas rester assise là à faire comme s'il s'était fait renverser par une voiture. S'il ne peut pas être ponctuel, il est éliminé. Je n'aime pas perdre mon temps. Mes yeux me brûlent et je déglutis. Pourquoi est-ce aussi dur de rencontrer quelqu'un ? Est-ce qu'il émane de moi une aura inapprochable ? Ce n'est pas comme si je pouvais rester assise ici avec un sourire plaqué sur les lèvres. C'est ma faute si j'ai un visage de garce, au repos ?

Je vide mon verre de vin et décide que je passerai la soirée blottie sur mon canapé, à manger du pop-corn en guise de dîner et à regarder mon émission de rénovation préférée, avec des bâtisseurs sexy. Clint Owens de *Reno Magic* sera mon rencard de ce soir. Je sors quelques billets de mon sac à main pour payer mon verre, juste au moment où un type vêtu d'une chemise blanche s'assoit à côté de moi.

— Salut, Becca, dit une voix sexy familière.

Je relève vivement la tête, le cœur cognant contre ma cage thoracique.

— Connor.

Il sourit, et je trouve la force de le lui rendre. Il a un sourire si chaleureux, qui se reflète dans ses yeux bleu profond et crée de minuscules rides tout autour d'eux. Il est bien habillé, avec sa chemise blanche, son jean et ses bottes noires. Sexy et décontracté.

— J'espère que ça ne te dérange pas que je sois revenu dans ton bar de quartier, dit-il.

J'avais oublié que je lui avais dit de ne plus revenir.

— Eh, on est vendredi soir. Profite. Je m'en vais.

— Tu attendais quelqu'un ?

Je pince les lèvres. Je ne peux pas admettre que mon projet de vie ne mène nulle part après lui avoir chanté les louanges des projets de vie, et de eLoveMatch en particulier. Je suis en colère et le fait de m'être fait poser un lapin deux semaines d'affilée m'a rendue un peu parano. Je réponds à sa question par une autre :

— Tu es venu seul ?

Il étire un coin de ses lèvres.

— J'espérais trouver quelqu'un.

Je pousse un soupir. *Il se comporte comme si notre nuit passée ensemble ne signifiait rien ! Comme si ça ne me dérangerait pas qu'il drague quelqu'un d'autre sous mes yeux. Dans mon bar ! J'ai revendiqué cet endroit !*

— Amuse-toi bien, réponds-je d'un ton raide.

Je me lève et me retourne pour le dépasser, mais il m'attrape le poignet.

Ses yeux m'observent avec intensité.

— J'espérais te trouver, toi. C'est moi que tu attends. Désolé, je suis un peu en retard à cause du boulot.

Je fronce les sourcils, confuse.

— Non, j'attends Matt Williams. Il est conseiller financier.

Il a les cheveux sombres et coupés courts, les yeux marrons, il aime...

Je m'interromps à son regard intense et déglutis.

— Tu es sérieux.

— Matt est le mari de mon amie. J'ai juste utilisé sa description.

Il me tient encore le poignet, et j'aime beaucoup trop ça. Je reste plantée là, les yeux fixés sur lui tandis que mes pensées passent de stupéfaites à confuses, puis – et je déteste avoir à l'admettre – à extrêmement flattées. Il veut me revoir, même en sachant que je cherche une relation, et il a fait de vrais efforts. D'un autre côté, il a enfreint les règles, et ça n'annonce rien de bon s'agissant des règles professionnelles, qui ne peuvent en aucun cas être enfreintes. Ce qu'il a fait n'était pas du tout éthique. Pourquoi suis-je à ce point attirée par lui ? J'aimerais que ce ne soit pas le cas. C'est trop compliqué.

— Conny, tu t'es aussi servi de sa photo. C'est contre les règles, de se faire passer pour quelqu'un d'autre. Je pourrais te faire bannir d'eLoveMatch à vie.

— OK.

Il me relâche le poignet et prend ma main dans la sienne, enveloppant ma paume de sa chaleur. Il se déplace pour nous rapprocher. Je suis debout entre ses jambes et nos regards sont rivés l'un à l'autre. Je ne sais pas quoi faire. Je ne m'attendais pas à le voir ce soir, et je m'étais convaincue qu'il ne cherchait pas de relation. Maintenant, c'est peut-être le cas, mais c'est extrêmement dangereux. Mes parents n'accepteraient jamais que je sorte avec un élève, ils ne l'accepteraient jamais, lui. Le niveau de subterfuge que je devrais endurer pour que ça fonctionne est bien au-delà de ma zone de confort. Et oui. Je m'efforce de sortir de ma zone de confort, mais ce genre de mensonge va un peu trop loin. En plus, je me suis préparée à un premier rencard avec Matt, et à tous les efforts consistant à me présenter sous mon meilleur jour tout en cherchant des signes de potentiel dans mon rencard.

Je suis si confuse.

— Tu veux rester boire un verre ? propose-t-il.

Je regarde vers le bar, mais il ne m'attire pas. Je sais ce dont j'ai vraiment envie, et je crois qu'il comprendra. Il m'a dit qu'il n'était plus très intéressé par les bars, après tout.

— Pour être honnête, j'ai juste envie de rentrer chez moi, de dîner avec du pop-corn et de regarder la chaîne de bricolage.

— Parfait. Je viens avec toi.

Pour une raison inconnue, je ne m'attendais pas à cette réponse.

— Tu viens de t'inviter chez moi ?

Il me prend le menton et ses yeux bleus pétillent d'amusement.

— Ton prince secret adore la chaîne de bricolage.

Je me sens à deux doigts de céder. Il me touche, il sent si bon et il aime faire ce que j'aime faire – regarder des bâtisseurs sexy travailler. Non, une seconde.

— Pourquoi est-ce que tu aimes la chaîne de bricolage ? l'interrogé-je.

— Comment ne pas l'aimer ? On peut regarder un projet prendre vie. Tout est toujours amélioré, à la fin. En plus, je peux rire en secret quand je sais qu'ils minimisent de loin le prix que ça coûterait pour faire ce qu'ils font. C'est comme s'ils omettaient le coût de la main-d'œuvre.

Je songe alors qu'il pourrait vraiment m'apporter une perspective unique, et que ce serait fascinant.

— OK, mais tu ne dois pas t'attendre…

— Je ne m'attends à rien.

Il m'attire vers lui, puis me guide vers la porte, une main posée au creux de mon dos. La chaleur de sa main m'électri- fie, et des étincelles irradient de cet endroit. C'est alors qu'il gâche tout.

— Laissez-moi être honnête avec vous, mademoiselle Edwards. Je n'ai pas envie d'écrire cette dissertation. Ce n'est pas fait pour moi.

Il me parle comme à son professeur.

C'est tellement mal.

Malgré tout, mon cerveau se concentre sur la raison pour

laquelle il pense que cette dissertation n'est pas faite pour lui. Je pense qu'il manque d'assurance en ses capacités académiques parce qu'il n'est pas allé à la fac. Pourtant, je sens qu'il est intelligent.

— Pourquoi tu ne veux pas l'écrire ? demandé-je.

J'émets un hoquet de surprise quand il me soulève pour me faire passer l'entrée, un bras passé autour de ma taille. Puis mes joues deviennent brûlantes quand je réalise que ce doit être parce que je suis tombée en passant cette même porte.

Il me repose sur le trottoir et me prend la main pour me guider vers chez moi.

— Mon orthographe est affreuse.

Je me concentre sur ce problème plutôt que sur mon embarras. Et puis, j'ai bien aimé la façon désinvolte dont il m'a soulevée.

— Fais-le quand même. Ça fait partie du cours.

— Tu vas me juger.

— Je te jugerai si tu ne fais pas ton travail. Pourquoi t'être inscrit à ce cours si tu ne comptais pas faire ce qu'on demande de toi ?

— Pour écouter et voir si j'avais quelques gros secrets d'entreprise à apprendre.

— C'est le cas ?

— Je ne dirais pas que ce sont des secrets, mais c'est intéressant d'entendre comment les autres entreprises affrontent les problèmes difficiles. Mon point de vue était très étroit, vu que je travaille avec la même équipe depuis des années, et sur le même genre de projets. Jusqu'à récemment. Je sais que ton cours peut m'être très utile pour l'avenir. Surtout sachant tout ce qui repose sur notre projet actuel. Il y a beaucoup d'argent en jeu et beaucoup de responsabilités reposent sur mes épaules.

J'essaie de dissimuler ma déception. Je suis vraiment quelqu'un d'horrible, parce que je m'apprêtais à suggérer qu'il abandonne le cours, s'il n'y apprenait rien, histoire qu'on puisse recommencer à s'amuser. *Mauvais professeur, très mauvais.* Je ne peux pas lui demander de laisser tomber le cours pour des raisons égoïstes.

— Je suis heureuse que tu trouves ça utile, dis-je en tentant de sourire.

— Mais je n'ai vraiment pas envie d'écrire cette dissertation, répète-t-il, poussant son avantage juste parce qu'on s'est vus nus.

— Les devoirs existent pour une raison, réponds-je d'une voix ferme. Pour t'aider à apprendre de manière plus approfondie. Écrire cette dissertation te permettra de mieux réfléchir de ton côté, au lieu de te contenter de répéter ce que j'ai dit en cours.

Je songe à Mike, qui a fait exactement ça durant mes heures de présence de la veille au soir, mais je garde ça pour moi. Je ne crois pas que je devrais dire du mal d'un autre élève à mon étudiant actuel. *Oh mon Dieu. Qu'est-ce que je suis en train de faire ?*

— Très bien, madame. J'écrirai cette fichue dissert'.

Nous nous enfonçons un peu trop sur le terrain de la discussion étudiant-professeur, et je me rappelle toutes les raisons pour lesquelles j'ai placé des limites entre nous.

Je m'arrête et retire ma main de la sienne.

— Je ne crois pas que ce soit une bonne idée. Va regarder la télé chez toi, et je la regarderai chez moi. Tu pourras m'envoyer ton opinion sur la rénovation par SMS, OK ?

Il me dévisage de ces yeux bleus intenses. Je pourrais jurer qu'il voit à travers moi – toutes mes émotions contradictoires et mon attirance immodérée pour lui.

— Becca, voyons les choses en face. Il y a une alchimie incroyable entre nous...

— Conny...

— Ne le nie pas. Je ne peux ignorer ça. On aime tous les deux les trucs de rénovation et je pense qu'on pourrait passer du bon temps tous les deux, juste en traînant ensemble, ou tout ce que tu veux. Aucun de nous n'aime traîner au bar. Sois honnête, tu te forces à venir boire un verre tous les vendredis soirs pour rencontrer quelqu'un, et tu n'aimes pas ça. Eh bien, tu as de la chance. Tu as rencontré quelqu'un, moi, et tu n'auras plus à te forcer.

— Mais…

— Je n'arrête pas de penser à toi, dit-il d'une voix rauque.

Oh, c'est sympa. Très sympa.

— Moi aussi, mais…

— Bec, dit-il en replaçant mes cheveux derrière mon oreille. Je me suis répété que je devais te laisser tranquille, mais je n'arrête pas de tomber sur toi, et ça veut peut-être dire quelque chose.

Mon pouls accélère et quelque chose enfle en moi, qui ressemble dangereusement à de l'espoir. Il est chaleureux, sincère, et ce n'est pas seulement quelque chose de physique, pour lui.

— C'est risqué, murmuré-je, comme si mon patron était juste au coin de la rue. Pour moi. Il y a beaucoup en jeu.

— Je sais, et je te jure que je ne ferai rien qui nuira à ta carrière.

Il me prend la main et l'étreint de manière rassurante.

— Personne n'a besoin de savoir.

— Cacher une relation à tout le monde, tous ces mensonges et ces tromperies… je ne suis pas sûre de pouvoir y arriver. Mon patron, le doyen Sears, est proche de mon père et mes parents (qui sont tous les deux professeurs, je ne sais pas si tu t'en souviens) me renieraient sûrement si ce scandale éclatait. En plus, je serais virée et je ne pourrais plus jamais travailler à l'académie. Tout mon projet de vie imploserait.

Il pousse un long soupir, fronçant les sourcils.

— OK, je comprends. Crois-moi, j'aimerais que la situation soit différente, mais c'est comme ça. Et je n'ai pas envie de faire une croix sur toi, sur nous.

J'ai envie de le repousser, mais tout ce que j'arrive à prononcer, c'est son nom, avec dans la voix toute l'envie que je ressens au fond de moi.

— Conny.

— Allons-y.

— Il reste un gros problème, articulé-je tandis qu'il me traîne presque sur le trottoir.

Il s'arrête et m'attire contre lui.

— Embrasse-moi.

Je le dévisage et mon souffle se coince dans ma gorge. Mon cerveau se vide complètement. La chaleur de son corps irradie en moi, toute ma douceur pressée contre sa stature dure et musclée. Je suis si envoûtée par lui.

Il prend ma mâchoire entre ses mains et son pouce caresse le point sensible derrière mon oreille.

— S'il te plaît.

Je cède, parce qu'il a dit s'il te plaît, et c'est tout aussi merveilleux que la dernière fois. Des étincelles crépitent sur ma peau et une chaleur s'éveille entre nous. J'enroule les bras autour de son cou et me perds dans le genre de passion que je n'ai fait qu'imaginer jusqu'alors.

Un long moment plus tard, il rompt le baiser et ses doigts descendent le long de mon cou, provoquant un frisson brûlant.

— Bec, d'autres gens ont un problème, mais ce n'est pas un problème pour nous.

Il s'écarte, et j'ai désespérément envie qu'il se rapproche à nouveau. Quelqu'un pourrait-il vraiment le savoir, s'il rentrait avec moi à Brooklyn ? Il y a peu de chance pour que je croise mes étudiants de l'université de New York ici. Ils sont sûrement en train de traîner en ville. Mais je devrais quand même l'affronter en cours demain matin. L'attirance sera impossible à cacher. Un seul regard entendu et lascif, et je rougirai.

Pourquoi est-il si difficile de faire le bon choix ?

— Conny ?

— Oui ?

— Et si on reprenait après la fin des cours ? Ensuite, il n'y aura plus de problème.

Il pousse un brusque soupir.

— C'est en décembre. On n'est qu'en septembre.

— Oui, mais il n'y aura plus de dilemme éthique, comme

ça, et à ce moment-là, je saurai s'ils veulent me garder comme professeur. Il y a une possibilité pour que je sois embauchée à plein temps.

Il lève les yeux au ciel, puis me lance un regard dur.

— Alors tu voudrais que j'attende quatre mois avant que tu décides si tu veux regarder la télé avec moi le vendredi soir ?

— Plutôt trois mois. Et tu sais qu'il ne s'agirait pas seulement de regarder la télé.

Il réduit la distance et replace mes cheveux derrière mon oreille, avant de prendre ma mâchoire dans l'une de ses grandes mains.

— Et comment tu sais ça ?

Mes joues rougissent.

— L'alchimie incroyable. Il se passerait quelque chose. Ce serait jouer avec le feu.

– Et tu n'as pas envie de te brûler.

— Exactement, réponds-je doucement.

— Et si tu te contentais d'être un peu dorée ?

Je ris.

Sa paume glisse le long de mon bras en une chaude caresse, puis il me prend la main.

— Je ne vais pas attendre pendant quatre mois. Ce serait une perte de temps. Et puis, et si tu rencontrais quelqu'un grâce à ton application de rencontres, ou que je me rapprochais d'une autre professeure sexy ?

Je plisse les yeux.

— Pourquoi tu n'as pas dit un étudiant d'école supérieure sexy ?

Il m'étreint la main et me fait un clin d'œil.

— Je suppose que j'ai un faible pour les professeures. L'offre expire dans dix secondes.

Je retire ma main de la sienne.

— Je n'aime pas beaucoup que tu me mettes la pression. Tu sais que je suis tiraillée.

— J'essaie de faire en sorte que tu arrêtes de réfléchir et

que tu te contentes de ressentir. Il y a quelque chose de beau entre nous.

— C'est plus compliqué que ça.

— C'est oui ou c'est non, Becca ? Dernière chance.

Je plaque une main sur ma hanche.

— On se voit en cours demain.

Je tourne les talons et me dirige vers chez moi. Bon sang. Je n'apprécie pas son attitude autoritaire et exigeante. *Dix secondes. Pff.* Ce n'est pas parce que je suis du genre réservé que je n'ai aucune volonté.

— Si je te vois à la Corde Pincée avec un autre homme, je serai obligé de venir te dire bonjour, annonce-t-il.

Je fais volte-face.

— C'est une menace ?

Il hausse les épaules.

— Ne retrouve pas tes mecs dans mon bar de quartier, c'est tout ce que je dis. C'est impoli pour l'homme qui t'a proposé de regarder la télé avec lui.

— C'est *mon* bar de quartier, rétorqué-je en revenant vers lui. Je l'ai déjà revendiqué.

— Tu es prévenue, dit-il, comme si ce n'était plus de son ressort.

Je me hérisse.

— C'est quoi, ton problème ?

— Je n'ai aucun problème.

— Si, tu en as un. Un gros.

Ses yeux bleus pétillent et un petit sourire narquois apparaît sur son visage.

— Et lequel ?

Je lève les mains au ciel.

— Tu es autoritaire, tu crois tout savoir et tu te fiches de limites professionnelles. Ou des personnelles !

Il incline la tête.

— Je t'en prie, Becca, si je savais tout, pourquoi je suivrais ton cours ?

J'ai soudain trop chaud, malgré la fraîcheur de la soirée. Je retire mon cardigan blanc et le noue autour de mes épaules.

— Et tu es trop calme au sujet de tout ça.

Il étire les lèvres.

— Je suis trop cool pour aller à l'école.

— Arrête de faire des blagues sur l'école et les professeurs !

Il me prend le poignet d'une main ferme et son pouce caresse la peau sensible au-dessous. J'ignore la chaleur piquante qui irradie de cet endroit.

— Parfois, j'oublie que les femmes n'ont aucun sens de l'humour.

— J'ai le sens de l'humour !

— Alors pourquoi tu t'énerves comme ça ?

Mes joues sont brûlantes ; en fait, tout mon corps est brûlant. Je suis agitée à un point inimaginable, et pourtant je suis incapable de libérer mon poignet d'entre ses doigts. C'est trop agréable, quand il me touche. Je regarde mon traître de poignet et le vois le retourner, exposant mon pouls qui bat à toute vitesse. Son regard se rive au mien tandis qu'il porte mon poignet à ses lèvres et embrasse mon pouls. Je manque de m'évanouir.

Il rabaisse ma main, les doigts fermement serrés autour de mon poignet pour m'empêcher de fuir. Je suis presque soulagée qu'il prenne les commandes et me maintienne auprès de lui.

— Bec, dit-il d'une voix rauque.

— Oui ? soufflé-je.

Il se penche tout près de mon oreille.

— Tu sais que ces émissions de rénovations ne sont que du cinéma, hein ? Si j'étais là, je pourrais t'expliquer comment c'est dans la réalité, et ça te sera utile, si tu cherches une maison. Personnellement, j'économise depuis des années pour m'acheter un chez-moi.

Ce sont les paroles coquines les plus sexy que j'aie jamais entendues.

— Tu es économe ?

Tellement d'hommes sont incapables de planifier sur le long terme. C'est l'une des choses que je recherche chez un homme, étant moi-même du genre à tout planifier.

Il sourit et je me sens faiblir.

— Je suis économe. Je mange les mêmes repas à emporter depuis des années pour conserver mon argent.

Ma voix est râpeuse même à mes propres oreilles. Je suis si excitée.

— Le fait d'être économe est une bonne qualité. Ça montre que tu peux dire non aux gratifications instantanées pour penser sur le long terme.

Il m'embrasse dans le cou et remonte jusqu'à mon oreille. Mes genoux tremblent.

— C'est ce que tu recherches chez un homme ?

— Oui, admets-je.

Il croise mon regard, son souffle se déployant sur mes lèvres.

— Quoi d'autre ?

Je m'appuie contre lui et réalise que c'est parce que son bras s'est enroulé autour de ma taille.

— Je cherche quelqu'un en bonne santé, parce que ça prouve qu'il prend soin de lui-même, quelqu'un qui a une bonne relation avec ses parents et aucune casserole importante niveau relations amoureuses.

— Check, check, et check.

Je fonds. Il est économe, il coche toutes les cases et il me serre si près de lui que j'arrive à peine à réfléchir. Malgré tout, je ne peux prendre ce risque s'il n'y a aucune récompense à la clef.

— Tu cherches vraiment une relation ? demandé-je à mi-voix.

Il prend ma mâchoire dans ses mains et me regarde d'un air tendre.

— Je ne cherchais pas, mais c'est elle qui m'a trouvé.

Je laisse échapper un soupir extatique.

— Oh, Conny.

Ses lèvres se posent sur les miennes pour un léger baiser.

Je passe les bras autour de son cou et l'embrasse passionnément.

Des applaudissements retentissent non loin de là. Je romps le baiser et me tourne vers un petit groupe d'une vingtaine de personnes arrêté près de l'épicerie du coin de la rue et occupé à nous observer avec curiosité.

Je croise le regard de Connor et nous éclatons de rire. Je suppose qu'on vient de se donner en spectacle. Je lui prends la main et me dirige vers chez moi.

— Viens. On a besoin d'intimité.

Il rit.

— Tu n'as pas besoin de me tirer par la main. Je viendrai de mon plein gré.

Je tire plus fort.

— Allons-y, monsieur… ah !

Il m'a soulevée sur son épaule ! D'autres applaudissements retentissent.

— Montre-lui qui est le patron, lance un type.

Je m'apprête à lui rétorquer de la fermer quand Connor répond d'un ton désinvolte :

— Je suis complètement sous son charme. Mais chut, ne lui répétez pas.

J'arbore une expression rayonnante et lui étreins légèrement le dos. Il me pince les fesses en retour. C'est tellement inapproprié, et j'adore chaque seconde.

— Pourquoi est-ce que je suis incapable de te résister ?

— Facile. C'est parce que je suis irrésistible.

J'éclate de rire.

— Conny, je commence à avoir mal à la tête. Tu peux me reposer ?

Il me déplace de manière à ce que je sois blottie dans ses bras.

— C'est mieux ?

J'enfouis mon visage contre son torse.

— Des gens nous regardent.

— Si je te repose, tout le sang va redescendre de ta tête

d'un coup. Tu auras le tournis et tu vas te mettre à chanceler comme si tu étais saoule. Ça vaut mieux comme ça.

Je lui adresse un sourire.

— Présenté comme ça…

— En plus, comme ça, je sais que tu ne t'enfuiras pas sans moi.

— On ne devrait pas faire ça.

— On ne devrait pas ne *pas* le faire.

Je pose la joue contre son torse et sa chaleur ferme me détend.

— Ça n'a aucun sens.

— Une double négative. Deux maux font un bien.

— Mais je prends toujours garde de faire les choses bien, sans jamais mal faire.

— Avec moi, tu fais les choses bien. C'est mathématique. Conny plus Becca égale…

Je lève la tête et croise son regard.

— Égale quoi ?

Il m'adresse un sourire affectueux.

— Quelque chose de bon.

Je pousse un soupir de contentement et m'installe contre son torse. Il y a quelque chose de si agréable dans le fait d'être blottie contre lui. C'est comme si rien ne pouvait m'atteindre tant que j'étais en sécurité dans ses bras.

Il me repose quelques minutes plus tard, devant l'entrée de mon immeuble. Je nous fais entrer et nous rejoignons l'ascenseur. Je repense à vendredi dernier, quand on s'est retrouvés dans cet ascenseur – ma nervosité, la tension qui crépitait dans l'air, ce baiser. Sauf que cette fois, Connor reste debout les mains le long des flancs et regarde droit devant lui. Il arbore un air assez sérieux. Nous sortons de l'ascenseur et nous dirigeons vers mon appartement en silence. Je commence à être nerveuse. Je ne sais pas ce qui se passe dans sa tête. Est-ce à cela que ça ressemble, d'être en relation avec lui ? D'être sérieux ? J'espérais connaître la partie deux de vendredi dernier.

Je le laisse entrer et il se dirige droit vers mon salon. Il allume la lumière et prend la télécommande sur la table basse en verre.

— Tu veux que je t'aide à préparer le pop-corn ?

Mes pensées lubriques se dissipent.

— Non, je m'en occupe.

Je vais à la cuisine. Je suis déçue, même si je ne devrais pas. Il me montre qu'il n'est pas intéressé que par le sexe. Il veut faire ce que je préfère – manger du pop-corn et regarder des émissions de rénovation. Je sors un sachet de pop-corn et le fourre au micro-ondes, avant d'appuyer sur la touche correspondante. J'ai enregistré le dernier épisode de *Reno Magic.* Si je le lance, Conny se rendra-t-il compte que je bave sur le présentateur ? Parfois, Clint Owens retire son T-shirt pour travailler dehors, et j'apprécie énormément cela de manière solitaire, si vous voyez ce que je veux dire. Conny voudrait-il prendre part à cela ?

Qu'est-ce que je raconte ? J'ai la version réelle chez moi. Le Bâtisseur Sexy est assis dans mon salon. Mieux encore, c'est un rénovateur royal, et il dit qu'il est sous mon charme. Je pense que ça veut dire qu'il fond tout autant pour moi que je fonds pour lui ; qu'il se sent tout mielleux à l'intérieur. Je n'ai pas besoin de mon fantasme de Clint Owens.

Je laisse le pop-corn et jette un œil dans le salon. Connor a étendu les bras sur le dossier du canapé beige, et ses longues jambes sont étirées et croisées au niveau des chevilles.

Je ne peux pas m'en empêcher. Il a l'air si viril, étalé sur mon canapé. Je me dirige droit vers lui.

— Pas de pop-corn ? demande-t-il. J'aurais pu jurer avoir senti l'odeur du pop-corn.

Je chevauche ses genoux et mes doigts s'enfoncent dans les petits cheveux sur sa nuque.

— J'ai envie de toi.

Il m'adresse un sourire sexy et enroule les bras autour de moi.

— Je sais.

9

<hr>

Connor

Je me réveille en sursaut le samedi matin, quand l'alarme de Becca se déclenche. Elle l'éteint d'une main et grogne. Nous nous sommes gardés éveillés hier soir. Que voulez-vous ? Cette femme est accro à moi.

Je fourre mon nez dans son cou et elle émet un léger ronronnement de contentement, avant de hoqueter et de me repousser. Elle bondit hors du lit.

— Il faut que je me prépare.

— Moi aussi, dis-je en me redressant.

— Tu ne peux pas prendre le métro avec moi pour aller en cours, dit-elle en levant une paume. On ne peut pas être vus ensemble.

— Il y a une tonne de personnes dans le métro. Personne ne nous remarquera.

Elle me lance un regard sévère, les lèvres pincées.

— Conny, on doit préserver les apparences.

— C'est ce qu'on va faire. Je te laisserai entrer dans la salle en premier. Personne ne se rendra compte de rien.

Elle hoche la tête et se précipite dans la salle de bains. Quelques minutes plus tard, elle ressort, sa brosse à dents dans la bouche. Elle la sort et lance :

— Assieds-toi au fond de la salle et ne me regarde pas dans les yeux.

Je rejette les couvertures et m'avance vers elle. Je suis nu et elle baisse les yeux sur mon sexe, remonte vivement vers mes yeux, puis s'empresse de retourner dans la salle de bains.

Je la suis. Une fois qu'elle s'est rincé la bouche, j'enroule les bras autour d'elle par-derrière et l'embrasse dans le cou. D'habitude, ce geste la transforme en une masse molle, mais cette fois, elle ouvre l'armoire à pharmacie et en sort une brosse à dents neuve, encore dans son emballage.

— Tiens, dit-elle en me la tendant.

Je comprends le message. Elle veut que j'aie l'haleine fraîche avant de l'embrasser à nouveau. Je me brosse les dents et l'observe dans le miroir tandis qu'elle allume l'eau de la douche et attend qu'elle se réchauffe. Elle est grande et élancée, avec de petits seins fermes, un estomac plat, des hanches étroites et de longues jambes. Elle me rappelle un mannequin. Je crois qu'elle aurait pu en être une, si elle n'était pas aussi timide et studieuse. Hier soir, quand on discutait dans le noir, elle m'a dit qu'elle adorait l'école parce qu'elle était douée, et c'est en partie la raison pour laquelle elle est contente d'être de retour dans le milieu universitaire. Je n'ai jamais pris l'école très au sérieux, parce que je savais que j'avais un boulot qui m'attendait dans l'entreprise familiale. À l'époque, si je m'étais appliqué et que j'avais fait des efforts, je me serais peut-être bien débrouillé à l'école, moi aussi. Mais la vérité, c'est que j'aime travailler de mes mains, j'aime passer une dure journée de travail qui me fera transpirer, et j'ai envie de bosser pour ma famille. Je ne regrette pas de ne pas être allé à la fac, mais maintenant, j'aimerais avoir plus d'expérience en entreprise.

Je repars brièvement dans la chambre tout en me brossant les dents, puis je reviens à la salle de bain, me rince la bouche et crache. Je suis prêt. Je repousse le rideau de douche et la rejoins.

— Conny !

— Oui, Becca, réponds-je en la prenant dans mes bras. J'ai l'haleine fraîche, maintenant.

Je l'embrasse et elle fond contre moi. J'adore cette façon qu'elle a de faire ça.

Elle rompt le baiser.

— Tu as vraiment un problème pour respecter les limites. Promets-moi que tu les respecteras dans la salle de classe. J'ai besoin que tu t'assoies au fond et que tu ne me regardes pas.

Je l'embrasse dans le cou et suçote délicatement sa peau. J'ai à nouveau envie d'elle.

— Tu… tu peux faire ça ? insiste-t-elle en s'accrochant à mes épaules.

Je lève la tête.

— Je m'assiérai au fond, mais je devrai peut-être te regarder de temps en temps. Tu es juste devant moins, et tu vas parler sans arrêt.

— Sois sérieux.

— Alors on oublie les roses, hein ? Pas de grand geste romantique pour mon professeur favori ?

Elle écarquille les yeux.

— Surtout pas.

— Je plaisante, souris-je. Les roses coûtent cher et tu sais que j'économise pour m'acheter une maison.

Elle adore l'idée que je sois économe.

Ses cils s'abaissent tandis qu'elle regarde mon torse.

— Je sais. Dans d'autres circonstances, les roses seraient romantiques. Mais pas dans la salle de classe.

— Tu veux un homme qui fasse tous ces trucs romantiques et *girly*, hein ?

— Qu'est-ce qu'il y a de mal à ça ? rétorque-t-elle en haussant le menton.

Je fais courir mes mains le long de ses flancs, effleurant le côté de ses seins. Ses tétons durcissent.

— Rien du tout. Maintenant, je connais la clef qui mène au cœur de Becca.

— Ne fais rien d'inapproprié, d'accord ? insiste-t-elle d'une voix essoufflée.

— Qui, moi ?

Je lui caresse les seins et elle gémit.

— Tu n'as pas à t'en faire, je suis l'ange de la famille.

— Je n'ose pas imaginer comment doivent être les autres.

Je la plaque contre le mur et l'embrasse longuement et minutieusement. Je l'embrasse jusqu'à ce que ses ongles s'enfoncent dans mes épaules et qu'elle lève les jambes pour les enrouler autour de ma hanche. C'est son signal pour me dire *j'ai tellement envie de toi.* Je lui mords le lobe d'oreille et tire dessus.

— Je contourne les règles quand ça m'apporte quelque chose. Je ne les enfreins pas.

Elle garde le silence tandis que je croise son regard et l'étudie pendant un moment. Elle est excitée, c'est clair et net, mais elle est encore inquiète. À cet instant, je sais ce dont elle a vraiment besoin. La clef du cœur de Becca, ce ne sont pas les fleurs, c'est la planification.

Je prends sa mâchoire entre mes doigts.

— J'ai planifié de passer du temps avec toi et j'ai suivi les étapes pour faire en sorte que ça arrive.

— Conny, dit-elle d'un ton d'urgence, en levant les hanches.

Je glisse la main entre nous et la caresse. Quelques instants plus tard, elle se balance contre moi, la tête rejetée en arrière, et relâche son étreinte sur mes épaules. Ses genoux cèdent et je la déplace devant moi, la laissant s'appuyer contre moi tandis que l'eau s'écoule sur nous deux. Je prends ses seins, les fais rouler et tire sur ses tétons tout en la caressant, accélérant le rythme. Elle scande mon nom et ses hanches se soulèvent pour soutenir le rythme, cherchant plus de caresses. J'adore ses réactions, ses sons sexy. Elle a un sursaut et bascule avec un cri aigu. Je la laisse profiter de l'orgasme, puis elle se retourne et m'embrasse avec urgence, tentant d'escalader mon corps.

Je sais ce dont elle a besoin. J'en ai besoin aussi. Je m'empare du préservatif que j'avais laissé sur le comptoir et l'ouvre.

— La planification, lui dis-je.

— Oui, ronronne-t-elle presque. Une bonne planification.

Elle s'empare de moi dès que j'ai enfilé la capote et je la soulève pour la prendre contre le mur.

— Oui ! siffle-t-elle tandis que je m'enfonce profondément en elle.

Je m'immobilise et m'efforce de retrouver le contrôle. Elle oscille des hanches, s'empare de mes fesses et essaie de me faire bouger.

— Bec, dis-je en lui prenant la mâchoire. Doucement.

Je m'enfonce lentement et profondément, voulant faire durer les choses. Elle m'embrasse de manière effrénée et ses mains errent partout sur moi, ses hanches se soulevant pour me rejoindre à chaque coup de reins. Oh Seigneur, c'est si bon. Je me fige et glisse une main entre nous pour la caresser. Elle se déchaîne dans mes bras, se tortillant contre moi. Je resserre une main sur sa hanche pour la maintenir en place. Puis je l'embrasse, et c'est tout ce qu'il faut. Elle gémit dans ma bouche et son orgasme m'étreint de manière rythmique. Je lâche prise et la pilonne encore et encore, jusqu'à l'oubli. L'orgasme me heurte de plein fouet, une explosion de plaisir qui me sape toute mon énergie. Je m'affaisse lourdement contre elle.

— Quel homme merveilleux ! s'exclame-t-elle.

Je ris doucement. Elle est toujours si heureuse après un orgasme, et encore plus après de multiples orgasmes. Ça me donne toujours envie de lui en donner plus.

Elle passe les doigts dans mes cheveux et m'embrasse la joue.

— Tu es sous mon charme. Qu'est-ce que ça veut dire ?

Je lève la tête.

— Je crois que tu le sais. Tu ressens exactement la même chose pour moi.

Elle prend une expression sérieuse et scrute mon visage.

— On ne doit pas tout gâcher.

Je déglutis. Je comprends ce qui est en jeu, et j'ai bien conscience que c'est moi qui ai insisté pour qu'on entame cette relation. Si elle perd son boulot à cause de moi, non seulement je ne me le pardonnerai jamais, mais elle ne me pardonnera jamais non plus. Le calcul est simple : si elle perd son travail, ce sera la fin de notre relation. C'est un risque calculé. Mais quelle était l'alternative ? Ignorer la meilleure chose qui me soit jamais arrivée ? Je ne pouvais pas perdre de temps après avoir enfin trouvé la femme que j'ai attendu toute ma vie.

— On ne gâchera rien.

Je la soulève délicatement et la repose sous le jet d'eau.

— Je dois être tellement en retard, dit-elle en prenant le savon. Je ne peux pas être en retard.

Elle se dépêche de se laver et s'en va. Je finis de me laver seul, puis je coupe l'eau. Il y a quelque chose de spécial entre nous, et je ne peux qu'espérer que ce ne sera pas ruiné par le monde extérieur. Ici, quand on n'est que tous les deux, tout est parfait. Pour la première fois de ma vie, j'ai vraiment l'impression d'avoir besoin d'un plan pour conserver tout ça. D'habitude, je me dis que ce qui doit arriver arrivera, mais Becca et moi... eh bien, c'est trop important pour que je ne sois pas prudent.

Becca

Je suis de retour au pupitre, me préparant à donner mon deuxième cours. Je garde les yeux fixés sur mes notes et ignore Conny quand il entre et se dirige vers le fond de la salle de classe. Je n'ai fait que l'apercevoir dans ma vision périphérique, mais je connais ce corps – assez grand et musclé pour soulever une femme de ma taille. *Ne pense pas à ça.* Je rougis et essaie de me concentrer sur autre chose.

— Bonjour, mademoiselle Edwards, lance Mike d'un ton enjoué tout en s'asseyant au premier rang.

Il porte une chemise rose, un pantalon rouge et des mocassins marron. Plutôt habillé, pour un cours du samedi matin.

— Bonjour, Mike, réponds-je. Appelez-moi Rebecca, je vous en prie.

Il me regarde en souriant. La première chose à faire, c'est d'encourager tout le monde à participer aux heures de présence du jeudi soir. Je n'ai *pas* envie d'écouter Mike discourir à nouveau pendant une heure. Je les soudoierai avec des cookies, s'il le faut.

— J'ai vraiment apprécié notre discussion de jeudi, dit Mike sans cesser de me sourire.

— Je suis contente que ça vous ait servi à quelque chose, réponds-je tout en souriant aux prochains élèves qui entrent dans la salle.

J'apprécie son enthousiasme, mais je n'ai pas envie qu'on croie que j'accorde plus d'attention à certains étudiants qu'à d'autres.

Une fois que tout le monde est assis, je commence :

— Bonjour. Je veux que vous sachiez que vous êtes tous les bienvenus à mon bureau durant mes heures de présence du jeudi soir, de dix-neuf à vingt heures. Vous n'êtes pas obligés d'avoir une question, on peut juste parler boutique. Si je peux vous aider en quoi que ce soit, que ce soit grâce à mes connexions ou aux ressources de l'école, je suis à votre service. En plus, on s'amusera. Il y aura des cookies faits maison.

Quelques personnes rient.

— Eh, je suis venu la dernière fois et il n'y avait pas de cookies, remarque Mike avec bonhomie.

— Je les avais oubliés, réponds-je, avant de lever un doigt et de déclarer : à partir de maintenant, il y aura toujours des cookies. Aux pépites de chocolat.

— Je serai là ! s'exclame Mike.

Je croise le regard de Conny sur la rangée du fond et un coin de sa bouche s'étire en un petit sourire. Je le lui rends, et les papillons dans mon estomac me rappellent hier soir et ce matin. Je détourne les yeux. Mike me regarde encore, mais sa bouche forme une ligne plate, cette fois, et il a l'air irrité. A-t-il remarqué que j'avais souri à Conny ?

Je m'empresse de reporter mon attention sur mes notes.

— OK, je vous rappelle que vous avez une dissertation à me rendre la semaine prochaine. Ce sera votre version d'une étude de cas pour la discussion de classe. Elle peut être basée sur une entreprise pour laquelle vous avez travaillé par le passé, pour laquelle vous travaillez actuellement, ou simplement d'un domaine d'intérêt. Prenez l'étude de cas de la semaine dernière comme exemple. Je veux voir des infos générales, ce qui ne fonctionne pas et les solutions proposées. On discutera de chaque cas en cours. Maintenant, passons au sujet du jour : le pouvoir et la politique dans une organisation.

Je lève la tête et vois que tout le monde a baissé les yeux sur ses notes ou son ordinateur, les doigts prêts à enregistrer chacun de mes mots. Tout le monde sauf Conny, qui se contente d'écouter, les yeux rivés aux miens. Nos regards se croisent pendant un moment intense qui fait accélérer mon pouls et une vague de chaleur me submerge. Mon corps le connaît, a envie de lui, et il se fiche de ce que j'enseigne. *Merde.*

Je reporte mon attention sur mes notes et me lance en mode leçon, déterminée à ne pas me laisser divertir par d'autres longs regards. J'évite son regard pendant tout le reste du cours. Il ne participe pas non plus. Ça me dérange, même si je suis sûre qu'il fait ça pour me mettre plus à l'aise. La participation fait la moitié de la note, en cours. Je sais qu'il n'est ici qu'en auditeur libre, mais il doit répondre aux attentes du cours dans son intérêt, ainsi que pour celui du reste du groupe.

Après le cours, je prends mon temps pour rassembler mes affaires, dans l'espoir de le rattraper au bout de la file d'étudiants pour lui parler sans attirer l'attention sur nous. Mike vient me poser quelques questions, auxquelles je réponds aussi vite que je peux, un œil sur la porte. Je rattraperai peut-être Conny dans le métro, ou peut-être pas. Le fait qu'on se soit retrouvé là-bas en même temps la semaine dernière était un hasard.

— Je suis désolée, Mike, l'interromps-je quand il se met à répéter une remarque déjà faite en classe aujourd'hui. Je dois vraiment y aller. On pourra en reparler la semaine prochaine.

— Ou pendant les heures de présence.

— Oui, bien sûr.

Il me fait un clin d'œil et pointe son doigt vers moi en mimant un revolver.

— Le rendez-vous est pris.

Je me raidis. J'espère vraiment qu'il ne se fait pas des idées.

— C'est une extension du cours, réponds-je fermement avant de me diriger vers la porte.

Mes élèves se sont dispersés et je ne vois pas Conny. Je ne sais pas pourquoi il m'a paru aussi urgent de lui dire qu'il devrait participer en cours, mais c'était le cas, et je suis déçue. Je suppose que j'avais besoin que mes remarques de professeure se fassent dans l'environnement de l'école. J'essaie de garder Becca et Conny séparés de Rebecca et Connor. Bon sang, je me fais peut-être juste des illusions, avec ces limites artificielles. J'avais peut-être raison la première fois. C'est stupide d'avoir cédé alors que ma carrière est en jeu.

Je tourne au coin du couloir et sursaute quand un homme large vient se placer sur mon chemin.

— Eh, détends-toi, ce n'est que moi, dit Conny.

Il se penche pour me murmurer à l'oreille :

— Je voulais attendre que tout le monde soit parti pour te raccompagner. Tu veux qu'on s'arrête pour boire un café avant de rentrer ? Quelqu'un m'a tenu éveillé la majeure partie de la nuit.

Il me fait un clin d'œil et ses yeux bleus pétillent. Je suis si tentée de passer les bras autour de son cou. Il est si chaleureux et doué pour me faire me sentir bien.

Je regarde autour de moi. Il n'y a personne dans le coin, mais nous sommes encore dans le bâtiment, ce qui veut dire que les limites dues à une enseignante professionnelle sont à respecter.

— Oui au café. Allons-y.

— Tu avais l'air très enthousiaste concernant les heures de présence. Ça m'inclut aussi ?

— Tous les participants aux cours sont les bienvenus.

— Il y aura vraiment des cookies aux pépites de chocolat faits maison ?

J'éclate de rire.

— Oui. C'est un pot-de-vin, parce que je n'ai pas envie de revivre la semaine dernière.

Je lui raconte à voix basse l'heure ennuyeuse que j'ai passée avec Mike.

— Alors il t'a appris ce que tu lui avais déjà enseigné concernant l'étude de cas sur le café.

— Oui.

— Pendant une heure.

— Eh bien, c'est le temps que j'étais censée rester, mais ensuite il voulait continuer la conversation autour d'un café. Il est un peu trop enthousiaste.

Il incline la tête.

— C'est habituel, d'inviter un professeur à boire un café ?

J'ajuste la sangle de mon sac en bandoulière tandis que nous descendons au rez-de-chaussée et réfléchis à la question.

— Je ne sais pas. Je ne l'ai jamais fait quand j'étais étudiante, mais je suppose que ça arrive. Ce n'est pas vraiment un problème, tant qu'on ne fait que parler du cours.

— Hum…

— Quoi ? Tu crois qu'il est intéressé par moi ?

— Peut-être. Je vais garder un œil sur lui. Et je serai là aux heures de présence.

— Non, ne fais pas ça. Ça fera mauvaise impression. Je t'expliquerai plus tard.

La dernière chose dont j'ai envie, c'est que Connor ressemble à un petit ami surprotecteur devant Mike ou un autre étudiant. Mais nous aurons cette conversation quand nous aurons quitté le campus de l'université.

— Bref, je voulais m'assurer que tu saches qu'il est important que tu t'exprimes en classe. La participation fait la moitié de la note.

— Mais je n'aurai pas de note. Vois-moi plutôt comme du papier peint. Je suis juste là pour être joli.

J'éclate de rire.

— Quand même, tu dois faire partie des discussions. En particulier quand on forme de petits groupes pour discuter des cas. Tu étais le seul à ne pas donner ton opinion sur ton cas.

— Je n'en avais peut-être pas.

Nous arrivons au premier étage et je me penche pour lui dire à voix basse :

— Je ne veux pas que tu manques les bénéfices de ce cours à cause de moi. Je sais que je t'ai demandé de t'asseoir au fond et de ne pas me regarder, mais ça ne veut pas dire que tu dois disparaître. Prends la parole, s'il te plaît, laisse connaître tes réflexions à la classe. Tu peux aussi poser des questions. Je vais rectifier ma déclaration de tout à l'heure : quand on est en cours, tu peux me regarder et me parler, mais nous respecterons les limites entre professeur et étudiant, pour que tout aille pour le mieux.

Son regard brûlant se rive au mien.

— Une rectification, hein ? dit-il d'une voix rauque. Je peux te regarder, maintenant.

Il baisse la voix presque jusqu'à chuchoter et ajoute :

— Te parler.

Ses mots sont comme une caresse. Mon corps bourdonne et des étincelles crépitent sur ma peau.

— Oui, dis-je d'une voix douce.

— Bonjour, Rebecca, tonne une voix masculine.

Je m'écarte de Conny d'un bond et me retourne vers le doyen de l'école de commerce, mon patron.

— Bonjour, doyen Sears.

Il a la cinquantaine, des cheveux bruns dégarnis et porte son habituel nœud papillon de couleur vive – aujourd'hui, il est jaune à pois rouges – ainsi qu'une chemise blanche et un pantalon gris foncé.

— Je vous en prie, appelez-moi Robert, dit-il en tendant la main à Conny. Je suis Robert Sears.

— Connor Rourke, se présente Conny en lui serrant la main. Ravi de vous rencontrer.

Le doyen Sears sourit et se tourne vers moi.

— Une réception de faculté est organisée samedi prochain à l'école de commerce, j'espère que vous pourrez être présente. Vous pouvez amener quelqu'un, ajoute-t-il avec un signe de tête vers Connor.

Mon estomac se tord. Le doyen Sears pense qu'on est en couple.

— Ce n'est pas mon petit ami, lâché-je. On était juste en train de discuter. Je viens de le rencontrer. Il avait une question. Je suis célibataire.

La ferme !

Le doyen Sears me lance un regard curieux, puis répond :

— OK.

— J'aimerais beaucoup aller à la réception de la faculté, dis-je. Toute seule.

— Ce ne sera rien de très chic, dit le doyen Sears. Un simple cocktail dans le salon.

— Ça m'a l'air génial, réponds-je avec enthousiasme, de la sueur me coulant le long du dos.

— Super. On se voit là-bas.

Il traverse le lobby pour aller saluer un autre professeur.

Je me dirige vers la sortie, les jambes raides. C'est pas bon. Je ne devrais pas être vue trop souvent avec Connor. Le doyen Sears pourrait faire irruption dans ma classe n'importe quand et le voir là-bas. Il comprendrait aussitôt. Il a trop de risques pour que quelqu'un dérape et nous expose.

Je lève les yeux vers lui et il me lance un regard compréhensif.

— Je sais.

Je pousse un soupir soulagé. Il comprend, et il n'est pas vexé que j'aie affirmé ne pas le connaître.

J'attends qu'on soit en sécurité au bout de la rue, en direction du café, pour dire :

— On ne doit pas être vus trop souvent sur le campus.

— C'est ton lieu de travail, c'est toi qui décides, répond-il. Je peux te toucher, maintenant ?

Je regarde autour de moi au cas où des étudiants s'attarderaient dans le coin. Mon souffle se coince dans ma gorge quand je vois Mike en train de nous observer juste devant le café. Savait-il que je suis déjà venue ici la semaine dernière après le cours ?

— On ne se touche pas, réponds-je entre mes dents. Oublions le café.

Je me retourne et me dirige vers la station de métro de l'autre côté de la rue.

Conny me suit.

— Qu'est-ce qui ne va pas ?

— Rien. Je veux rentrer, c'est tout.

— Tu paniques parce que ton patron a supposé qu'on était ensemble, et que maintenant tu te dis que tous les autres font sûrement la même supposition ?

— Je ne panique pas, mais évidemment que ça m'a traversé l'esprit. Tu crois que tout le monde pense qu'on est en couple ?

— Je ne sais pas.

Je traverse la rue et essaie frénétiquement de me souvenir combien de fois mon regard a croisé le sien en cours, aujourd'hui. Au moins trois. J'ai eu chaud pendant toute ma leçon, j'avais les nerfs à vif et je me sentais exposée. L'ai-je caché aussi bien que je le croyais ?

— Il y a une alchimie, continue-t-il. Parfois, c'est clair même de l'extérieur.

Il hausse une épaule et ajoute :

— Peut-être que personne ne s'en est rendu compte.

— Et peut-être qu'ils l'ont fait.

Il pousse un brusque soupir. Nous arrêtons de parler pendant que nous contournons un groupe de personnes, avant de nous réunir sur le trottoir.

— S'il te plaît, ne m'oblige pas à organiser un autre faux rencard à l'aveugle rien que pour te revoir, dit-il. Que tu acceptes de continuer à me voir ou pas, cette alchimie n'est pas près de s'envoler. On va juste devoir la cacher du mieux qu'on peut quand on est en cours, c'est tout.

J'ai envie de me cogner la tête contre le mur, parce qu'il n'y a aucune solution facile. Je peux faire semblant autant que je veux, mais l'alchimie crépite entre nous, même à travers une salle de classe. Deux nuits d'ébats sauvages et passionnés m'ont rendue incapable de rester détendue en sa présence. Mon corps se souvient à chaque fois du pays des merveilles aux multiples orgasmes qu'est une nuit avec Connor Rourke.

— C'est sans espoir, lâché-je.

— Voilà ce que je voulais entendre, dit-il avec un sourire.

Une fois que nous sommes montés dans la rame, je m'assois sur un siège de la longue rangée tournée vers l'intérieur, et il se laisse tomber à côté de moi.

— Tu veux faire quelque chose ce soir ? propose-t-il.

Mes pensées se tournent aussitôt vers des scénarios indécents. Vous voyez ? C'est trop facile, de se laisser accaparer par lui si nous sommes constamment entremêlés sous les draps. Quelqu'un va finir par se brûler. Moi. Et puis, j'ai vraiment un truc de prévu, ce soir.

— Je ne peux pas, réponds-je. Je sors avec ma meilleure amie pour son anniversaire.

Simone organise une énorme fête d'anniversaire dans un club de la ville pour célébrer ses trente ans, mais je garde ça pour moi, parce que je ne veux pas qu'il vienne. Je dois lui parler de toute cette situation avec Connor pour obtenir son avis là-dessus. Nous sommes meilleures amies depuis le jardin d'enfants et elle n'hésite jamais à me donner son opinion quand j'en ai besoin. J'ai désespérément besoin d'un peu de perspective, de la part d'une personne extérieure. Je n'aime pas cette envie constante d'être près de lui, alors que je dois garder mes distances. Ça me rend dingue.

— Une autre fois, dit-il en fermant les yeux.

Une pointe d'irritation me fait me redresser. OK, je comprends. Il est fatigué à cause d'hier soir, et je nous ai fait sauter le café pour éviter Mike, alors maintenant, Conny veut faire la sieste pendant le trajet en métro. Mais j'ai l'impression qu'il m'ignore à dessein parce que je lui ai dit non pour ce soir. Vous voyez à quel point cet homme me rend dingue ? Je ne suis jamais aussi susceptible.

Il me prend la main, entrelaçant nos doigts, et je pousse un soupir, avant de poser la tête sur son épaule et de fermer les yeux. Je ne crois pas être capable de lui résister. Tout, chez Connor, est si compliqué. Pourquoi est-ce que je me torture comme ça ?

10

Becca

Ce soir-là, je me présente devant la jeune femme brune portant un casque et postée devant le club pour la fête d'anniversaire de Simone.

— Bonjour, je suis Becca Edwards.

Elle vérifie sur la liste, trouve mon nom et parle dans son casque avant de me sourire.

— Entrez.

Je suis le tapis rouge vers la porte vitrée, qu'un videur couvert de muscles m'ouvre. J'entre dans le club et suis accueillie par une pulsation de basses qui fait vibrer le sol. Un autre homme en costume et avec une oreillette m'accueille, me prenant mon manteau et me dirigeant à l'étage. Deux types à l'air pas commode et portant aussi une oreillette se tiennent tout près. Pourquoi autant d'agents de sécurité ? Ma meilleure amie est Simone Rivera, une popstar célèbre à l'internationale. À mes yeux, elle sera toujours la fille que j'ai découverte en train de pleurer dans les vestiaires du jardin d'enfants, parce qu'elle avait un trou dans son T-shirt et que les autres filles l'appelaient Sainte Simone. Elle était pauvre, et même à cet âge, elle savait que ses vêtements venaient d'une friperie. Je lui ai dit qu'on pourrait être jumelles, ce qui voulait dire qu'on pouvait porter les vêtements l'une de l'autre. Je ne sais pas d'où j'ai sorti ça. Je suis blonde aux yeux bleu clair ; elle est brune aux yeux marron foncé et à la peau dorée. Je suis grande ; elle est de taille moyenne. De toute évidence, personne ne nous prendrait jamais pour des jumelles. Mais elle s'est fait un plaisir de porter une partie des T-shirts et des robes qui étaient devenus trop petits pour moi. Ils étaient encore en très bon état, parce que j'étais seule, chez moi – pas de frère ou de sœur – et que je n'abîmais pas mes vêtements. Bref, nous nous sommes rapprochées et aujourd'-hui, vingt-cinq ans plus tard, nous sommes encore très proches. Même si je n'ai pas l'occasion de la voir autant que je le voudrais. À une époque, nous avions du mal à nous retrouver à cause de tous les voyages qu'impliquait mon boulot, mais ces deux dernières années, c'est surtout à cause de son travail. Elle a enfin réussi à percer, comme j'ai toujours su qu'elle le ferait.

À l'étage se trouve une piste de danse bondée, aux abords de laquelle sont installés des gens, sur des cubes rouges rembourrés. Je parcours la salle des yeux à sa recherche et remarque quelques banquettes privées sur la gauche. Je parie qu'elle est là-bas.

Je m'y rends et elle est là, assise sur une banquette avec un tas de gens que je ne connais pas. Dès qu'elle me voit, elle hurle et lève les bras en l'air.

— Becca ! Ma jumelle !

Ses longs cheveux brun foncé sont relevés en une jolie queue de cheval. Elle fait signe à d'autres personnes assises sur la banquette de s'écarter de son chemin et se précipite vers moi, autant qu'elle peut le faire dans sa mini-robe moulante à paillettes argentées et ses bottes blanches compen-sées qui lui arrivent aux genoux. Ma petite robe noire et mes escarpins noirs paraissent si banals, en comparaison.

Elle me serre dans ses bras de toutes ses forces et m'em-brasse sur la joue. Puis elle s'écarte pour me regarder, les mains toujours posées sur mes épaules, et sourit.

— Qu'est-ce que ça fait d'avoir trente ans ?

Je souris et réponds d'une voix taquine :

— Je ne saurais dire. J'aurai encore la vingtaine pendant sept mois.

— Impossible. On est jumelles !

— Bon anniversaire, jumelle, réponds-je en lui donnant son cadeau.

C'est dur de trouver quelque chose à lui offrir, parce qu'elle a déjà à peu près tout ce qu'elle pourrait vouloir, grâce au paquet d'argent qu'elle se fait.

Elle me guide jusqu'à une petite zone entourée d'un cordon au coin de la salle, où se trouvent une table carrée et quatre chaises.

— Je nous ai réservé cet endroit pour qu'on puisse rattraper le temps perdu. Je ne t'ai plus revue depuis une *éternité*.

Elle s'assoit, tire une autre chaise à côté d'elle pour moi, puis jette un œil dans son sac cadeau, avant d'en sortir un sachet de Twizzlers à la cerise.

— Oh, ça me manque. Ça ne fait pas partie de mon alimentation saine de tournée.

Je lui donne un petit coup d'épaule et chantonne :

— Si tu n'en veux pas, je connais quelqu'un à qui ça plaira.

C'est notre réplique favorite des *Simpson*, quand Homer donne à Marge un cadeau dont il a lui-même envie – une boule de bowling avec son nom dessus.

Elle éclate de rire, ouvre le sachet et m'offre un Twizzler, avant de mordre dans le sien. Elle sort le cadeau suivant du sac – une petite boîte – et la soulève.

— Hum.

Elle me tend son bâton de réglisse à moitié mangé pour pouvoir ouvrir la boîte à deux mains.

— J'adore !

Elle enfile son nouveau bracelet et l'admire d'un air rayonnant.

C'est un bracelet en argent avec trois anneaux entrelacés gris terne, argenté et doré.

— C'est censé représenter le passé, le présent et le futur. Le passé est gris, le présent, au milieu, est argenté, et le futur est doré. C'est un rappel qu'on doit vivre dans le présent et planifier pour le futur, sans regarder en arrière vers le passé gris. Ça me semblait approprié, compte tenu de la vague de succès sur laquelle tu surfes en ce moment. J'espère que tu profites à fond de l'instant présent.

Ses yeux brillent de larmes.

— Oh, Bec. Ça n'aurait pas pu venir à un meilleur moment. Je m'inquiétais pour mon prochain album, et je me demandais si je pouvais explorer quelque chose de nouveau tout en continuant à plaire aux fans. C'est un excellent rappel.

Elle caresse l'anneau d'argent du bracelet et ajoute :

— J'ai vraiment envie de vivre dans l'instant présent, sans trop m'inquiéter du futur.

Un serveur passe nous voir et Simone nous commande du champagne.

— OK, raconte-moi tout, dit-elle une fois que le serveur est parti. Comme se passent tes cours ? Tu aimes ça autant que tu le pensais ?

— J'aime beaucoup, mais…

Je prends une grande inspiration et me lance :

— Quelque chose de très bizarre et de totalement inapproprié est arrivé, et je ne sais pas quoi faire à ce sujet.

Elle hausse les sourcils.

— Toi, inappropriée.

— Oui.

— Raconte-moi ! s'exclame-t-elle en me donnant une tape sur l'épaule.

Je lui raconte ma rencontre avec Connor et mon aventure d'un soir inhabituelle avec lui, qui s'est avérée un peu plus que ça.

— Je comprends, ma belle, dit-elle en hochant la tête. Je t'avais bien dit de t'amuser un peu après Oliver Nullard, non ?

Le nom de famille de mon ex est Bullard, mais Simone l'appelle Nullard, pour des raisons évidentes. Elle l'appelait comme ça avant même qu'on rompe, et j'aurais sûrement dû prendre son point de vue plus au sérieux.

Elle m'adresse un sourire rayonnant.

— Alors, qu'est-ce qui t'empêche de t'amuser avec ce type ?

Je secoue la tête, embarrassée par la situation dans laquelle je me trouve. Je sais que c'est mal, et pourtant je continue de le voir. Elle serait choquée de savoir que j'ai compromis mon intégrité éthique, tout ça à cause de mon désir hors de contrôle. Ça ne me ressemble vraiment pas. OK, il ne s'agit pas uniquement de désir. Je l'apprécie. Beaucoup. Il est si chaleureux. J'adore la façon dont ses yeux se plissent quand il sourit, et la manière décontractée dont il acquiesce à tout ce que je dis. Je ne crois pas qu'il serait capable de me qualifier de reine des glaces parce que je ne souris pas. Et je me sens à l'aise avec lui, vraiment détendue, ce qui n'arrive pas si facilement, avec moi. Ça ne fait qu'un peu plus d'une semaine, mais je me sens déjà tomber amoureuse de lui. Stupide cœur trop tendre.

Je pousse un soupir.

— Je dévie trop de mon projet de vie.

— Eh, tu sais que je ne critiquerais jamais ton projet de vie. C'est malin, et c'est ce genre de façon de penser – ta façon de penser – qui m'a permis d'arriver là où j'en suis.

Je me redresse un peu, fière que mes capacités de planification lui aient tant réussi.

— Mais parfois, tu dois lâcher un peu du lest, continue-t-elle. En parlant de ça…

Elle adresse un regard rayonnant au serveur qui vient d'arriver avec nos champagnes. Il retire le bouchon avec un bruit sec et Simone applaudit.

Une fois que nous avons chacune un verre de champagne à la main, nous faisons tinter nos verres et buvons.

— OK, laisse-moi voir si j'ai bien compris, dit-elle. Tu as la sensation d'avoir fait un truc bizarre et inapproprié parce que tu as eu une aventure d'un soir ?

Elle me donne une tape sur le bras et demande :

— Et pourquoi n'en ai-je pas été notifiée immédiatement ?

— Aïe, dis-je en me frottant le bras et en lui lançant un

regard noir. C'est très vite devenu compliqué, et j'avais trop honte.

Elle écarquille les yeux.

— Tu as découvert que c'était ton cousin, ou un truc comme ça ?

— Non ! m'exclamé-je, les yeux rivés sur ma table. C'est mon élève.

Elle émet un couinement et je lève la tête vers elle. Elle a plaqué une main sur sa bouche et a les yeux écarquillés. Vous voyez, je savais que c'était la cata.

— Je sais, réponds-je d'un ton piteux. C'est affreux. Je ne savais pas que c'était mon élève, jusqu'à ce qu'il arrive dans ma salle de classe le lendemain matin.

— Quel âge il a ? demande-t-elle en laissant retomber sa main.

— Il doit approcher de la trentaine, au moins. C'est une école supérieure et c'est un homme adulte, couvert de muscles, avec de petites rides autour des yeux quand il sourit et une attitude assurée d'homme qui sait prendre les choses en main.

— Oh mon Dieu, Bec ! Tu en pinces vraiment pour ce type !

Sa voix porte assez pour que tout le club l'entende, et sûrement même tout le pâté de maisons.

Je tente de calmer la rougeur qui a envahi tout mon corps en vidant ma flûte de champagne, puis je tousse quand les bulles passent par le mauvais trou.

Simone me donne plusieurs tapes sur le dos.

— Comment ça se fait que tu ne connaisses pas son âge ? Tu ne fais pas une recherche sur tous les mecs avant de décider de sortir avec eux ?

Je m'essuie le coin des yeux et réponds :

— J'ai fait une recherche sur Google. Mais j'étais trop accaparée par son statut de prince pour remarquer son âge.

— C'est un prince, en plus ? murmure-t-elle d'une voix forte.

J'abaisse la paume pour lui faire signe de baisser d'un ton.

— Oui, et un ouvrier du bâtiment.

Elle remue les doigts des deux mains vers elle. C'est le geste qu'elle fait avant de faire une annonce capitale, celui qui veut dire « raconte-moi tout » et « regarde bien mon visage parce que je vais t'éblouir ». C'est si démesuré, et ça lui ressemble tellement.

— Tu es en train de me dire que tu as rencontré ton fantasme fois deux.

— Oui !

Je suis contente qu'elle comprenne, même si ce que je fais est mal. Certaines pulsions de fantasmes solides sont à l'œuvre. Est-ce de là que vient toute cette passion ? Les paroles de Conny me reviennent en mémoire. *Becca, vois les choses en face. Il y a une alchimie incroyable entre nous.* Ça veut dire que ça marche dans les deux sens, et je ne crois pas qu'il fantasme sur les professeures. Attendez, à moins que si ? Argh. Qu'est-ce qui se passe entre nous, et pourquoi ? J'ai l'impression que si j'arrivais à mieux comprendre, sans toutes ces émotions confuses, je ne serais pas aussi nerveuse tout le temps.

— Un prince et un bâtisseur, dit Simone avec un sourire. C'est comme s'il était sorti tout droit de tes rêves.

— Je sais. Un rénovateur royal. C'est parfait.

Je fronce les sourcils et reprends :

— Sauf pour la partie étudiant-professeur. Qu'est-ce que je dois faire ? J'ai vraiment envie de ce boulot, et je n'ai pas envie qu'on m'accuse d'avoir eu un comportement inapproprié. Je n'obtiendrais plus jamais d'autre emploi à l'académie. Pire encore, mon père est ami avec mon patron, le doyen Sears. Ils étaient amis à la fac.

Elle me verse un autre verre de champagne.

— Waouh. T'es dans le pétrin.

Deux hommes s'approchent pour l'inviter à danser.

— Plus tard, c'est promis ! répond-elle avec un sourire. Je rattrape le temps perdu avec ma jumelle.

Ils me lancent un regard curieux avant de rejoindre la

piste de danse. Personne ne veut jamais croire qu'on est jumelles.

Je tourne à nouveau mes pensées vers Connor, comme toujours dans les moments de calme. C'est mal, si je continue à le voir ?

Comment pourrais-je lui résister ? Mon bilan est un échec total, à ce niveau-là.

Simone se penche tout près de moi et baisse la voix :

— Le sexe était comment ?

J'ai bu assez de champagne pour l'admettre. En plus, c'est Simone.

— Je n'ai jamais rien connu de mieux.

Elle passe un bras autour de moi.

— Voilà ce que tu vas faire. Continue de voir ce type, continue d'avoir les meilleures relations sexuelles de ta vie, et fais en sorte que ça reste secret. Ça rendra votre relation encore plus torride. Avec ton amant secret rénovateur royal.

Je souris, puis reprends une expression sérieuse.

— Je ne sais pas. J'ai l'impression que le risque est trop grand pour moi.

— Bois un peu plus de champagne.

Je secoue la tête en riant. Nous buvons toutes les deux. Elle prend mon sac à main sur le côté de ma chaise et me le tend.

— Invite-le ici. J'ai envie de le rencontrer.

Mon cœur se met à battre à une vitesse démultipliée.

— En quoi ça va m'aider ?

— Je pourrai vous voir ensemble et déterminer s'il vaut la peine de prendre le risque.

— Le risque de perdre mon boulot ? Aucun homme ne vaut ce risque, surtout si ça m'empêche d'enseigner pour toujours. Et tu connais mes parents. Ils me renieraient, et ne l'accepteraient jamais. Ils auraient trop honte.

— Bec.

— Quoi ? demandé-je d'un ton pitoyable, perdue dans mes émotions conflictuelles et mon éthique gênante.

— Tu mérites d'être heureuse. C'est tout ce dont je me soucie. Invite-le, maintenant.

Je pousse un brusque soupir.

— Tout ce que tu verras, c'est qu'il y a une alchimie entre nous. Je dois réfléchir clairement, quand il n'est pas dans le coin, pour déterminer quoi faire. Il faut que ce soit une décision rationnelle, complètement séparée de ce qui m'arrive dès que je suis en sa présence. Je perds tout mon bon sens, Simone.

— Ton téléphone, *por favor*, dit-elle en tendant la paume.

Elle sait comme j'apprécie les bonnes manières dans quelque langue que ce soit, mais je reste forte.

— Tu ne l'appelleras pas.

— Oh, allez, ce sera marrant. Ça lui fera plaisir de recevoir un appel de Simone Rivera. Ça fait plaisir à tout le monde.

Je secoue lentement la tête.

— Waouh ! Tu te souviens quand tu m'as dit de te prévenir si tu commençais à avoir la grosse tête ?

Je pose une main sur son bras et continue :

— Des milliers de fans, un personnel lèche-cul. Tu as complètement la grosse tête.

— Raison pour laquelle je t'ai demandé de rejoindre mon personnel en tant que manager commerciale. Avec tes compétences de malade.

Elle a viré son manager commercial le mois dernier, après un énorme scandale de harcèlement sexuel entre lui et une autre cliente très jeune. J'avais déjà décroché mon poste d'enseignante à l'époque, et j'avais placé de grands espoirs dans cette nouvelle carrière. Autrement, j'aurais réfléchi sérieusement à son offre d'emploi. Après mon burn-out, je dois admettre que l'idée de déménager à LA et de voyager avec elle quand elle avait besoin de moi n'était pas vraiment envisageable. Mais je vais mieux, maintenant.

Elle prend un ton sérieux et parle d'une voix urgente :

— J'embauche du nouveau personnel, tu sais. Et la vérité, c'est que j'ai besoin de toi, Bec. Tu veux bien y réfléchir, au moins ? Je te fais confiance plus qu'à n'importe qui d'autre.

Je prends une grande inspiration. J'ai envie d'être là pour elle. Ce pourrait être une opportunité incroyable, et lucrative, en plus, mais je devrais faire une croix sur ma vie ici. Cela veut dire voir beaucoup moins ma famille. Nous sommes proches. Et je devrais dire au revoir à Connor. Il n'y a aucune chance pour qu'il quitte son entreprise familiale. Mais je suis en train de me projeter sur une hypothèse. Je ne suis pas sûre d'avoir un avenir avec Connor ; tout est encore si nouveau entre nous. Je ne peux pas fermer totalement la porte à cette opportunité.

Je lui étreins le bras.

— Je dois finir mon semestre, mais je vais y réfléchir sérieusement.

— Oui ! s'exclame-t-elle en passant les bras autour de moi et en m'embrassant sur la joue. Maintenant, appelle Connor, s'il te plaît. Je dois rencontrer ce type pour voir s'il vaut toutes ces angoisses.

— Tu sais, si je travaillais pour toi, je ne le verrai sûrement plus. Les relations à longue distance ne marchent jamais.

Elle secoue son nouveau bracelet et indique l'anneau doré.

— C'est l'avenir. Toi et moi, on vit dans le présent. Et puis, il te reste encore tout un semestre. Alors pour l'instant, tu es attirée par un type qui t'oblige à enfreindre les règles. Je pense que c'est la première fois que tu enfreins ta règle des cinq rencards, non ?

— Oui, admets-je.

— Je ne suis en ville que pour une semaine et je dois absolument le rencontrer. Tu ne peux pas t'attendre à ce que je te donne de bons conseils sans vous avoir vus ensemble.

Vivre dans l'instant. Ne viens-je pas de lui dire à quel point c'était important ? Je pose mon petit sac à main sur la table et le regarde. *Devrais-je l'appeler ? Ça m'aiderait peut-être, si Simone le rencontrait.* Mon pouls bat à toute vitesse et mes nerfs tressautent sous ma peau.

— Je ne l'appellerai pas.

— Montre-moi au moins sa photo. S'il te plaît, dis-moi que tu as une photo de ton prince.

Je souris, sors mon téléphone et lui montre la photo de Connor dans un smoking, avec ses frères, durant le mariage de Dylan à Villroy Island. Elle me prend le téléphone des mains et me tourne le dos.

— Simone ! Rends-moi ça !

— Je veux juste voir. Rourke. Oh, le monde est petit. J'ai rencontré la princesse Emma et son mari, Jackson à une fête, à Londres. Ils sont super gentils, et si talentueux. Tous les deux. Bonjour, je suis Simone Rivera. Je me demandais si vous voudriez vous joindre à moi et Becca pour ma fête d'anniversaire.

— Simone !

Je saute sur mon téléphone et elle fait un bond en arrière, me retenant d'une main.

— Oui, c'est vraiment Simone Rivera, la chanteuse, assure-t-elle, avant de commencer à chanter l'un de ses hits. Je suis enflammée par ton amour... quoi ? J'appelle depuis le téléphone de Becca parce qu'elle est ici avec moi... ah !

Elle dégage son bras d'entre mes doigts et reprend :

— Désolée, votre petite amie est très forte.

Je me couvre le visage des mains. Je n'ai jamais dit que j'étais sa petite amie. Nous n'avons pas mis d'étiquette sur ce qu'il y a entre nous. C'est tellement embarrassant.

Simone écarte l'une de mes mains de mon visage et me rend mon téléphone.

— Il veut te parler.

— Allô, dis-je dans le combiné tout en la fusillant du regard. Désolée pour ça.

La voix grave de Connor me réchauffe aussitôt.

— Ta meilleure amie est Simone Rivera ? Comment c'est arrivé ?

— On a grandi ensemble, réponds-je d'une voix forte. C'est pour ça qu'elle pense pouvoir interférer avec ma vie.

Elle sourit et s'assoit pour siroter son champagne à travers une paille en réglisse. Elle se retrouve aussitôt entourée de gens qui lui souhaitent un joyeux anniversaire et lui hurlent des compliments. Ils attendaient sûrement que je m'éloigne.

Une vie de diva. Je suis heureuse pour elle – personne ne le mérite plus qu'elle, après avoir travaillé aussi dur – même si je suis agacée par ses manœuvres sournoises.

Je m'écarte un peu plus pour avoir un peu d'intimité.

— Tu étais occupé ?

— Je regardais juste les Yankees. C'est un match nul.

— Oh, eh bien, je vais te laisser retourner à ton match.

— Bec, c'est un peu étrange que ton amie célèbre m'invite à sa fête d'anniversaire. Qu'est-ce qui se passe ?

Je pousse un soupir.

— Elle veut te rencontrer.

— Pourquoi ?

— Parce que je lui ai parlé de nous.

— Ah oui, et qu'est-ce que tu as dit ?

Il a l'air curieux de le savoir.

— Je préfère ne pas le répéter. Discussions entre filles.

— Ça a l'air inquiétant.

— J'ai un dilemme éthique.

— Je déteste quand ça arrive. Donne-moi l'adresse et j'arrive.

Mon pouls palpite dans mes veines. Ça pourrait finir en désastre – lui, moi, Simone. Cette situation est trop hors de contrôle.

— Je suis dans un club en ville. Ce n'est vraiment pas ton genre.

— Donne-moi l'adresse, s'il te plaît.

Je la lui donne, parce qu'il a demandé poliment. Bon sang. Je me fais avoir à chaque fois par les « s'il te plaît ».

— À bientôt, dit-il avant de raccrocher.

Je rejoins Simone et fais semblant de l'étrangler.

Elle éclate de rire.

— De rien !

11

Becca

Mon cœur cogne dans ma poitrine quand Connor s'avance vers moi et Simone, à notre table privée dans le coin de la salle. J'ai su qu'il était là dès l'instant où il est arrivé, parce que la sécurité a envoyé un message à Simone. Elle a aussitôt demandé à tous les autres de quitter la table. Je vibre presque d'impatience depuis lors.

— Il fait tout le trajet depuis Brooklyn et abandonne les Yankees sur un match nul, dit-elle entre ses dents. Ma chérie, il craque pour toi. Et il est pas maaal. Hum hum.

Je bondis de mon siège, nourrie par l'adrénaline qui s'est accumulée durant cette heure passée à l'attendre.

Je le rejoins et mon souffle s'accélère quand nos regards se croisent. *Il est là.* Toutes mes angoisses à son sujet s'évanouissent. Mon cerveau semble partir en balade, quand je suis près de lui, et c'est un soulagement bienvenu.

— Merci d'être venu.

Il incline la tête et m'embrasse sur la joue.

— Content de te voir. Tu crois que je vais passer l'inspection de la meilleure amie ?

Il écarte les bras pour m'inviter à l'examiner. Il est sublime, sexy, enivrant. J'ai tellement envie de lui.

— Ta chemise bleue fait ressortir tes yeux, dis-je pour dissimuler mon désir intense.

Il porte une chemise à longues manches ouverte au col, qui expose le creux entre ses clavicules, sur lequel est passée ma langue. Un élancement de désir grandit en moi tandis que j'étudie sa taille fine recouverte d'un pantalon gris foncé, puis ses chaussures de ville noires. Il est si beau.

— Merci, dit-il avec un signe du menton.

— Tout fait ressortir tes yeux. Ils sont incroyablement bleus, lâché-je.

Il sourit et son regard s'illumine, ces petites rides se formant autour de ses yeux.

— J'aime bien ta robe. Tu es très belle.

— Merci. Quel âge as-tu ?

Il pose un bras sur mes épaules et m'embrasse sur la tempe.

— Google ne te l'a pas dit ?

J'aimerais insuffler une dose d'indignation dans ma voix, mais je n'y arrive pas. La vérité, c'est que j'ai tenté de faire une recherche minutieuse à son sujet, mais que mon attention a été accaparée par son élégance, dans un smoking.

— Je te le demande à *toi*.

Il nous fait nous retourner et me guide vers Simone. Il l'a reconnue, comme à peu près tout le monde, maintenant. Elle m'adresse un large sourire et lève les deux pouces. Mes joues s'enflamment. Elle ne pourrait pas être plus discrète ? Et il est un peu tôt pour lever les pouces. Il vient tout juste d'arriver. Elle ne lui a même pas encore parlé.

— J'ai vingt-huit ans, dit-il.

— C'est bien.

— Ah oui ? Tu croyais que j'avais quel âge ?

— Environ le même que moi, mais je voulais m'en assurer. J'aime connaître tous les faits. Simone a posé la question.

Je parle trop, parce que je suis à deux doigts de laisser Simone inspecter toute cette situation professeur-étudiant. Je sais que ça ne fait pas bonne impression, et je sais que c'est risqué. Mon boulot est en jeu, et cela pourrait causer des retombées considérables à la fois d'un point de vue personnel et professionnel.

Simone se précipite vers nous et lui adresse son sourire éblouissant de pop-star.

— Salut ! Je suis Simone. Ravie de te rencontrer.

Il retire son bras de mes épaules pour lui serrer la main.

— Pareil pour moi. Je suis Connor.

— Je sais.

Elle sourit et son regard passe de moi à Connor.

— Venez, asseyez-vous.

Elle fait un signe vers la table. Nous la suivons. Elle nous dit de nous asseoir sur les deux sièges collés l'un à l'autre, où nous étions assises toutes les deux plus tôt, puis elle rapproche un troisième siège pour s'asseoir à côté de moi. Nous sommes désormais assis tous les trois d'un côté de la table – avec moi au milieu. Je me sens tellement à l'aise. Ou pas.

Un silence embarrassant s'installe. Si l'on excepte la musique bruyante du club.

— Qu'est-ce que je peux t'offrir, Connor ? demande Simone en prenant son téléphone. On boit du champagne, mais le bar est bien rempli, si tu veux autre chose.

Il demande poliment une Brooklyn IPA et je me sens fondre intérieurement. Simone remarquera sans doute ses bonnes manières, elle verra que c'est un point en sa faveur et qu'il n'est pas uniquement le type le plus sexy avec qui je suis jamais sortie. J'ai vraiment envie qu'elle l'approuve. J'essaie peut-être juste de rationaliser mon désir d'être avec lui.

Une fois qu'elle a passé commande par SMS, elle lui adresse un sourire rayonnant.

— Alors, Becca m'a dit que tu étais un prince bâtisseur.

— Juste bâtisseur, répond-il. Sans le prince.

— Il a du sang royal, interviens-je. Il préfère juste que ça reste secret.

Simone dissimule un sourire et soulève son verre de champagne.

— J'aime les trucs secrets.

Elle sirote son verre, son regard pétillant et amusé posé sur moi. Elle m'a suggéré de faire en sorte que ma relation avec Connor reste secrète, un peu plus tôt.

— Les secrets peuvent s'avérer à double tranchant, dit Connor.

— Je suis d'accord, acquiescé-je.

Trois types approchent de la table et tentent d'attirer Simone sur la piste de danse. Elle leur sourit.

— J'irai bientôt, c'est promis. Pour l'instant, je rattrape le temps perdu avec mon amie et son nouveau mec.

L'un des types prend un selfie d'anniversaire avec elle, puis ils s'éloignent.

Sans perdre une seconde, Simone se tourne vers Connor et demande :

— Quels autres secrets est-ce que tu caches ?

Je me renfonce sur mon siège pour ne pas me retrouver entre eux.

— Aucun, répond Connor.

— Du calme, dis-je à Simone en la repoussant.

— Je trouve juste que c'était une remarque intéressante, réplique Simone. Comme s'il avait une expérience personnelle avec les secrets.

Je me tourne vers Connor, l'air interrogateur. *Il y a quelque chose que je devrais savoir ?*

Il m'étreint la main.

— Mon père a gardé sa relation avec ma mère secrète parce qu'elle était roturière et qu'un mariage avait déjà été arrangé pour lui. Quand son père s'est retrouvé sur son lit de mort et qu'il a été temps pour lui de prendre la place de roi, d'épouser sa reine et de diriger le royaume, il a fini par admettre qu'il sortait avec ma mère en secret et qu'il voulait l'épouser. Certains disent que c'est la stupéfaction de cette découverte qui lui a valu d'être exilé sans rien d'autre que la chemise sur son dos.

Simone a les yeux écarquillés et est bouche bée. Elle se tourne vers moi pour voir ma réaction. Je suis tout aussi surprise qu'elle d'apprendre que tout ça était secret. Je n'ai rien lu de tout ça dans mes recherches.

— C'est si romantique ! s'extasie Simone en lui étreignant le bras.

Il hausse une épaule.

— Mon père dit toujours qu'il a fait ça pour épouser la meilleure femme du monde.

— Oh, waouh, dit-elle avec un soupir.

— C'est beau, murmuré-je.

Sa bière arrive et il en boit une longue gorgée, sa pomme d'Adam remuant sur son cou épais. Je me rapproche subtilement pour humer son odeur – l'océan, le soleil et le sex appeal viril. Il est comme le sexe sur la plage. Le cocktail et le plat de résistance. *Délicieux*.

Simone lui sourit.

— J'adore l'histoire de tes parents. Mais qu'en est-il de toi ? Des ruptures difficiles par le passé ?

Connor me jette un regard en coin avant de répondre :

— Non.

— Développe, l'encourage Simone, une note d'acier dans la voix.

— Aucune mauvaise rupture, répond-il d'une voix égale.

— C'est toi qui les as larguées, ou le contraire ?

— Simone ! protesté-je. Ça devient trop personnel.

— Si je voulais poser des questions personnelles, je lui demanderais ce qu'il ressent pour toi, répond-elle avec un sourire diabolique. Tu vois, je n'ai pas fait ça ?

Connor ouvre la bouche, la referme et boit une gorgée de bière.

— Tu le mets mal à l'aise, l'accusé-je. Assez avec les questions.

— Désolée, tu as raison, répond Simone. Allez, c'est mon anniversaire. Dansons.

Elle me fait lever de ma chaise et continue :

— S'il te plaît, Bec. J'ai envie de m'amuser et je veux que tu participes. Toi aussi, Connor.

Je me tourne vers lui, l'air interrogateur.

— D'accord, répond-il en se levant.

Nous nous dirigeons vers la piste de danse. Simone lève les mains en l'air et danse jusqu'au centre. Elle se retrouve aussitôt entourée d'un cercle d'admirateurs. Ces gens ont tous été autorisés à entrer, je ne m'inquiète donc pas pour sa sécurité. La chanson est un autre rythme de basse vibrant et, si près des haut-parleurs, j'ai l'impression qu'un cœur bat tout contre mon corps.

Je me mets à danser et Conny passe un bras autour de ma taille, me maintenant lâchement, mais assez près pour qu'on se touche pendant que je remue. Il suit mon rythme et le désir se déploie en moi. Mes membres deviennent lourds et détendus. Mon esprit s'éclaircit. Il n'y a plus rien d'autre à part la satisfaction primaire de sentir mon corps près du sien. Le temps cesse d'exister. Ses mains vont et viennent le long de mes flancs. C'est électrique. J'enroule les bras autour de son cou et nous commençons à danser, bougeant à peine, pressés l'un contre l'autre. Ça ressemble à des préliminaires, ses yeux brûlants sont rivés aux miens et nous continuons à danser, de plus en plus près de la flamme.

Bientôt, dit son corps. *Nous serons nus bientôt.*

Et le mien répond : *Oui, oui, oui.*

Un long moment plus tard, Simone me prend le bras.

— Deux mots, jumelle.

— Hein ? Qu'est-ce qu'il y a ?

Elle me fait quitter la piste de danse et lance à Connor par-dessus son épaule :

— On te retrouve à notre table.

Il lève une main et retourne vers la table. Je le regarde partir d'une démarche assurée, ses larges épaules et son dos s'éloignant de moi alors que j'ai juste envie de les sentir sous mes paumes. Nous devrions rentrer chez moi bientôt. Je n'arrive pas à croire à quel point j'ai envie de cet homme. C'est dingue, hors de contrôle, un désir impossible à nier.

Simone s'arrête un peu à l'écart de la piste de danse, près des marches, et pointe du doigt le rez-de-chaussée, par-dessus la rambarde en verre.

— C'est Clint Owens. Je l'ai invité pour toi et je ne pensais pas qu'il viendrait. Il n'a jamais répondu et j'ai entendu dire qu'il était absent pour un tournage. Je vais vous présenter, et ensuite on retournera avec Connor. Quoi que tu fasses, ne laisse pas Connor te voir baver sur Clint.

— Quoi ? Clint Owens est ici ! Pour moi !

Je suis en train d'hyperventiler. C'est mon idole, mon fantasme de mon émission de rénovation préférée, *Reno Magic*. Nous avons eu un tas de nuits remplies d'orgasmes ensemble, au fil des années. Des orgasmes en solitaire, mais il a quand même joué un rôle imaginaire très important.

— Oui, répond-elle en me prenant l'épaule. *Respire.* Les célébrités n'aiment pas quand les gens pètent les plombs pour eux durant une fête privée. Sois polie et sois toi-même.

Je hoche vigoureusement la tête et regarde les cheveux ébouriffés et la mâchoire de granit familiers du bâtisseur sexy sur lequel je fantasme depuis, oh, une *éternité*. Il monte les marches et se rapproche de plus en plus.

OH MON DIEU C'EST CLINT OWENS !!!

Ma respiration s'accélère, mon cœur se met à battre la chamade et ma mâchoire manque de se décrocher. Je n'arrive pas à croire qu'il est ici. Clint Owens en personne ! Mon fantasme a pris vie.

À mesure qu'il se rapproche, je réalise que son visage séduisant est encore plus séduisant en personne. Je suis figée sur place, complètement en admiration devant lui. Il porte un costume noir, sans cravate, et sa chemise blanche est ouverte jusqu'au milieu de son torse, exposant ses pectoraux bien définis et son tatouage tribal. Je repense à mon fantasme favori, dans lequel j'apparais comme par magie dans l'émission *Reno Magic* et Clint Owens et moi nous retrouvons à donner des coups de marteau sur quelque chose ensemble. Et puis, soudain, nous nous martelons l'un l'autre contre le mur. *Oh Seigneur, je palpite.*

— Clint ! s'exclame Simone. Je ne pensais pas que tu pourrais venir. Quelle bonne surprise !

Il lui adresse son sourire à un million de dollars et ses dents blanches scintillent sous la lumière tamisée du club.

— Comment aurais-je pu résister, Simone ? Surtout quand tu m'as dit que ton amie était une fan de l'émission ; j'étais obligé de venir. Et puis, on a terminé plus tôt sur une maison de Caroline de Sud. Un vol rapide, et me voilà.

— Cool ! lance-t-elle.

— Joyeux anniversaire, dit-il en lui envoyant un baiser.

Puis son regard se pose sur moi.

— C'est elle ?

Je cligne plusieurs fois des yeux et lèche mes lèvres sèches. Ai-je passé tout ce temps plantée là, bouche grande ouverte ?

Simone me donne un coup de coude.

— C'est elle, ma meilleure amie depuis très, très longtemps, Becca. Et Becca, tu connais Clint, bien sûr, le présentateur de ton émission préférée, mais en personne.

J'étudie ses yeux marron aux cils épais, qui me regardent d'un air entendu et pétillant. C'est presque comme s'il me connaissait autant que je le connais. Mes genoux vacillent et mes mains se mettent à trembler.

Clint. Owens. Ici.

Simone me donne un autre coup de coude.

— Je suis une grande fan, lâché-je.

C'est tout ce que j'arrive à articuler.

Il prend ma main entre ses deux larges paumes d'une douceur surprenante.

— Becca, je suis si heureux de rencontrer une fan. Quelle saison est votre préférée ?

Clint Owens est en train de me toucher. Je ne peux pas bouger, je ne peux détourner les yeux. Ses lèvres pleines sont si sensuelles, même étirées en un sourire. *Clint Owens me sourit.*

— Je suis sûre qu'elle les aime toutes, répond Simone à ma place.

— Je les aime toutes, répété-je dans un souffle.

— Eh bien, ça fait plaisir à entendre, répond-il en m'adressant son sourire de vainqueur typique de Clint Owens.

Il aime ce que je dis, alors je continue de parler, comme en transe, piégée par l'aura phénoménale du présentateur charmant et bâtisseur sexy qui m'a aidée à traverser un grand nombre de nuits solitaires et en manque de sexe.

— J'ai regardé les cinq saisons, mais je pense que les plus récentes, dans lesquelles vous vous chargez de plus de travail en solo, étaient vraiment incroyablement fantastiques.

Parce que vous étiez torse nu.

— Je suis si contente que Becca ait enfin eu l'occasion de te rencontrer et de te faire savoir à quel point elle t'apprécie, intervient Simone.

Il lève ma main et en embrasse le dos, les yeux rivés aux miens. Mon souffle se coince dans ma gorge et mon cerveau se met à flotter comme dans un rêve. J'ai une expérience hors du corps. C'est magique. *Reno Magic.*

— Viens avec moi, dit Simone en passant un bras sous le sien. J'aimerais te présenter d'autres personnes.

— Plus tard, répond-il à Simone, avant de se tourner vers moi avec un sourire charmeur de présentateur sexy. Becca, que diriez-vous de danser ?

— Danser, répété-je bêtement.

Je reviens brusquement à la réalité. Nous ne dansons pas, dans mes fantasmes. Je cligne des paupières et regarde autour de moi. Où est Conny ? Je dansais avec lui.

Il émet un petit rire.

— Oui, danser.

Puis Clint Owens pose une main au creux de mon dos et me guide vers la piste de danse. Il n'est pas aussi grand que je le croyais en le voyant à la télé. Je suis un peu plus grande que lui, sur mes talons.

Je n'ai pas envie d'être impolie, alors je décide qu'une danse ne fera de mal à personne. Je continue de chercher Conny et finis par le repérer à la table privée au coin de la salle, où nous étions installés plus tôt. Je lui fais signe d'approcher. Il se lève et s'avance vers moi, une expression orageuse sur le visage. *Oh oh.*

Soudain, Clint m'attire tout près de lui, les paupières lourdes et les yeux rivés sur moi.

Clint Owens a envie de me marteler.

Je suis soufflée.

— Je peux vous interrompre ? aboie une voix grave.

Je fais volte-face.

— Conny ! Coucou ! J'espérais que tu te joindrais à nous.

Sa mâchoire est serrée et ses épaules ont l'air plus larges, comme s'il s'était mis en position de combat.

— Coucou.

Oooh, ça sent mauvais. Je fais un geste vers l'homme de mes fantasmes, qui a reculé.

— Conny, voici Clint Owens de *Reno Magic*. Simone lui a dit que j'étais une fan, alors il m'a invitée à danser.

Conny lui serre la main avec brusquerie, avant d'annoncer d'une voix qui ne souffre aucun argument :

— Elle est avec moi.

Clint fait un signe du menton et se tourne vers un autre côté de la piste de danse. Il se retrouve aussitôt entouré de jeunes et belles femmes qui se tortillent contre lui. *Au revoir, Clint Owens. On se retrouve à la télé.*

Conny me prend la main et me fait descendre de la piste de danse pour me guider vers une banquette privée qui est vide, vu que tout le monde a afflué sur la piste de danse pour se rapprocher de Clint Owens. Je crois que Simone est là-bas aussi. De toute évidence, c'est lui qui attire le plus les femmes.

Je m'installe sur la banquette rembourrée et mon regard dérive à nouveau vers Clint Owens – c'est si difficile de croire qu'il est là dans la vraie vie – quand Conny m'attire soudain au centre du siège, tout contre lui, cuisse contre cuisse.

Je me tourne vers lui, toujours subjuguée par la tournure qu'ont pris les événements.

— Tu te rends compte que Clint Owens de *Reno Magic* est ici ?

Il étrécit les yeux.

— Pourquoi tu dis ça comme si c'était *lui* qui était magique ?

J'incline la tête.

— Tu es jaloux ?

Il regarde par-dessus mon épaule. Sûrement pour lancer des lasers de la mort de jalousie à ce pauvre Clint Owens innocent.

— Pourquoi je serais jaloux ?

Je tourne à nouveau les yeux vers la piste de danse, et Conny m'attrape la mâchoire pour me faire tourner à nouveau vers lui. Il m'embrasse brusquement, les doigts refermés dans mes cheveux. Le désir me transperce comme un éclair. Je sens une moiteur se former entre mes jambes et mes tétons durcissent jusqu'à en devenir douloureux. Tout, en moi, meurt d'envie qu'il me touche plus. Je gémis du fond de ma gorge, puis me perds dans le plaisir irrésistible provoqué par l'idée qu'un homme ait envie de me revendiquer complètement.

Quand il me laisse enfin reprendre mon souffle, nous avons tous deux la respiration forte. Il se déplace et me lâche.

— Dis-moi pourquoi je serais jaloux, dit-il à voix basse.

Je suis si excitée que j'ai envie de grimper sur lui pour me frotter contre son corps. *Je veux, je veux…*

— Bec.

Je croise ses yeux bleus intenses. Il veut que je sois à lui, et rien qu'à lui. Ça signifie quelque chose.

— Pas la peine d'être jaloux. Je suis ici avec toi.

— Tu avais l'air très excitée d'être avec lui.

Je me mords la lèvre inférieure.

— OK, je comprends pourquoi tu es jaloux. J'ai un faible pour les bâtisseurs. Tu es un bâtisseur, et lui aussi. Et je me suis peut-être transformée en fangirl en rencontrant mon… en *le* rencontrant en personne.

— Ton quoi ? Tu t'apprêtais à dire mon *quoi* ?

— Rien du tout.

Je fais mine de l'embrasser, mais il s'écarte.

— Je ne te voyais que de profil, mais ce que j'ai vu, c'est que tu t'apprêtais à l'embrasser. C'est le cas ?

Mes joues s'enflamment.

— L'embrasser ? Je n'étais pas sur le point de l'embrasser.

— Vous étiez très proches l'un de l'autre, sur la piste de danse, et il te regardait avec un désir évident dans les yeux. Qu'est-ce que j'étais censé penser ?

— Ce n'est pas du tout ça. On vient de se rencontrer.

— Hum hum. C'est à cause de lui que j'ai été invité tardivement ? Tu espérais le retrouver ?

— Non ! On vient vraiment de se rencontrer. Je suis, euh, une grande fan de l'émission. Je ne savais pas du tout qu'il serait là. Simone l'a invité et…

Je regarde la table, suivant des doigts une fissure dans le bois.

— Et elle t'a invité aussi, et maintenant tout est devenu *bizarre.*

Mes deux mondes de désir entrent en collision.

Même si seul l'un d'entre eux est réel. De toute évidence, je préfère avoir un vrai homme dans ma vie qu'un à la télé ! Ce n'est pas comme si j'allais coucher avec Clint Owens, même si c'est le cas dans mes fantasmes.

Il prend ma mâchoire entre ses paumes et soulève mon visage vers le sien, avant de m'embrasser de cette manière minutieuse et enivrante. Je suis si heureuse qu'il m'embrasse encore.

Il rompt le baiser.

— Dis-moi pourquoi c'est bizarre.

Ses baisers me transforment en flaque de désir. Je le soupçonne de le savoir, parce qu'il recommence.

— Conny.

Il m'embrasse plus longuement, cette fois.

— Dis-moi.

Je porte la main à son torse et resserre les doigts sur sa chemise pour le maintenir près de moi.

— Encore, s'il te plaît.

Il dépose des baisers le long de ma mâchoire et tire sur mon lobe d'oreille avec ses dents. Ses paroles provoquent un souffle brûlant sur ma peau.

— Tu as couché avec lui ?

— Non, je te jure que c'est juste un fantasme.

Il croise mon regard et m'étudie un long moment.

— Un fantasme ?

Je détourne les yeux. C'est assez embarrassant, de parler de l'homme de mes fantasmes alors qu'il est juste là. Surtout avec mon vrai petit ami.

— Bec ?

— Oui ?

— Regarde-moi.

Je croise son regard en priant pour qu'il ne me demande pas ce que je fais, exactement, dans mes fantasmes avec Clint Owens. C'est privé.

Il fronce les sourcils.

— L'autre jour, tu m'as invité chez toi pour regarder *Reno Magic,* parce que tu voulais voir l'homme de tes fantasmes. C'est ça ?

— Euh, pas tout à fait.

— Alors quoi ?

— C'est toi qui t'es invité chez moi, tu te souviens ? répliqué-je, me mettant sur la défensive. Il se trouvait juste que j'avais enregistré la dernière émission, et je me suis dit que ça te plairait de la voir en ayant une perspective de bâtisseur.

— Pendant que tu profitais de l'émission comme moyen de prendre ton pied ?

— Chut !

Je regarde autour de nous, mais il n'y a personne dans le coin. La piste de danse est bondée, avec les deux célébrités, qui dansent désormais l'une avec l'autre. *Simone et Clint Owens. Waouh, ils feraient de magnifiques bébés.*

— Tu le regardes encore pour prendre ton pied ?

— Arrête de dire « prendre ton pied », sifflé-je en plaquant une main sur sa bouche.

Il écarte ma main.

— C'est embarrassant, quand on rencontre l'homme de ses fantasmes alors que notre vrai homme est présent.

Waouh, il a vraiment tout compris.

— Il est juste là, dis-je piteusement.

Ce n'est pas ma faute si mon cerveau s'est aussitôt mis en mode fantasme de Clint Owens, comme il a été formé à le faire ces dernières années. Le trajet neuronal entre Clint et l'orgasme a été très souvent emprunté.

— Je vais lui parler.

Il se lève de la banquette et je m'empresse de le suivre du mieux que je peux, mais ma robe n'arrête pas de coller au rembourrage en velours. Il m'a quasiment soulevée, la première fois que je me suis assise au centre du long siège.

Je le rattrape et lui prends le bras.

— Conny, attends. Reste avec moi.

— J'ai envie de faire connaissance avec la compétition.

— Il n'y a aucune compétition, je te jure.

Sa mâchoire est crispée.

— Dans ce cas, viens avec moi et montre-moi comment tu te comportes quand il est dans le coin.

— Tu essaies juste de m'embarrasser. Oublie ça. Fais ce que tu veux. Je vais danser avec Simone.

Il s'éloigne et je reste plantée là, figée sur place, à le regarder dire quelque chose à Clint Owens qui le persuade de quitter la piste de danse. Ils se mettent un peu à l'écart pour parler.

Je m'empresse de rejoindre Simone en agitant les bras au-dessus du cercle de danseurs qui l'entoure.

— Jumelle !

Par chance, je suis grande et elle me repère, m'entraînant au centre de la piste avec elle.

— Mauvaise nouvelle, lui dis-je.

— Quoi ? Parle plus fort !

— Mauvaise nouvelle ! Conny est allé parler à Clint Owens !

— Laisse les hommes jouer les mâles alpha, dit-elle en me prenant la main pour me faire tournoyer. Danse avec l'invitée d'honneur. On a trente ans qu'une fois dans sa vie.

— Et s'ils se battaient ? demandé-je tandis qu'elle me fait à nouveau tournoyer.

— Il y a des agents de sécurité. Arrête de t'inquiéter

comme ça. Tu auras sûrement droit à des ébats de réconciliation transpirants !

Je rougis et me retourne pour espionner les deux hommes. Ils sont sur un petit surplomb au-dessus de la piste de danse. Conny parle d'un air sérieux. Ils ont pris une posture intimidante, jambes écartées au niveau des épaules. Clint Owens est élégant et bien coiffé. Conny est rugueux et authentique. Il est aussi plus grand de quelques centimètres. Je meurs d'envie de savoir ce qu'il est en train de dire. Et s'il informait Clint Owens qu'il est l'homme de mes fantasmes ? Comment pourrais-je ne pas mourir de honte après ça ?

Simone m'attire vers elle et danse en cercle autour de moi. *Oh, très bien. Je vais danser avec l'invitée d'honneur.*

Environ trois danses épuisantes plus tard, Conny apparaît sur la piste de danse et fait un signe du menton pour m'intimer de le suivre. Je m'exécute et nous nous retrouvons à nouveau à la table réservée par Simone dans le coin de la salle, vu que les banquettes privées sont à nouveau prises.

Il s'assoit à côté de moi et laisse tomber un bras sur mes épaules.

— Il s'avère que Clint est un contractuel. C'est un acteur. C'est pour ça qu'il ne prend en charge une partie du travail de rénovation que depuis récemment. Il a un coach sur le plateau, qui lui explique quoi faire.

Il a dit ça d'un ton suffisant.

— C'était ton objectif ? Ruiner l'homme de mes fantasmes ?

— Non. Je voulais juste découvrir qui il était. Maintenant, on sait.

Je suis en colère, mais aussi assez heureuse qu'il tienne assez à moi pour être à ce point perturbé par mon coup de cœur pour une célébrité. Je pense que Simone a raison – Conny craque vraiment pour moi.

Je me tourne vers lui.

— C'est pire que de la jalousie. C'est mesquin.

— J'admets que j'étais jaloux. Mais je ne suis pas mesquin.

Si c'était le cas, je lui aurais cassé le nez pour t'avoir embrassé la main.

— Conny !

— OK, très bien. Je ne l'aurais pas frappé, mais je n'aurais certainement pas été poli.

Je lève le menton.

— Ce n'est pas parce que je suis passée en mode fangirl en voyant mon fantasme dans la vraie vie qu'il faut que tu te transformes en homme des cavernes. Il ne se serait rien passé.

Il referme la main sur ma nuque et caresse la peau sensible avec son pouce.

— Sache juste une chose, c'est *moi*, le bâtisseur de tes fantasmes, maintenant.

Oooh, c'est encore mieux. Je peux enfin mettre en pratique mes vieux fantasmes. Je lui caresse le torse, appréciant la chaleur de ses muscles durs.

— Le bâtisseur de mes fantasmes retire sa chemise et fait un vrai travail de rénovation.

Il me mordille la lèvre inférieure.

— Et à quel moment tu interviens ?

— Je l'aide.

Il éclate de rire.

— Tu l'aides ?

— Oui, qu'est-ce qu'il y a de drôle à ça ? Je l'aide avec mon marteau.

Une lueur amusée danse dans ses yeux, et il m'embrasse à nouveau.

— Et ensuite ?

— Ensuite, la situation évolue.

Il prend mon visage entre ses mains.

— Tu es adorable quand tu rougis. Tu me montreras plus tard.

— Seulement si tu passes le test du bâtisseur. Il faut que ça ait l'air authentique, pour réaliser mon fantasme.

— Oh, ce sera authentique.

— Conny ?

— Oui ?

— J'aimerais qu'on s'en aille, maintenant. J'ai besoin de savoir si tu es capable de passer le test du bâtisseur. Autrement...

J'incline la tête vers la piste de danse comme si Clint Owens était une vraie possibilité.

Conny me soulève de mon siège et je couine de surprise.

— Il est temps que je fasse mes preuves.

Il m'attire contre lui et m'embrasse passionnément.

Il est temps de passer aux ébats de réconciliations transpirants. Avec des outils !

Il rompt le baiser et sourit.

— On devrait plutôt aller chez moi, où il y a de vrais outils.

— Oh oui, soufflé-je.

Il émet un petit rire, me prend la main et me guide vers la sortie. Nous nous arrêtons le temps de dire au revoir à Simone et elle nous étreint tous les deux, ce qui veut dire que j'ai l'approbation de Simone.

Elle n'est pas du genre à faire des câlins, malgré sa gentillesse bruyante et enthousiaste.

— J'espère bien te revoir, Connor ! lance-t-elle.

— Avec plaisir, répond-il.

Je sens les yeux de Clint Owens posés sur moi et vois Conny lui faire un salut désinvolte. L'ancien homme de mes fantasmes se détourne et fait semblant de ne pas l'avoir remarqué. Ce salut est la version polie d'un « va te faire foutre ». Parce que Conny est poli.

— Simone t'aime bien, dis-je une fois que nous sommes sur le trottoir.

— J'ai l'approbation de la meilleure amie, dit-il en me prenant la main pour me guider vers la station de métro. Je suis content d'avoir passé le test.

— Ce n'était pas un test.

— Si, c'en était un.

— OK, un peu. J'étais tiraillée, mais...

Il me jette un coup d'œil.

— Mais...

— Mais j'ai envie d'être avec toi, alors si on garde le secret, ça devrait aller.

— C'est donc ce qu'elle voulait dire quand elle a parlé de secrets.

— Oui.

— OK, mais ce sera notre seul secret, compris ? Tu as envie de me parler de quelque chose ?

— Non, je n'ai aucun secret.

— Moi non plus. Alors maintenant, on va pouvoir se concentrer à nouveau sur ce fantasme de bâtisseur avec moi en vedette, un type qui sait vraiment comment se servir d'outils, parce que je suis un vrai bâtisseur.

— Je suis impatiente !

Il lâche un petit rire et me serre contre lui. Et pour un instant merveilleux, j'oublie tous les doutes et les inquiétudes que j'ai pu ressentir nous concernant.

12

Je ramène Becca chez moi pour la première fois. Comparé à son appartement, le mien est très spartiate, et je me dis qu'elle ne sera pas très impressionnée. Je ne vis ici que depuis un mois. Il y a un canapé en cuir noir, une table basse, un guéridon et une télé à écran plat dans le salon, ainsi qu'un lit king-size, une commode et deux tables de chevet dans la chambre. C'est tout.

Elle parcourt rapidement des yeux mon salon.

— Où est-ce que tu ranges tes outils ?

Je réprime un rire.

— Dans le tiroir de la salle de bain.

Je vais chercher ma boîte à outils et elle me suit. Comment ai-je réussi à trouver une femme qui soit excitée par tout ce qui me définit ? Ce n'est pas comme si le fait de travailler dans le bâtiment et de faire partie de la partie rejetée d'une famille royale avait jamais agi en ma faveur, jusqu'alors. Et encore moins la combinaison de toutes ces choses. Je ne suis qu'un type normal.

Je pose la boîte à outils sur la commode de ma chambre. J'imagine que je vais accrocher ce miroir de plain-pied que j'avais l'intention de mettre ici. Il est tard et je n'ai pas envie de déranger les voisins. Un clou dans le mur, et Becca sera tout à moi.

— Qu'est-ce que tu vas construire ? demande-t-elle.

J'adore son enthousiasme. Si elle veut vraiment me voir construire quelque chose, il va falloir qu'elle passe à mon boulot. Je dois me montrer créatif pour réaliser ce fantasme ce soir, après m'être un peu énervé au sujet d'elle et Clint. Mais j'ai lu le désir qu'il éprouvait pour elle dans ses yeux, et Becca se comportait de manière très étrange, n'arrêtant pas d'osciller vers lui. D'habitude, elle est bien plus réservée et, eh bien, droite.

J'ouvre la boîte à outils et elle jette un œil à l'intérieur.

— Je suis en location, alors je ne peux pas me lancer dans des rénovations importantes, mais je voulais accrocher un miroir ici.

— OK, je te regarde.

— C'est comme ça que ça se passe, dans ton fantasme ?

— Eh bien… commence-t-elle en entortillant une mèche de ses cheveux. Puisqu'il n'y a aucun secret entre nous… Promets-moi de ne pas rire.

J'enroule les bras autour de sa taille.

— Je ne rirai pas.

Elle croise mon regard et se lèche les lèvres.

— Tu donnes tes coups de marteau, torse nu, puis j'arrive pour t'aider, explique-t-elle en posant les mains sur mon torse.

— Pour pouvoir admirer mes muscles, je présume.

Ou ceux de Clint Owens. Je ne pourrais plus jamais regarder *Reno Magic*.

Elle me caresse le torse, les yeux rivés dessus.

— Oui, mais ensuite, quand on se rapproche l'un de l'autre, il fait si chaud que mon aide n'a plus d'importance.

Je réfrène un sourire.

– C'est pratique, vu que tu ne sais pas te servir des outils.

C'est elle qui me l'a dit. Elle est fan de ce domaine, mais elle n'a aucune compétence elle-même.

Elle se renfrogne et sa main s'immobilise.

— Je peux planter un clou.

— OK. Et ensuite ?

Elle croise mon regard.

— Ensuite, tu me martèles contre le mur.

Je conserve un visage impassible.

— Marteler, ça rappelle plutôt la pulsation dans ta tête quand tu as la migraine. Tu veux dire te clouer au mur ? Te sauter contre le mur ?

Elle remue les hanches tout contre moi et répond :

— Me marteler, Conny.

Je ne peux lui résister. Je passe les doigts dans ses cheveux et l'embrasse brusquement. Elle aime ça autant que moi. Ses mains errent partout sur moi et elle émet ces sons de plaisir venus du fond de sa gorge. Je commence à la faire reculer vers le lit, mais elle rompt le baiser.

— Tu as dit que tu serais l'homme de mes fantasmes, rappelle-t-elle doucement. Laisse-moi t'observer en action.

Comment suis-je censé accrocher un stupide miroir alors que tout ce que j'ai envie de faire, c'est m'enfoncer en elle ? Clouer, sauter, marteler, peu importe comment elle appelle ça, j'en ai besoin.

— S'il te plaît, dit-elle.

Je mobilise toute la volonté que je possède et m'écarte d'elle. Je récupère un préservatif dans la table de chevet et le fourre dans ma poche, sachant que je ne pourrais lui résister très longtemps.

Elle s'assoit sur le lit et observe chacun de mes mouvements.

Je me mets au travail, sortant un marteau ainsi qu'un clou et un détecteur de métaux. Un câble est déjà attaché à l'arrière du miroir. Je vais l'accrocher au mur à côté de la commode. Je sors le miroir du placard.

— Bâtisseur Sexy, pourriez-vous retirer votre chemise pour travailler ?

Bâtisseur Sexy ? C'est nouveau, ça. Je me tourne vers elle et elle me fait signe de commencer. Je défais lentement les boutons de ma chemise pendant qu'elle me dévore des yeux. Je suis excité rien qu'à la voir excitée.

— La chemise, s'il vous plaît, demande-t-elle en tendant la main.

Je la retire et la lui jette. Elle sourit et la porte à son nez pour la humer.

— Tu veux la garder ? proposé-je.

Elle laisse tomber la chemise, les joues écarlates.

— Tu sens toujours si bon. Je te la laisse pour que tu puisses la porter encore. Je peux te voir de dos ?

Je commence à avoir l'impression d'être dans un spectacle de strip-tease. Je n'ai jamais fait ça avec une femme, et ça me plaît plus que ça devrait. Je dois effacer Clint Owens de ses pensées. Je suis l'homme de ses fantasmes, à partir de maintenant.

Je lui tourne le dos et bande les muscles.

— Oh, oui, dit-elle dans un souffle. Maintenant, va marteler ce clou.

Je ramasse le détecteur de métaux, l'allume et le fais courir le long du mur.

— Oooh, un détecteur de métaux, dit-elle. J'ai trouvé quelque chose… Connor Rourke, prince dur comme l'acier.

Un sourire réticent étire mes lèvres. J'attrape un crayon dans la boîte à outils, marque l'emplacement, attrape le marteau et enfonce le clou en une fois.

— Mon Bâtisseur Sexy et dur comme l'acier, roucoule-t-elle.

Je m'empresse d'accrocher le miroir et quand je me retourne, je la découvre juste devant moi, nue.

Elle passe les bras autour de mon cou.

— Tu es officiellement le bâtisseur de mes fantasmes. Maintenant, martèle-moi contre ce mur.

Sa bouche se plaque contre la mienne.

J'arrache presque mes vêtements tout en l'embrassant et en la dirigeant vers le mur adjacent. J'enfile le préservatif, la soulève et elle enroule ses longues jambes autour de moi. Je la prends d'un coup vif et gémis de soulagement au moment même où elle s'exclame :

— Oui ! Comme ça ! Martèle-moi !

Je suis parti trop loin pour sourire à cette tournure de phrase. Je la pilonne encore et encore, encouragé par ses gémissements rauques. Ses hanches se soulèvent à chaque coup de reins, me prenant plus profondément. Je transpire et m'efforce de garder le contrôle assez longtemps… *pas encore, pas encore.* Elle bascule, son corps m'étreignant de manière rythmique, et je lâche prise, tressaillant sous le coup d'un orgasme puissant. Je presse mes lèvres contre son cou et lâche un grognement guttural.

Elle passe ses doigts dans mes cheveux et, un long moment plus tard, je lève la tête vers son sourire rayonnant. J'adore ce sourire, j'adore la voir aussi heureuse. J'embrasse ses lèvres souriantes.

— Maintenant, je ne sais plus comment t'appeler, dit-elle. Dur comme l'acier, Bâtisseur Sexy ou rénovateur royal.

J'éclate de rire.

— Rénovateur royal, sérieusement ?

— Ou bien mon doux prince. Il y a tant de possibilités.

— Contente-toi de m'appeler Conny. Ou mon roi, si tu tiens vraiment à me donner un surnom.

— Mais tu n'es pas un roi, tu es un prince.

— Je suis ton roi, bébé.

Elle hausse les sourcils.

— Alors je suis ton bébé, et tu es mon roi. Ça ne m'a pas l'air très équilibré.

Je ris, puis l'embrasse tendrement. Elle est si fougueuse, sexy et drôle. Je romps le baiser et replace ses cheveux derrière son oreille, les yeux rivés à ses pupilles bleu pâle, qui me paraissent soudain plus douces. Soudain, une prise de conscience me frappe aussi fort qu'un coup de marteau sur la tête – je suis amoureux.

— Quoi ? demande-t-elle d'une voix douce.

— Rien, bébé.

Il est trop tôt, et la situation est encore délicate avec son emploi d'enseignante. Je la soulève de moi et la repose au sol.

Elle me prend les bras, les jambes flageolantes.

— Si je dois t'appeler mon roi, tu vas devoir me baiser comme un roi. Royalement. Faisons en sorte que ça arrive très vite, hein ?

Je n'ai aucune idée de ce qu'elle entend par « baiser comme un roi », mais ça n'a pas d'importance. Je suis partant. J'enroule les bras autour d'elle et lui murmure à l'oreille :

— Tout ce que tu voudras, bébé.

Becca

Je suis donc son bébé. Je n'ai jamais été considérée comme le genre de femme à avoir un surnom pendant le sexe. Mais Conny me voit comme la femme passionnée que j'ai toujours voulu être. Il s'avère que je n'avais simplement pas encore trouvé le bon mec. La reine des glaces a trouvé son roi. Le problème était que mes ex me laissaient de glace, ça n'avait rien à voir avec moi. Je suis si soulagée que je me sens plus légère, comme si je traversais ma journée en flottant. À moins que ce soit grâce à Conny. Il m'a rendue accro, avec sa douceur bourrue. Je suis plus heureuse que je ne l'ai été depuis longtemps.

Je me rends à mes heures de présences du jeudi soir avec une boîte en plastique pleine de cookies aux pépites de chocolat tout juste sortis du four. J'espère vraiment que quelqu'un d'autre que Mike viendra. Conny et moi avons décidé qu'il valait mieux qu'il ne vienne pas. Nous n'avons pas envie de tenter le destin, ou de nous tenter l'un l'autre, dans un espace aussi exigu. Ce serait tellement inapproprié. Que voulez-vous, cet homme ne peut me résister. Et vice versa. Nous sommes deux étincelles d'une flamme, se mêlant pour former un brasier. Regardez ça, j'en deviens poétique et sexy. C'est lui qui fait ressortir ça chez moi, mon rénovateur royal.

Mon téléphone sonne, annonçant un message, au moment

où j'entre dans le lobby du bâtiment de l'université. Je le sors de mon sac à main en espérant que ce soit lui.

Conny : *Passe chez moi après. Tu pourras me regarder monter une table de cuisine avec des planches de chêne recyclées.*

Un frisson me parcourt. Il parle ma langue coquine – la construction, le fait de le regarder se servir de ses muscles, le bois recyclé.

Conny : *Tu es excitée ?*

Moi : *Oui.*

Conny : *Ah ah. Il n'y a pas de table. C'était juste des mots cochons.*

J'éclate de rire. Il me comprend. Mieux que personne ne m'a jamais comprise. Je crois que je suis en train de tomber amoureuse de lui. Mon estomac se serre à cette idée. Je ne me serais jamais attendue à ce que ça arrive comme ça. Avec un type rencontré par hasard après m'être fait poser un lapin. Un type qui est aussi mon élève. Ce n'est pas du tout comme ça que je fonctionne d'habitude.

Je lui envoie une émoticône qui rit.

Conny : *Je suis impatient de te voir.*

Mon cœur chantonne, et je me sens soudain pleine d'énergie. Je pourrais me mettre à danser dans le lobby d'un bâtiment sérieux, rempli d'étudiants sérieux qui vont et viennent. J'arbore un sourire si large que mes joues me font mal. C'est alors que je réalise que je ne lui ai pas répondu et m'empresse d'envoyer : *Moi aussi.*

Je souris encore quand j'arrive dans le couloir de l'étage et me dirige vers mon bureau. Mike m'attend. Zut. Il est en avance, lui aussi.

— Eh, je peux vous aider avec ça ? demande-t-il avec un geste vers la boîte.

— Bien sûr, merci.

Je la lui tends et sors la clef du bureau de mon sac à main. Je déverrouille la porte et allume la lumière. Il me suit et pose les cookies sur mon bureau.

Je contourne le bureau et pose mon sac en bandoulière

dessus, avant d'accrocher mon sac à main au dossier de ma chaise.

— Vous êtes un peu en avance, aujourd'hui.

De quinze minutes.

— J'ai fini le boulot plus tôt que d'habitude, alors me voilà. Vous croyez que ça va être bondé, ici avec les cookies et tout ça ? Ce sera un peu comme une fête.

Oh mon Dieu. C'est l'idée qu'il se fait d'une fête ?

— Je ne suis pas sûre, mais histoire d'être prêts, ça vous dérangerait d'aller chercher l'un de ces gros gobelets de café à la boutique du bout de la rue ?

Je m'assois et fouille dans mon sac à main.

— Je vais vous donner de l'argent.

— Je m'en occupe, Rebecca, répond-il en levant la main. Tout ce que vous voudrez.

— Super, réponds-je en remettant mon sac à main à sa place. Merci.

Dès qu'il est parti, je laisse échapper le soupir que je retenais sans m'en rendre compte. C'est une chose de passer une heure entière à l'écouter me rebattre les oreilles, mais ajouter à cela quinze minutes de plus serait de la torture. J'envoie un message à Conny.

J'aimerais que tu sois là.

Conny : *Ton roi te manque, hein ? Tu as à nouveau besoin d'être royalement baisée, ou martelée ?*

Moi : *Oui.*

Conny : *Tu me tues, bébé.*

Par chance, Mike revient avec Anita, une jeune femme brune qui travaille dans la vente pharmaceutique. Je suis ravie d'avoir un peu de compagnie. Mike se verse un café et en propose un à Anita. Elle ne peut pas rester longtemps, mais voulait me poser des questions concernant la dissertation.

J'en parle avec elle pendant que Mike joue sur son téléphone.

— Merci beaucoup, Rebecca, dit Anita. Je dois rentrer. Je peux prendre un cookie pour la route ?

— Bien sûr. Prenez-en autant que vous voudrez.

Elle en prend deux et Mike trois. Je me mets à penser à Connor. A-t-il écrit sa dissertation ? Est-ce que ce sera aussi mauvais qu'il le croit ? Vais-je devoir lui expliquer pourquoi c'est mauvais ? Anita a posé des questions de haut niveau. Connor n'en a posé aucune.

— Enfin partie, lance Mike une fois qu'elle est sortie du bureau. On va pouvoir avoir une vraie conversation, maintenant. Elle ne se soucie que de sa note. J'ai envie d'approfondir vos études de cas. Pourquoi est-ce qu'on a besoin de responsabilité sociale dans le secteur privé ? C'est à ça que servent les régulations, non ?

Je réprime un grognement. C'est littéralement comme ça que j'ai introduit notre étude de cas.

— Eh bien, Mike, c'est la question dont on a discuté dans notre dernier cours, et la réponse a été de regarder en détail le fonctionnement d'Axle Financial Management. Ils ont fait de la responsabilité sociale leur priorité, la question est alors de savoir quels sont leurs objectifs, et comment les mesurer. Comment créer de la valeur pour l'entreprise à travers eux. L'une de leurs premières initiatives…

— Est d'encourager et de soutenir les travaux communautaires avec leurs employés, m'interrompt-il.

Je reprends aussitôt, m'efforçant d'approfondir la discussion plutôt que de faire un résumé, mais il n'arrête pas de répéter mes propres mots. C'est presque comme s'il les avait appris par cœur. Je ne vois pas bien ce qu'il retire de ça, mais je trouve ça extrêmement agaçant. J'éprouve soudain l'envie de le ficher dehors pour m'avoir fait perdre mon temps. Mais je ne peux pas faire ça. Je suis censée soutenir tous mes étudiants, même les plus exaspérants.

Quatre cookies et une tasse de café plus tard – oui, tout à fait, j'ai englouti mes propres cookies pour rester éveillée – je déclare notre temps écoulé. C'est presque comme si j'étais sa thérapeute, qui reste assise là à l'écouter. Sauf qu'il me raconte ma propre histoire au lieu de la sienne.

— Merci, Rebecca, dit-il en se levant. Encore une réunion

extrêmement enrichissante avec vous. J'aime vraiment beaucoup ce cours.

— Je suis ravie de l'entendre. Vous savez, je me demande si vous ne retireriez pas plus de ces réunions si vous veniez avec une ou deux questions. Il est clair que vous avez déjà une bonne compréhension du sujet.

— La prochaine fois, répond-il avec un clin d'œil.

Je me lève et rassemble mes affaires, attendant qu'il sorte en premier, mais il s'attarde.

— Rebecca, je voulais vous poser une question. Est-ce que vous voyez quelqu'un ?

Je me fige. Connor est censé être un secret. D'un autre côté, il n'y a qu'une seule raison pour que Mike me pose cette question : il est intéressé par moi.

— Oui.

— C'est du sérieux ?

Je ne sais pas. Peut-être ? Je l'espère.

— Euh, je ne suis pas sûre que ça vous regarde.

Il sourit et hoche la tête.

— C'est vrai. Mais si ce n'est pas sérieux, nous pourrions aller manger un morceau demain soir. Juste, vous savez, pour parler et apprendre à nous connaître.

Persistant, hein ? Je lui ai déjà dit que je voyais quelqu'un.

Je dois étouffer ça dans l'œuf.

— Non merci. Je ne sors jamais avec les élèves. Ce n'est pas seulement ma politique, c'est aussi celle de l'université.

— Juste un dîner entre amis, insiste-t-il.

— Non merci, répété-je d'un ton sec.

Il plisse les yeux, et je ressens la première pointe de peur.

— Un dernier pour la route, dit-il en prenant une poignée de cookies, avant de passer la porte.

Je laisse échapper un soupir. Il est inoffensif. Tout va bien.

13

———————

Becca

On est samedi soir et je suis à la réception de la faculté de deux heures depuis une demi-heure. Je me sens plus déplacée à chaque minute qui passe. La plupart des membres de la faculté sont plus âgés que moi et sont arrivés avec leur époux ou épouse. Je dois m'intégrer, me faire des connexions et montrer au doyen Sears que j'ai ma place ici. J'aurais vraiment aimé que Conny vienne avec moi. Il me détend. Pas à cause de tous les orgasmes, même si c'est sûr que ça aide, mais rien qu'à son comportement toujours détendu. Il est la décontraction à laquelle j'aspire. *Soupir.* Je ne suis pas douée pour socialiser. Je me débrouille mieux en groupe quand il y a un objectif partagé.

Je bois une petite gorgée de vin en m'assurant de ne pas devenir pompette. Je suis ici à l'essai, et ce soir ressemble à un test. Je dois faire bonne impression. Je dérive vers un petit groupe de collègues professeurs accompagnés de leur partenaire et les écoute parler du poste qui s'est libéré dans le département d'économie. Ce n'est pas vraiment mon domaine. Et ils veulent quelqu'un qui a un doctorat, plus au moins cinq ans d'expérience dans l'enseignement, ainsi que des références dans la recherche.

Une femme aux longs cheveux blonds me sourit.

— Bonjour, c'est votre première réception de la faculté ?

Je devrais vraiment travailler mon visage impassible.

— C'est si évident ? souris-je.

— Vous avez l'air un peu perdue, admet-elle en me tendant la main. Je suis Patricia Silver, professeure en comptabilité.

— Ravie de vous rencontrer. Je suis Rebecca Edwards, professeur adjoint. En ce moment, je donne un cours sur la gestion des changements organisationnels au cours d'un leadership. J'ai de l'expérience dans le conseil de gestion.

— Intéressant, dit-elle platement, avant de rejoindre le groupe.

Quelques secondes plus tard, ils rient tous d'une personne appelée Howard, qui était ivre et est tombé durant la dernière réception pour célébrer la fin de l'année scolaire.

Je reste plantée là quelques minutes, à me répéter qu'il vaut mieux être aux abords d'un groupe que toute seule, mais j'ai du mal à le supporter. Je ne suis pas douée pour tisser un réseau. Donnez-moi un boulot, et je serais ravie de travailler avec une équipe. Mais rester là à faire la conversation avec des gens qui semblent tous se connaître depuis des années ? Ça me hérisse autant que des ongles sur un tableau noir. Ah ! Une comparaison très appropriée, pour un professeur.

Je me dirige vers une longue table couverte de divers plateaux de charcuterie et de fromage, ainsi que de ce qui ressemble à des cookies achetés en magasin. Je suis difficile avec les cookies, vu que j'en cuisine moi-même. Je prends un biscuit et un morceau de fromage, puis élabore un nouveau plan. Au lieu de m'insérer dans des groupes pour me présenter, je vais me concentrer sur ma relation avec le doyen. Après ça, je serai libre de partir. Ce sera mon échelle de succès pour la soirée. Je repère le doyen Sears en train de donner une tape dans le dos d'un homme en veste de tweed. Ils rient tous les deux à gorge déployée. Je dois attendre le bon moment.

J'ai tellement envie de sortir mon téléphone pour envoyer un message à Connor, mais ça me semble impoli. Personne d'autre n'est sur son téléphone. Il m'a impressionné avec sa dissertation, aujourd'hui. Je l'ai lue pendant le trajet de retour en métro après notre cours, pendant qu'il faisait la sieste à côté de moi. Ça l'a mis mal à l'aise que je la lise devant lui, mais je ne pouvais pas attendre. Son orthographe n'était pas parfaite, mais ça allait, parce que son message est passé. Certaines personnes écrivent de manière très formelle, avec de grands mots, tentant d'impressionner, mais son étude de cas m'a donné l'impression qu'il était assis à côté de moi à tout m'expliquer, avec des fragments de phrases, sans virgules et avec un tas de réductions comme « T'as » au lieu de « Tu as » ou « Y a » au lieu de « il y a » Mais le contenu, waouh. Une description fascinante de son entreprise familiale et de la façon dont elle a grandi jusqu'à leur faire endosser leur deuxième projet de développement immobilier. C'est une étude de cas parfaite de changement au sein d'une organisation, ainsi que des complications de la responsabilité sociale et de tous les actionnaires impliqués là-dedans, des organismes de réglementation du gouvernement aux conseillers de la ville locaux, en passant par les citoyens inquiets. Sans parler de la difficulté inhérente au fait de gérer la construction, le développement et les levées de fonds à travers une organisation qui n'avait jusqu'alors d'expérience que dans la construction. Lui et ses frères sont en charge depuis peu, depuis que leur oncle a pris sa retraite sans prévenir. Tu parles d'une situation de crise. Je suis ébahie par ce qu'ils ont accompli jusqu'ici.

Je lui ai dit qu'on devrait en discuter en cours la semaine prochaine. Au début, il pensait que ça attirerait trop l'attention sur lui, mais je l'ai convaincu que tout irait bien. Nous faisons des études de cas tout le temps, et le sien est un excellent exemple. La classe pourra peut-être trouver des solutions viables pour son entreprise. C'est le but ultime de ce cours.

Je remarque le doyen Sears en train de traverser le salon, seul, et décide de me lancer. Je suis à mi-chemin de lui quand quelqu'un l'intercepte. Je m'arrête, incertaine. Devrais-je rejoindre ce petit groupe, ou attendre ? Je ferais mieux de les rejoindre. Il ne va faire qu'attirer d'autres personnes à lui à mesure qu'il évoluera dans la salle.

Je me place à côté d'un homme âgé et chauve, qui est en train de proposer doyen d'aller jouer au golf samedi prochain. J'ai déjà essayé le golf, et j'étais nulle. Je ne sais pas pourquoi. Ça a l'air simple, mais la balle n'allait jamais là où je m'y attendais. En général, je la frappais trop fort, et quand j'essayais de compenser, la balle roulait de quelques centimètres de manière pathétique. C'est dommage, parce que c'est l'une des techniques de réseautage qui marche le mieux, en particulier avec les hommes en position d'autorité.

Le doyen Sears s'aperçoit enfin de ma présence.

— Content de vous voir ici, Rebecca. Vous vous amusez ?

Je hoche la tête.

— C'est une très belle réception. Et j'aime vraiment donner ce cours.

Son pote golfeur marmonne quelque chose et s'éloigne.

— Je suis ravi de l'entendre, répond le doyen Sears d'une voix joviale. Encouragez-vous les étudiants à venir vous voir durant les heures de présence ? C'est une nouvelle initiative de notre part, cette année, un moyen de connecter les étudiants aux ressources de l'université.

Il se penche vers moi avec un sourire et ajoute :

— L'une d'entre elles étant notre excellente faculté.

Je lui rends son sourire, espérant que cela veut dire qu'il m'inclut dans sa remarque sur l'excellence.

— Je les encourage vraiment à venir. J'ai même promis des cookies aux pépites de chocolat. Ça en a fait venir deux.

— Merveilleux, dit-il en se donnant une tape sur la cuisse.

Une femme brune d'âge moyen apparaît à ses côtés et lui sourit. Le doyen Sears nous introduit.

— Voici ma femme, Brianna.

Il fait un geste vers moi et ajoute :

— L'une de nos membres les plus récents de la faculté, Rebecca Edwards. C'est la fille de Joe.

Je me redresse un peu à la mention de mon père et serre sa main tendue.

— Ravie de vous rencontrer.

Le doyen Sears affiche un sourire rayonnant.

— Rebecca, un poste à plein temps se libère le semestre prochain dans le domaine du leadership. Je vous encourage à candidater. Je sais que j'ai dit que j'aurais peut-être un poste à plein temps à vous offrir. J'espérais trouver un poste qui vous conviendrait, en rassemblant quelques cours, mais maintenant, j'ai vraiment un poste à prendre. J'ai dû me séparer de l'un de nos plus anciens membres de la faculté. Vous avez peut-être entendu les rumeurs, et j'ai bien peur qu'elles soient vraies.

Je déglutis. On dirait que c'est une histoire scandaleuse.

— Non, je n'en ai pas entendu parler.

Il pince les lèvres, l'air réticent à échanger des ragots.

Brianna se penche vers moi et murmure :

— Le professeur Gage a mis son assistante enceinte. Apparemment, ils sortaient ensemble depuis un an, en infraction totale avec la politique de l'université. Mon époux s'est assuré qu'il n'en ait plus jamais l'opportunité.

Une sueur froide m'enveloppe.

— Non, bien sûr. C'est terrible.

— Ce serait merveilleux si quelqu'un comme vous preniez sa place, reprend le doyen Sears. Vous êtes jeune et enthousiaste. À supposer, bien sûr, que votre période d'évaluation se passe bien. L'avis des étudiants compte beaucoup.

Il sourit et ajoute :

— Mais je suis sûr que tout se passera bien. La réputation de vos parents vous précède. Ce sont des enseignants de très grande qualité. Et votre père a été le Professeur de l'année de New York l'année dernière.

— Oui, et c'était mérité, réponds-je en me forçant à insuffler de l'énergie dans ma voix.

Mes parents sont des professeurs réputés, dévoués à leurs élèves, et puis il y a moi, qui couche avec un étudiant. Mon estomac se tord.

Brianna pose la main sur le bras de son mari et lui parle à voix basse, avant de se tourner à nouveau vers moi.

— Nous allons retrouver notre fille pour un dîner tardif ce soir, alors nous devons partir. C'était un plaisir de vous rencontrer, et j'espère vous revoir à la prochaine réception.

— Merci. Passez un bon dîner, réponds-je.

Ils sourient et s'en vont, s'arrêtant le temps de dire au revoir à quelques autres personnes sur le chemin de la sortie. J'attends un peu pour être sûre qu'ils soient partis et rentre chez moi, secouée. Une opportunité s'ouvre à moi, parce qu'un autre professeur a commis une erreur. Je n'ai pas manqué de remarquer les similitudes. Pour ce que j'en sais, le professeur Gage était amoureux de son assistante. Elle n'était même pas étudiante, même s'il était son patron.

Je devrais reconsidérer toute cette histoire avec Connor. S'il tient vraiment à moi, il m'attendra, n'est-ce pas ?

J'envoie un message à Conny pendant que j'attends le métro. *La réception s'est terminée en avance. Je suis en chemin pour chez toi.* On a prévu d'aller voir jouer un groupe que j'aime bien plus tard dans la soirée, mais c'est mieux comme ça, parce qu'on aura le temps pour une conversation sérieuse. Je n'ai vraiment pas envie de faire ça, mais j'ai la sensation de ne pas avoir le choix. Ma gorge se noue d'émotion et je cligne des paupières pour repousser mes larmes. Il comprendra.

Et si ce n'est pas le cas, alors nous devrons nous dire adieu.

~

Connor

Dès que j'ouvre la porte à Becca, je sais que quelque chose ne va pas. Elle a l'air de faire un effort pour ne pas pleurer, les yeux brillants et le visage tendu. Je l'attire à moi et la serre dans mes bras. Elle reste plantée là avec raideur pendant un instant, les bras le long des flancs. Puis, pour finir, elle me rend mon étreinte et me serre avec force, la tête enfouie contre mon torse. Elle est allée à la réception de la faculté, ce soir, et je sais qu'elle voulait faire bonne impression.

— Qu'est-ce qui s'est passé ? demandé-je.

Elle lève la tête, les yeux larmoyants.

— Le doyen dit qu'un poste à plein temps s'est libéré dans mon département, ce qui est une bonne chose, mais la raison à ça, c'est qu'un professeur a été viré après avoir mis son assistante enceinte. C'est comme pour nous, dit-elle, et sa voix se brise.

Mon estomac se serre et une pointe d'appréhension m'envahit.

— Non, réponds-je avec fermeté. Ce n'est pas comme nous. Je ne travaille pas pour toi et tu n'es pas enceinte.

Elle pince les lèvres.

— C'est la même chose en théorie. Tu aurais dû voir le doyen Sears et sa femme, la façon dont ils parlaient du professeur Gage, comme si c'était une ordure. Ils ont dit qu'il ne travaillerait plus jamais dans une université.

De la bile me remonte dans la gorge. Je sais tout à fait où va cette conversation – elle veut mettre fin à notre relation. Tout en moi se révolte. Je repousse cette sensation affreuse et me concentre sur le plus important – nous.

Je prends son visage entre mes mains et croise son regard.

— Écoute, ce professeur et son assistante, ce n'est pas nous. Et tu ne te feras *pas* virer à cause de moi. Je ne laisserais jamais une telle chose arriver, Bec. Je tiens à toi. Beaucoup.

Elle déglutit et, d'une voix haut perchée et flûtée, demande :

— Tu serais prêt à attendre la fin du semestre avant de me revoir ?

— Non.

Sa lèvre inférieure tremble.

— Tu as dit que tu tenais à moi.

— C'est le cas, je te le jure. Tellement. Bec, ne me demande pas ça. Je ne peux pas arrêter de te voir, et quel serait l'intérêt, de toute façon ? Tu me verrais quand même en cours. Tu vas faire semblant de ne pas me connaître ? De n'avoir aucun sentiment pour moi ?

Elle s'écarte de moi.

— C'est ce que je fais déjà.

— Alors ça ne fera aucune différence si on continue à se voir.

— La différence, ce sera que je ne risquerais pas ma carrière, répond-elle d'une voix douce et résignée.

Je me passe une main dans les cheveux. Je n'ai pas envie de la perdre, je n'ai pas envie de rester loin d'elle pendant presque trois mois non plus. Ce serait une torture.

Je lui prends la main et la guide vers le canapé. Elle s'assoit, les mains pressées l'une contre l'autre et les yeux rivés sur elles.

Je prends une inspiration, la poitrine comprimée. Je dois trouver les bons mots, la convaincre qu'on vaut la peine de prendre le risque.

— Je n'ai pas envie de te perdre à cause d'une erreur commise par un autre. On n'a rien fait de mal et je te promets que ça n'a rien d'une simple aventure pour moi.

Elle croise mon regard, les lèvres pincées et les larmes menaçant de couler.

Merde, je suis en train de la perdre.

— Ce soir, je comptais te proposer de venir à la fête de fiançailles de mon frère, dans deux semaines. Je veux te présenter à ma famille. Tu comptes à ce point, pour moi.

C'est la vérité. Je comptais lui proposer ça avant que tout mon monde bascule et menace de me faire tomber.

— Vraiment ? demande-t-elle d'une voix étranglée. Tu ne dis pas ça juste parce que je suis bouleversée ?

Je l'attire sur mes genoux et la serre contre moi.

— Oui, je comptais vraiment te le proposer. Je refuse de te perdre, Bec. J'ai l'impression d'avoir attendu toute ma vie de te trouver.

— OK, dit-elle en hochant la tête. Je viendrai. Je n'ai pas envie de te dire au revoir, moi non plus. J'avais juste l'impression d'y être obligée, tu sais ?

Je prends sa joue douce dans ma main et la caresse du pouce.

— Je sais. Mais on ne va pas se saborder à cause de ce que les autres pourraient penser.

Je l'embrasse, puis ajoute :

— Tout ira bien, je te le promets.

Elle pose la joue contre ma poitrine et soupire. Pour la première fois de toute la soirée, j'ai à nouveau la sensation de pouvoir respirer.

Rien ne se mettra entre nous. Je ne le permettrai pas.

14

———

Connor

Ça fait deux semaines que j'ai invité Becca à la fête de fiançailles de Sean et Josy, et tout se passe à merveille entre nous. OK, il y a eu ce moment un peu périlleux, la semaine dernière, quand on s'est retrouvés dans le lobby après notre cours du samedi et que le doyen Sears nous a lancé un regard curieux. Mais j'ai convaincu Becca que les professeurs et les étudiants avaient le droit de discuter dans un bâtiment académique. Même deux fois. Elle a aussitôt provoqué une conversation avec une femme de notre classe, qui venait de descendre au rez-de-chaussée pour sortir. Elle a quasiment agressé cette pauvre femme dans ses efforts pour donner l'impression de passer du temps à parler avec *tous* ses étudiants. Plus tard ce soir-là, j'ai calmé Becca. *Hum hum.*

Bref, ce soir, elle va rencontrer ma famille. Nous allons chez mes parents, dans le quartier Windsor Terrace de Brooklyn.

Becca me retrouve dans le lobby de son immeuble, éblouissante dans sa robe bleue sans manche et ses talons beiges.

Je souris et l'examine d'un air appréciateur.

— Tu es magnifique.

Elle fronce les sourcils.

— Oh non. Regarde-nous. On est assortis.

Je porte ma chemise bleue et un pantalon beige.

— Juste un peu. Ton bleu est plus vif.

— Il faut que je me change, dit-elle en se retournant pour rejoindre l'ascenseur.

Heureusement que je suis arrivé un peu plus tôt. Je me suis dit que ce serait bien qu'on arrive chez mes parents avant que la fête ait commencé. Ce n'est pas facile, pour une nouvelle arrivée, de pénétrer dans le chaos qu'est une fête entre Rourke, et Becca est du genre timide.

Je la suis dans l'ascenseur. Elle appuie sur le bouton et croise les bras, regardant les chiffres défiler.

— Tu vas bien ? lui demandé-je après un silence.

Son regard reste rivé aux chiffres.

— Oui. Je dois juste trouver une tenue qui fera bonne impression. Il m'a fallu un moment pour me décider sur celle-ci, mais ce n'est rien. Je suis sûre que je vais trouver quelque chose.

— Je pourrais rentrer me changer.

Elle tourne vivement la tête vers moi.

— Ne sois pas bête. Je ne vais pas te renvoyer chez toi.

— C'est à trois pâtés de maisons d'ici.

— C'est bon, Connor. Je peux régler le problème.

Bon sang, elle est nerveuse. Elle ne m'appelle jamais Connor, toujours Conny, et d'un ton chaleureux. J'écarte ses bras de son corps et les enroule autour de ma taille. Elle pose la joue contre mon torse pendant quelques instants, puis l'ascenseur émet un ding et elle s'écarte vivement pour se précipiter vers son appartement.

Je la suis jusqu'à sa chambre, qui ressemble à une zone sinistrée avec ses vêtements et ses chaussures abandonnés dans tous les coins. Je ne savais même pas qu'elle avait autant de vêtements.

— J'ai besoin de couleurs qui soient en contraste avec les tiennes, dit-elle. Peut-être qu'une tenue avec un pantalon serait la solution. J'ai des tenues décontractées dans mon armoire.

Elle se dirige vers une grosse armoire en bois clair aux doubles portes et l'ouvre. C'est une réserve de vêtements séparée de son placard. Il y a aussi un long dressing. Je n'ai jamais prêté beaucoup d'attention à sa garde-robe jusqu'alors, mis à part pour remarquer que presque tout ressemblait à des tenues d'affaires.

Elle parcourt ses vêtements à une vitesse effrénée, jetant des pantalons habillés sur le lit l'un après l'autre. Je ne sais pas si ça veut dire qu'elle va les essayer ou s'ils sont disqualifiés. Elle soulève un col roulé noir et un pantalon de la même couleur, qu'elle remet dans l'armoire. Merde. Ça risque de prendre un moment. Il semblerait que les trucs posés sur le lit soient ceux à essayer.

Je contourne le lit pour m'asseoir au coin le plus proche d'elle, écartant son oreiller du passage.

— La tenue noire te donnerait l'air sexy, remarqué-je. Mets celle-là.

Elle se fige et me dévisage un instant.

— Du noir. Je devrais porter ma petite robe noire. Elle va avec toutes les occasions.

Quelques minutes plus tard, elle porte la robe sexy que je me souviens l'avoir vue porter à la fête de Simone.

— Parfait, dis-je en me levant.

Enfin, on peut y aller.

Elle lisse la robe, les yeux baissés sur elle-même.

— Je ne sais pas. J'ai peur que ce soit trop formel. C'est plutôt une robe de soirée cocktail, pas une tenue de fête de fiançailles chez quelqu'un.

— Je suis sûr qu'il y aura des cocktails. Au moins du champagne et de la bière.

Elle retire la robe et la jette, avant de se tourner à nouveau vers le placard. Oh, j'apprécie cette vue sur son derrière. Elle porte un soutien-gorge beige en dentelles et sans bretelles, associé à une culotte assortie, et ses longues jambes me donnent envie de les toucher. Je dois au moins attendre qu'elle se soit choisi une tenue. Pendant qu'elle est à moitié plongée dans son placard, je sors un préservatif de sa table de chevet et le glisse dans ma poche. Rien de mieux pour apaiser sa nervosité. OK, on sera peut-être en retard. Qu'est-ce qu'il y a de pire, arriver en plein chaos, ou être le chaos ? Je dois la détendre un peu. C'est ce que ferait n'importe quel petit ami digne de ce nom.

Elle sort une robe verte et une autre rouge foncé, qu'elle tend toutes les deux vers moi d'un air interrogateur.

— La rouge foncé, sans hésiter, réponds-je, parce que j'aime le tissu moulant et élastique.

— Elle est bordeaux, rectifie-t-elle en la maintenant sous son menton. Avec un col bateau, des manches au trois quarts, idéale pour l'automne. Mais elle ne me donne pas un teint trop délavé ?

Je ne sais même pas ce que ça veut dire, mais il est clair que je dois prendre les choses en main. Genre, tout de suite. Je m'avance vers elle et lui prends la robe. J'abaisse la fermeture au dos et m'agenouille à ses pieds pour la laisser entrer dedans. Pendant qu'elle hésite à s'exécuter, je fais courir ma paume de sa cheville à l'intérieur de sa cuisse, remontant juste au-dessous de sa culotte sexy. Elle entrouvre les lèvres et entre dans la robe.

Je me redresse et remonte lentement la robe sur ses hanches, laissant mes doigts courir sur sa peau en passant. Elle se réchauffe à mon contact et sa respiration s'accélère un peu. J'adore regarder l'effet que j'ai sur elle. Je finis de remonter la robe, l'aidant à l'enfiler sans cesser de la caresser. Elle lui va à merveille. Le tissu est doux, élastique et moulant, ce qui rend plus facile de la caresser à travers la robe. Ses paupières s'abaissent à demi quand je caresse son long cou, puis ses clavicules exposées, ses épaules et ses bras. Je prends mon temps au niveau de ses seins, puis descends plus bas, le long de son ventre, me rapprochant de son sexe, mais sans jamais le toucher.

— Conny, murmure-t-elle.

Je sais que nous avons fait de gros progrès quand elle m'appelle Conny au lieu de Connor. *Oh, oui, j'ai des doigts de fée. On dirait bien qu'on se dirige à plein régime vers Orgasmeville.* Mais c'est alors qu'elle reprend :

— Cette robe convient vraiment ?

Je n'arrive pas à croire qu'elle s'inquiète encore pour sa tenue après toutes mes caresses. Qu'est-ce qui est le plus important, ici ? Je la tourne vers le dressing pour lui montrer à quel point elle est fantastique. Un miroir y est accroché.

— Regarde. Elle est plus que convenable. Elle est sexy.

Je remonte lentement la fermeture à l'arrière, laissant courir mes doigts le long de sa colonne vertébrale. Elle frissonne et je lui étreins la nuque.

— Et elle est élastique. Abaisse-toi, bébé.

Ce surnom l'excite à chaque fois.

— Je ne crois pas… commence-t-elle.

Elle se tait quand j'appuie entre ses omoplates, la pliant en deux sur la commode tout en relevant sa robe jusqu'à sa taille. Je l'entends prendre une brusque inspiration quand elle réalise mes intentions. Je fais glisser une main entre ses jambes et sens sa culotte humide. Mon sexe bondit douloureusement contre mon pantalon. Je lui retire sa culotte, me libère et enfile le préservatif en un temps record. Je m'enfonce profondément et elle gémit.

Je la soulève assez pour nous voir dans le miroir, enfoui au fond d'elle, et prends son sein d'une main.

— Regarde comme tu es sexy dans cette robe.

— Conny, dit-elle d'un ton presque suppliant.

Je sais exactement ce dont elle a besoin. Je la caresse entre les jambes et m'enfonce encore et encore. Elle adore ça. J'adore ça.

— Conny, Conny, Conny, scande-t-elle, et je sais qu'elle est tout près.

— Lâche prise, lui grogné-je à l'oreille, la maintenant fermement tout en la caressant plus vite.

Elle émet les sons les plus sexy et emplis de désirs que j'aie jamais entendus, puis elle bascule, m'emportant avec elle dans une explosion de plaisir chauffée à blanc.

C'est incroyablement bon. À chaque fois, putain.

Elle est à *moi*. Nous allons ensemble à tous les niveaux. Je suis si heureux de l'avoir trouvée.

Je l'embrasse sur la joue.

— Quelle femme merveilleuse.

Je sens sa joue s'étirer en un sourire. Elle m'a appelé son « homme merveilleux » d'un ton très révérencieux, après nos premiers ébats ensemble.

Je la relâche lentement et elle s'affaisse mollement sur la commode. Ça l'a détendue. C'est clairement mon cas, en tout cas. Je me retire, puis décide que je ferais mieux de la remettre d'aplomb. Je lui remonte sa culotte, lui octroyant une autre caresse qui la fait gémir, puis ajuste sa robe, la caressant à travers le tissu de ses fesses douces à sa nuque. Je lui tapote les fesses et elle soupire. *Ma Becca.* Si nerveuse s'agissant du choix de sa tenue, et finalement vaincue par sa propre robe. Et moi.

Après m'être moi-même rajusté, je la découvre en train de se regarder dans le miroir.

— Les orgasmes sont vraiment le meilleur soin de beauté, remarque-t-elle d'un ton émerveillé. Regarde comme ma peau brille, maintenant. Il n'y a aucun risque pour que j'aie l'air délavée dans cette couleur bordeaux.

Je souris et enroule les bras autour d'elle par-derrière.

— Je vais devoir être intégré dans ta routine de beauté, alors.

— C'est un combat quotidien, répond-elle, les yeux pétillants.

Je fourre mon nez dans son cou.

— C'est ta façon de me demander des orgasmes quotidiens ?

— Oui.

Je croise son regard dans le miroir.

— Tu devras me voir tous les jours.

— Ce ne serait pas la pire chose du monde.

Je lui mordille le cou et elle rit. Une chaleur se déploie dans ma poitrine, ainsi qu'un élan d'affection. Je la retourne face à moi.

— Tu sais quel jour on est ?

Elle hoche la tête.

— Le jour où je rencontre ta famille. Oh mon Dieu, on ferait mieux d'y aller. Je dois me rafraîchir.

Elle plonge sous mon bras et se précipite dans la salle de bain.

Je m'apprêtais à dire qu'aujourd'hui, cela faisait un mois qu'on s'était rencontrés. C'est mièvre, je sais, mais je suis vraiment accro. On l'est tous les deux. J'espère juste que ce soir se passera bien. Je ne lui dirai jamais ça, mais sa rencontre avec mes parents est un moment assez important. Nous sommes très proches, dans ma famille, et il est hors de question que j'entame une relation sérieuse avec quelqu'un que mes parents n'accepteraient pas. Ma famille est un peu différente, parce que nous sommes des membres de la royauté exilés. Ayant perdu son autre famille, mon père a fait de la nôtre une priorité, et nous a inculqué que la famille passait avant tout. Maintenant qu'on est tous adultes, il s'assure qu'on se rassemble à chaque grande occasion. Et on travaille tous ensemble. Même mon père, qui travaille dans l'immobilier, fait encore partie de Byrne Construction, et reste à l'affût de propriétés prometteuses tout en nous aidant à trouver des locataires. Mes parents sont des gens ouverts d'esprit et sympathiques, mais il y a eu cette fois où Sean, mon grand frère, a ramené à la maison une femme que mes parents considéraient comme « vulgaire ». Il a mis fin à cette relation dès le lendemain. Ça ne valait pas le coup de continuer, sachant qu'elle serait une source de friction dans la famille. J'avais compris.

Mais Becca est différente. Elle est chic. Et je l'ai rendue détendue. Je suis sûre qu'elle s'en tirera très bien.

～

Becca

Je suis certaine que les parents de Conny n'auront qu'un coup d'œil à me jeter pour penser *vraie loque*. Les jambes tremblantes, je traverse le trottoir vers leur maison. Je n'arrive pas à croire que j'ai couché avec Conny juste avant de les rencontrer. C'est tellement inapproprié. Cet homme me rend folle. C'est comme si je perdais tout bon sens en sa présence. Avant qu'il arrive chez moi, j'ai passé deux heures à aller et venir dans ma chambre comme un colibri, m'efforçant de me préparer, les nerfs en pelote et le cœur battant la chamade. Je m'apprête à rencontrer des membres de la royauté – le roi, la reine qu'il s'est choisie et une troupe de princes ! Et je sais que la famille de Conny est très importante pour lui, qu'ils sont tous très proches, qu'ils travaillent et se divertissent ensemble. C'est un test, et si j'échoue, je ne lui en voudrais pas de me larguer. Je devrais faire la même chose, si mes parents ne l'acceptaient pas, raison pour laquelle je suis encore terrifiée à l'idée que ces derniers découvrent que Conny est mon élève. Les gens avec qui vous entamez une relation sérieuse doivent trouver leur place dans votre vie.

J'essaie de prendre une grande inspiration tandis que nous nous dirigeons vers la maison en briques où a grandi Conny. Toutes les sensations agréables et détendues que j'ai ressenties après les efforts sexy de Conny se sont évanouies, même si je crains de toujours arborer cet aspect brillant révélateur de mon orgasme sur le visage. Ce n'était qu'il y a une demi-heure, mais je vibre déjà de tension.

Je suis trop concentrée sur l'idée de faire bonne impression. Conny compte beaucoup pour moi, et le fait qu'il m'ait amenée ici compte encore plus. Je n'ai qu'à *penser* à lui pour avoir des papillons dans l'estomac et pour me mettre à sourire sans raison. Pourquoi n'ai-je pas pu le rencontrer après ce cours ? Évidemment, je l'aurais d'abord rencontré *dans* mon cours. M'aurait-il approchée pour me proposer de sortir ? C'est ce que Mike a fait. J'aurais dû refuser, comme avec Mike. Mais ça aurait peut-être pu fonctionner après la fin du cours. *Arrête.* Je réfléchis beaucoup trop sur cette simple hypothèse. Le fait est que je suis plongée dans une relation secrète qui pourrait faire exploser toute ma vie, et que tout ce dont je me soucie, c'est de faire en sorte que sa famille m'apprécie. Comme je l'ai dit, je perds tout bon sens en sa présence. Je devrais plutôt m'efforcer de me protéger. Mais la fois où j'ai tenté de mettre de la distance entre nous, après la réception de la faculté, je me suis retrouvée au bord des larmes à la simple idée de le perdre.

Je l'aime.

J'ai peur de le dire à voix haute. Comme si ça mettrait trop de pression sur une situation déjà délicate. Il ne l'a pas dit non plus.

Oh, Seigneur, on est arrivés.

Il étreint ma main moite.

— Ne t'inquiète pas. Tu as déjà rencontré Brendan et le Fauve. Il n'y aura que quelques autres personnes supplémentaires.

Je lève les yeux vers lui.

— Tu as dit que tu étais l'ange du groupe, et je ne te trouve pas si angélique que ça. Tu es plutôt un ange sombre.

Je plaisante, même si ma voix est tendue de nervosité. Et j'essaie aussi de gagner du temps.

Il sourit.

— Mes parents nous ont trouvé des surnoms stupides quand on était enfants. Ils appelaient Brendan le petit diable, et il n'est pas si mauvais, si ?

Brendan est taquin, mais cela a l'air bon enfant. J'essaie de m'imaginer arriver à une fête avec cinq types comme lui, qui taquineront sûrement Conny à mon sujet. Je ne suis pas sûre de réussir à garder mon sang-froid. Je vais rougir, être embarrassée ou sur la défensive. Je n'ai jamais eu de grands frères pour me taquiner.

— Bec ?

— Je suppose.

Il appuie sur la sonnette et mon cœur se met à cogner dans ma poitrine.

— Mes parents seront ravis que j'aie rencontré quelqu'un. Depuis que ma belle-sœur est tombée enceinte, ils sont enthousiastes à l'idée d'entamer la phase grands-parents de leur vie.

Je sursaute. C'est ce qu'il imagine pour nous ? Je ne peux pas lui poser la question. *Il t'emmène voir ses parents, Becca ! Ça veut dire beaucoup.* Alors pourquoi ai-je peur de commettre une erreur et de tout faire s'écrouler ?

La porte s'ouvre sur une femme souriante, qui doit être sa mère. Ils ont les mêmes yeux bleus intenses. Elle a l'air plus jeune que je l'imaginais, avec des cheveux marron foncé qui lui arrivent aux épaules et seules quelques légères rides sur la peau pâle de son visage. Je ne l'ai vue que de loin, durant mes recherches en ligne. Elle porte un pull blanc au col en V et à l'air doux, ainsi qu'une jupe droite noire et des chaussures plates. Je suis si contente d'avoir choisi une robe.

— Bienvenus ! Entrez, entrez.

Elle fait un pas en arrière pour nous laisser passer.

Conny se penche pour embrasser sa mère sur la joue, puis fait les présentations.

Madame Rourke m'adresse un regard rayonnant, ses yeux bleus vibrants et pétillants d'énergie.

— Ravie de te rencontrer, Becca. Je suis si contente que tu sois venue.

— Merci de m'avoir invitée, réponds-je d'un ton plus formel que je le voudrais.

Je suis tendue. Je ne peux pas m'en empêcher.

— Quelle belle robe, continue madame Rourke. Elle est charmante, n'est-ce pas, Connor ?

— Oh, oui, c'est ce que je lui ai dit tout à l'heure, répond-il en m'adressant un sourire sexy et un clin d'œil.

Mes joues deviennent écarlates. Il me l'a dit ; il me l'a montré dans le miroir au-dessus de la commode, et il m'a baisée au-dessus de cette même commode. Je suis incapable de regarder qui que ce soit dans les yeux.

— Tout le monde est dans la cuisine, dit madame Rourke en nous faisant signe de la suivre.

Je traîne derrière pour murmurer à l'oreille de Conny :

— Ne me fais pas de clin d'œil avec ce sourire sexy, et oublie la voix sexy tant qu'on est ici.

Il m'embrasse sur la joue.

— Bébé, mon sourire et ma voix sont toujours sexy. Je n'y peux rien.

Il insiste pour m'appeler « bébé » alors que je ne l'appelle jamais « roi », comme la première fois qu'on a discuté de surnoms. C'est bizarre, mais « bébé » renferme une note légèrement possessive qui me provoque une décharge à chaque fois. Je n'arrive pas à décider si ça me plaît ou pas. Peut-être parce que je n'ai pas de surnom équivalent à lui donner. Rénovateur Royal, c'est un peu long. *Oh bon Dieu. Arrête de penser à ça.*

— Alors évite au moins de faire des clins d'œil, bébé, réponds-je, essayant ce surnom sur lui.

Il écarquille les yeux et cesse de cligner des paupières.

— Je vais faire de mon mieux pour éviter ça, bébé.

J'éclate de rire. J'ai bien conscience que je suis ridicule, d'insister pour qu'il ne cligne pas des yeux et n'emploie pas sa voix sexy, et il est gentil de ne pas me le faire remarquer. Il tire sur ma main pour m'attirer à travers le salon. C'est un bel espace aux hauts plafonds, avec un parquet en chêne et des moulures. Je remarque toujours ce genre de détails. Je dirais que ce bâtiment date du début du siècle. Les portes coulissantes qui séparent les trois pièces – le salon, la cuisine et la salle à manger – sont ouvertes. La grande cuisine au centre, composée d'un long îlot et de tabourets, est remplie de monde qui parlent les uns par-dessus les autres et qui rient.

J'ai un flash-back de la réception de la faculté embarrassante, où tout le monde avait l'air de se connaître depuis des années et où j'étais à l'écart. Je tente d'arborer une expression plaisante pour ne pas renvoyer cette image glaciale qui semble déranger certaines personnes.

Conny se dirige droit vers l'un de ses frères aux cheveux sombres coupés court et à la barbe bien taillée, qui a un bras passé autour d'une femme rousse à la beauté saisissante. Il échange une poignée de main avec l'homme, ainsi qu'une étreinte fraternelle.

— Félicitations à vous deux, dit-il en souriant à la femme.

Josie, bienvenue dans la famille. J'espère que le bruit ne te dérange pas.

— J'adore ça ! s'exclame-t-elle. Tu te fiches de moi ? J'ai grandi en tant que fille unique.

Elle englobe d'un geste le groupe bruyant.

— C'est mon rêve !

Sa voix porte tellement que toute la pièce devient silencieuse.

— Oups ! Je me suis encore servi ma voix de théâtre ?

Tout le monde se met à rire.

Conny me fait signe d'approcher et passe un bras autour de mes épaules, avant de me tourner face au groupe.

— Voici Becca. Becca, voici tout le monde.

Mon regard passe d'un frère à l'autre et d'une femme enceinte à quelques couples plus âgés, qui me sourient tous d'un air curieux.

Je leur fais un petit signe de la main.

— Salut tout le monde.

— Tu peux faire mieux que ça, Connor, tonne une voix grave et autoritaire. Fais-nous des présentations en bonne et due forme, je te prie.

C'est le roi ! C'est forcément lui, avec cet accent anglais formel et cette posture régalienne. Le père de Conny, le vrai roi de Villroy. Il porte un costume bleu marine, ses cheveux brun foncé épais sont striés de gris, son visage anguleux est rasé de près et ses yeux d'une saisissante couleur aiguemarine. Il réduit la distance entre nous et mon cœur se met à battre la chamade. Je crois que je suis fan du père de Conny. Il a renoncé à la couronne par amour. Un roi romantique. Que demander de plus ? D'un autre côté, je dois faire bonne impression et ne pas être gênante, tendue ou accidentellement glaciale.

— Salut, couiné-je. Vous devez être le père de Connor.

Il m'adresse un sourire chaleureux.

— Daniel Rourke. Ravi de te rencontrer, Becca…

Il s'interrompt, l'air d'attendre que je lui donne mon nom de famille. Va-t-il faire des recherches sur moi ?

— Edwards, précisé-je.

— Becca Edwards, dit-il d'un ton formel. Merci d'être venue. Quelqu'un t'a-t-il offert un verre ?

— Je viens d'arriver… commencé-je.

— Connor, lance-t-il d'un ton si tranchant que je me raidis.

Connor se tourne vers moi et demande d'une voix traînante :

— Qu'est-ce que je peux t'offrir, Becca ?

Il fait un geste vers un coin du comptoir où sont disposées de multiples bouteilles de vin, ainsi que divers sodas.

— J'aimerais un verre de chardonnay, s'il te plaît. Ou n'importe quel autre vin blanc disponible.

Conny esquisse une révérence, que je soupçonne d'être une pique envers le ton formel de son père, puis part me chercher un verre.

— Alors, comment vous êtes-vous rencontrés, Connor et toi ? demande monsieur Rourke.

— Qu'est-ce que j'ai manqué ? demande Madame Rourke en se joignant à nous.

— L'absence de bonnes manières de ton fils, répond monsieur Rourke.

Elle fronce les sourcils.

— Je t'en prie, ce garçon est le plus poli du lot. Enfin, pour être honnête, ils savent tous bien se comporter. La question est : se souviennent-ils de ce qu'on leur a appris ? C'est une tout autre chose, hein ?

Monsieur Rourke arque un sourcil, clairement mécontent de cette infraction à l'étiquette.

— Becca s'apprêtait à nous raconter comment ils s'étaient rencontrés.

Madame Rourke m'adresse un sourire encourageant, les yeux pétillants.

— Racontez-nous.

— On s'est rencontrés dans un bar, réponds-je.

Ses parents échangent un regard, avant de se tourner à nouveau vers moi, l'air un peu déçus de mon explication. Zut. Ça ressemble à une liaison entre deux personnes ivres, et c'était plus ou moins ça, sans l'ivresse. Oh mon Dieu. De la sueur me coule le long du dos et mes joues deviennent écarlates. Ils espéraient sûrement une histoire romantique, comme la façon dont ils se sont rencontrés à Paris. Conny m'en a parlé. Ils se sont rencontrés dans un musée d'art où elle était interne, pendant qu'il faisait une visite privée. Unis par l'amour de l'art. Ça fait bien plus intello que de se rencontrer dans un bar.

— En fait, croassé-je, avant de me racler la gorge. On s'est rencontrée d'une manière assez amusante, parce que mon ex venait d'arriver et se vantait de s'être fiancé. Pour une raison inconnue, il avait amené la femme pour me la présenter. C'était très embarrassant, comme vous pouvez l'imaginer, et puis Conny est venu à mon secours en faisant semblant d'être mon petit ami sérieux, histoire d'équilibrer un peu les choses. J'étais seule, j'attendais quelqu'un qui n'est jamais venu. Conny a été le héros de la soirée.

Ils sourient tous deux en regardant Conny, qui revient avec mon vin. Il est à nouveau dans leurs bonnes grâces. Il a toujours été dans les miennes.

Il me tend mon verre et je souris.

— Merci.

Le regard de madame Rourke passe de moi à Conny.

— Depuis combien de temps sortez-vous ensemble ?

Je repense au moment où nous nous sommes rencontrés, prête à faire le calcul, mais Conny répond avant moi.

— Un mois, dit-il en déposant un baiser sur ma tempe.

Mon cœur se serre et mes genoux chancellent. Son tendre baiser, combiné au fait qu'il a tenu le compte du temps qu'on a passé ensemble me fait fondre. Je m'appuie contre lui, souriante, et il passe un bras autour de moi pour m'étreindre.

— Très bien, dit madame Rourke. J'espère te voir plus souvent ici, Becca.

— Merci, réponds-je.

Je me sens si à l'aise et détendue, maintenant. Je crois que j'ai passé le test, et il n'existe aucun endroit où je me sens plus à l'aise que pressée contre le flanc de Conny.

— Tu devrais présenter Becca à tout le monde, dit monsieur Rourke. Et je veux dire individuellement, pour qu'elle connaisse le nom de tout le monde.

Mon sourire s'élargit encore plus. *Je suis acceptée !*

Conny adresse un signe de tête à son père et lève une main.

— Eh, tout le monde, regardez par ici et levez la main quand j'appelle votre nom. Becca a besoin que je vous présente officiellement.

Monsieur Rourke secoue tristement la tête. Madame Rourke dissimule un sourire.

— Dylan, commence Conny.

— Présent, répond son frère.

Tout le monde rit. Je souris et lui fais un signe de la main. Je me souviens de l'avoir vu sur ses photos de mariage en ligne.

Dylan lève la main de sa femme.

— Et voici ma magnifique femme enceinte, Ariana.

— Ma fille, intervient une femme d'âge moyen. Bonjour, je suis madame Bianchi, une amie de la mère de Conny, et nous sommes désormais de la même famille, puisque nos enfants sont mariés. Vous êtes d'où, Becca ?

— Du Queens.

— Le Queens ! Une fille du coin, hein ? dit-elle, l'air satisfaite. Ce n'est pas comme Brooklyn, mais presque.

Elle adresse un sourire à madame Rourke.

— Revenons-en aux présentations, reprend Conny en pointant du doigt un autre frère. Jack et Riley.

— On n'est plus qu'un seul nom, maintenant ? demande Jack. Mince alors, on se fiance et on devient aussitôt Rack.

Riley sourit.

— Plutôt Jiley.

— Jiley Wourke, disent-ils à l'unisson, avant d'éclater de rire.

Connor se penche vers mon oreille et explique :

— C'est Jack Rourke et Riley Walsh mélangé ensemble. Ils sont si amoureux que c'en est écœurant.

Il se redresse, me lance un regard affectueux et fait un clin d'œil.

J'aime cet homme. J'aime sa chaleur, son acceptation désinvolte des couples amoureux et mièvres, ses manières décontractées avec moi, la façon dont il me comprend. Il me coupe le souffle. C'est vraiment un beau parti. Ma joie à l'idée d'avoir enfin trouvé l'homme avec qui j'ai envie de me caser est tempérée par une pointe de peur. Je ne peux laisser des circonstances extérieures ruiner ce que nous avons. *Ne pense pas à ça maintenant.*

L'expression de Conny change et devient plus sérieuse.

— Tu vas bien, bébé ?

Je hoche la tête, la gorge nouée par l'émotion. Je suis son bébé et, oui, ça me plaît. Je n'ai encore jamais été le bébé de personne. C'est comme quand il m'a portée après ma chute, lors de notre première rencontre. Il me voit pour la personne que je suis à l'intérieur, pleine d'amour à donner, abordable et passionnée. Pas comme une reine des glaces.

— Tu me connais déjà, lance une voix grave.

Je me tourne vers Brendan, qui est venu se placer devant moi.

— Bien sûr, Brendan. Tu as intercédé en la faveur de Conny, le soir de notre rencontre.

— C'est vrai, acquiesce-t-il, avant de se tourner vers Conny et de lui donner une tape sur l'épaule. Où est mon merci, frérot ?

— Va te faire voir, rétorque Conny. Reste de ton côté.

Brendan secoue la tête en souriant.

— Tu vois ce que je dois endurer ? Je te laisse te charger de lui.

Le Fauve approche et me tend la main, enveloppant ma paume bien plus petite dans une poignée de main ferme.

— Ravi de te revoir.

— Oh, à moi, à moi ! s'exclame la rousse, Josie, en levant la main.

Je me souviens avoir entendu son nom quand on est entrés.

— Présente-moi. Je suis la raison pour laquelle on est tous rassemblés ici ce soir. Sans moi, Sean ne serait pas fiancé. Il serait en train d'errer sur Terre, toujours à la recherche de son âme sœur.

— Oooh, Josie, dit Sean en lui adressant un tendre sourire.

— Josie est la fiancée de Sean, la présente Conny en la pointant du doigt. Notre nouvelle sœur…

— Oooh, tu m'as appelée ta sœur ! s'exclame Josie en se précipitant pour serrer Conny dans ses bras et l'embrasser sur la joue. Tu es aussi gentil que ton frère.

Conny sourit, l'air un peu embarrassé. Puis il se tourne vers moi.

— Au cas où tu ne l'aurais pas compris, Josie est actrice.

— Qu'est-ce que ça veut dire, ça ? demande Josie en posant une main sur la hanche et en rejetant ses longs cheveux roux en arrière. Comment aurait-elle pu le deviner ?

Sean se joint à nous et répond :

— Grâce à ta voix qui porte dans tout le quartier, ta personnalité pétillante et la manière expressive et dramatique dont tu parles.

— Eh bien, mince alors, dit-elle en battant innocemment des cils. Moi qui croyais être subtile.

Je réfrène un rire.

— Ravie de vous rencontrer tous les deux.

— Josie vient de terminer de tourner son premier film, explique Sean avec fierté. Tu pourras dire que tu l'as connue avant qu'elle soit célèbre. Elle va devenir une énorme star.

— Sean ! s'exclame Josie en lui caressant le torse et en lui souriant. Arrête de me mettre dans l'embarras. C'était juste un second rôle.

— On sent qu'elle déteste ça, hein ? plaisante Sean.

— Il reste encore quelques personnes, annonce Conny, avant de pointer du doigt quelques couples plus âgés.

Ils me sourient tous.

— Bonjour tout le monde, lancé-je avec un signe de la main.

Conny se tourne vers son père et demande :

— On peut reprendre la fête, maintenant, monsieur ?

Son père grommelle et la partie recommence à battre son plein ; tout le monde se remet à parler et à rire. La mère de Conny se met à sortir de la nourriture du frigo et je vais lui proposer mon aide.

— Avec plaisir, Becca, répond-elle d'un ton chaleureux. Tiens, prends les légumes émincés. Mes garçons vont sûrement les ignorer, mais le reste d'entre nous pourra en profiter. Alors, que fais-tu dans la vie ?

— J'enseigne un cours d'économie à l'université de New York, sur la gestion des changements d'organisation. Je travaille aussi dans un café, à mi-temps, pour avoir l'assurance santé. J'espère devenir professeure à plein temps au semestre prochain.

— Conny suit des cours d'économie à l'université de New York, remarque-t-elle, sourcils froncés. En fait, ça ressemble au nom de son cours, un truc en rapport avec la gestion des changements. Je me souviens avoir songé que c'était tout à fait adapté à notre entreprise familiale.

Elle se retourne et appelle Conny, qui est en train de parler à son oncle.

— Conny, comment s'appelle ce cours que tu suis ?

Mon cœur rugit dans mes oreilles et mes joues deviennent cramoisies. Conny croise mon regard, puis répond à sa mère :

— La gestion des changements d'organisation.

— Oui, c'est ce que...

Elle me pointe du doigt et s'interrompt, avant de demander :

— C'est ta professeure ? C'est comme ça que vous vous êtes vraiment rencontrés ?

— C'est quoi, ces histoires ? demande Brendan en riant. Conny, tu en pinces pour ta prof ?

Quelqu'un émet un sifflet à voix basse, puis tout le monde devient silencieux, les yeux fixés sur moi. Une vague de nausée me remonte dans la gorge.

Monsieur et Madame Rourke échangent un regard inquiet. Je ne peux supporter ça plus longtemps. Toutes mes craintes, mes peurs et ma honte sont exposées aux jugements de tous.

Je me retourne pour partir, mais Conny apparaît soudain devant moi et referme la main autour de mon poignet.

— Ce n'est pas si grave, dit-il à tout le monde. Je suis le cours en auditeur libre, je n'aurai pas de note. Becca est un excellent professeur.

— Excellente à quel point ? le taquine Brendan.

Je me dégage d'entre les doigts de Conny et me précipite vers la porte, mortifiée. Je ne pourrai plus jamais venir ici.

15

Connor

— Becca !

Elle se dirige vers la station de métro. Elle ne peut pas partir comme ça. C'est pire que si elle avait affronté les retombées. Ça donne l'impression que ce qu'on fait est mal.

— Attends ! m'exclamé-je en lui courant après.

— Non. Laisse-moi partir.

J'entends les larmes dans sa voix.

Je la rattrape quelques instants plus tard et la prends par la taille. Elle devient aussi raide qu'une planche. Je me penche vers son oreille.

— Tout va bien. Brendan plaisantait, c'est tout. Ce n'est pas si grave.

— C'est grave, répond-elle d'une voix étranglée. Tes parents doivent me prendre pour une personne horrible.

— Ma mère était surprise parce que tu lui as dit qu'on s'était rencontrés dans un bar, et qu'elle a découvert ensuite que tu étais mon professeur. C'est étrange, la façon dont tout s'est passé pour nous, mais si tu reviens et qu'on leur explique, je te promets que tout ira bien.

— Non, c'est faux. Ils vont me juger.

Je la retourne face à moi et lui fais lever le menton.

— Ils ne te jugeront pas.

— Ils penseront que j'ai abusé de leur fils, murmure-t-elle, clignant des paupières pour repousser ses larmes.

— Ils savent que personne ne peut abuser de moi. Je ne le permettrais jamais. J'ai été élevé comme ça. Je sais me défendre, ainsi que tous ceux que j'aime.

Je prends sa joue et ajoute :

— Reviens. Laisse-moi te défendre.

Elle prend une brusque inspiration et écarquille les yeux.

— Je t'aime, Becca.

Elle fond en larmes.

Je l'attire tout contre moi et lui caresse les cheveux.

— Ce n'était pas tout à fait la réaction que j'espérais, bébé.

Elle m'étreint avec force.

— Je t'aime aussi.

— Je sais, mais ça fait plaisir à entendre.

Elle éclate de rire et je pousse un long soupir soulagé.

La soirée s'est très bien passée. Enfin, une fois que j'ai eu expliqué la situation et chanté les louanges de Becca, expliquant à quel point elle était intelligente et avait le sens des affaires. Elle est ensuite intervenue pour affirmer à tout le monde que moi aussi, j'étais intelligent et avais le sens des affaires. La situation s'est transformée en véritable festival d'amour, devant un tas de témoins. OK, j'ai dû supporter pas mal de blagues de la part de mes frères, mais ils ont tenu Becca en dehors de ça, après que je les ai menacés de représailles. Ils savent qu'il en faut beaucoup pour m'énerver, mais qu'une fois que c'est fait, je ne plaisante pas.

Elle est restée collée à ma mère comme une moule à son rocher pendant le restant de la soirée, pour l'aider à sortir la nourriture, à servir les verres et à couper l'énorme gâteau « Joyeuses Fiançailles » pour le distribuer à tout le monde. Je crois que Becca voulait s'inclure dans la fête, mais que s'occuper les mains la rendait plus à l'aise. Je comprends. J'aime agir plus que rester assis à regarder faire les autres. Elle a aussi bien accroché avec Riley. À un moment donné, elles ont fait un match de ping-pong acharné dans la salle de loisir du sous-sol. Il n'est pas très surprenant qu'elles se soient entendues. Riley est aussi une femme d'entreprise, la comptable d'une agence prestigieuse, et c'est aussi quelqu'un de réservé.

Maintenant, nous sommes tous rassemblés à nouveau dans la cuisine pour terminer notre gâteau.

Mon père lève sa flûte de champagne et le fait tinter avec sa fourchette pour attirer l'attention.

— Encore un toast, grogne Brendan. On a compris. Sean et Josie sont spéciaux et on les aime. On peut passer à autre chose ?

Mon père lui lance un regard d'avertissement, avant de tous nous observer tour à tour.

— J'ai une annonce à faire.

Tout le monde devient silencieux, et la tension épaissit l'air. J'échange un regard nerveux avec Dylan et jette un rapide coup d'œil à Jack, Sean, Brendan et le Fauve. Personne n'a la moindre idée de ce dont il s'agit. La dernière fois qu'il a fait une annonce lors d'une fête de famille, notre oncle a pris sa retraite et nous a laissé l'entreprise de construction, à moi et mes frères, nous laissant tous sous le choc. Ça avait été une surprise totale. Aucun de nous n'était préparé à ça. Qu'est-ce que ça va être, cette fois ?

Ma mère sourit.

— Votre père est très enthousiaste à cette idée. Continue, chéri.

Mon père prend une grande inspiration.

— Nous sommes invités à passer Noël à Villroy.

Josie laisse échapper une acclamation et Riley exprime sa joie à sa façon, en disant :

— Waouh, c'est très excitant !

Elles ne sont jamais allées au palais.

Je ne suis pas aussi enthousiaste. Ni mes frères, à en croire l'expression de leur visage et leur absence totale de réaction. La situation risque de se corser. Mes parents voudront qu'on soit rassemblés pour Noël. Mes frères et moi sommes allés à

Villroy deux fois, une pour le mariage de notre cousin Adrian, ce qui s'est révélé être un moment très inconfortable, vu que c'était la première fois que notre famille revenait à Villroy depuis son exil, et la deuxième pour le mariage de Dylan, qui a été largement couvert dans la presse. Il s'agissait à chaque fois d'occasions officielles, et les deux ont été assez stressantes. Nous avons dû nous montrer sous notre meilleur jour, avoir de bonnes manières et être bien habillés. Les fils racailles du roi exilés ne devaient surtout pas le mettre dans l'embarras. Mon père a des standards très stricts, après avoir été éduqué pour devenir roi. Ce n'était pas vraiment *drôle*, et c'est un euphémisme, mais nous avons passé un bon moment à jouer au poker tard le soir avec nos cousins.

Becca m'étreint la main et ses yeux s'illuminent d'excitation. J'avais presque oublié qu'elle était fascinée par ces histoires de royauté.

— Pas de réaction ? demande mon père. Je croyais que vous seriez plus enthousiastes. Ça ne nous coûtera rien. Le jet royal nous emmènera là-bas et on pourra tous s'installer au palais.

Becca se tortille à côté de moi, réprimant un sourire. Les femmes dans la pièce ont toutes le sourire, l'air très contentes. Je songe alors que Becca aimerait vraiment y aller, et que ça me plairait aussi qu'on passe Noël ensemble.

— Il y aura un bal à thème quelques jours avant Noël, continue mon père.

Mes frères et moi lâchons un grognement. Un bal ? On est où, au dix-neuvième siècle ?

Ma mère nous lance à tous un regard réprobateur censé vouloir dire « arrêtez ça tout de suite ». Nous nous taisons.

Mon père pousse un soupir mécontent.

— Ce sera sur le thème de l'Angleterre de la Régence, parce que la femme de votre cousin écrit des romans situés à cette époque. Tout est dans l'e-mail. Je vous le transférerais. Il y a des lectures recommandées, Jane Austen en particulier…

Il s'interrompt quand les hommes de la famille poussent un grognement collectif.

— Jane Austen, c'est de la bombe, intervient Josie.

Tout le monde rit.

— Oui, acquiesce mon père. Merci, Josie.

Puis il nous lance un regard.

— Votre mère et moi allons accepter l'invitation, et j'aimerais que vous veniez tous aussi.

Il esquisse un sourire et son regard s'adoucit.

— Mila demande après son Pop-Pop.

Mila est la fille de deux ans du roi, et mon père est son Pop-Pop. Il a endossé le rôle de grand-père, vu que ceux de Mila sont tous deux décédés (techniquement, c'est son grand-oncle). C'est comme ça que le roi et la reine actuels ont réintégré notre père au royaume, et il a accepté ce rôle de tout son cœur. Il adore cette petite fille.

Mon père reprend d'une voix étranglée par l'émotion :

— C'est le premier Noël où elle aura une idée de ce qui se passe. Je veux en faire partie.

Mes frères et moi échangeons un regard. Mon père et Mila réunis pour Noël. Nous savons que nous ne pouvons refuser. Nous voulons tous qu'il soit heureux, qu'il retrouve sa famille originelle tout en nous gardant à ses côtés.

— Je serai là, annoncé-je.

Becca lève vivement la tête et croise mon regard un bref instant, un enthousiasme évidant dans les yeux, avant de détourner la tête. Elle espère pouvoir venir avec moi, c'est clair. Une sensation de joie pure m'illumine de l'intérieur à cette idée.

— Merci, Connor, répond mon père. Quelqu'un d'autre ?

— On passe notre tour, dit Dylan. Ce sera deux semaines avant la date d'accouchement d'Ariana, elle ne pourra pas prendre l'avion.

— Chanceux, toussote Brendan.

Dylan sourit.

— Je suis vraiment désolé de devoir manquer ça, dit Ariana en se caressant le ventre.

Elle doit être enceinte d'environ sept mois.

— Une autre fois.

— Vous passerez Noël chez nous, tous les deux ! s'exclame madame Bianchi, la mère d'Ariana.

Elle est un peu autoritaire, même si elle est bien intentionnée.

Le sourire de Dylan se flétrit un peu, puis il répond doucement :

— Avec plaisir. Merci, madame Bianchi.

Elle lui lance un regard rayonnant et adresse un signe de tête à madame Rourke. Ils approuvent ses bonnes manières. *Quel lèche-cul.*

— Il y a un spa, mesdames, dit ma mère pour les amadouer. On pourrait passer une journée entre filles.

— Je suis partante, madame Rourke, dit Josie.

— Moi aussi, renchérit Riley.

Sean et Jack grommellent un acquiescement, maintenant que leurs femmes les ont embarquées là-dedans.

Le Fauve lève la main et hoche la tête. Il est d'accord.

Mon père se tourne vers Brendan, le seul à ne pas encore avoir répondu.

Ce dernier lui lance un regard peiné.

— Je dois vraiment aller à un bal de la Régence, ou je sais pas quoi, et lire du Jane Austen ?

— Oui ! lui hurlons-nous tous.

Il lève les mains en l'air.

— Très bien. Je ne vais pas passer Noël tout seul. Vous me forcez la main. Mais pas de Jane Austen. J'ai déjà vu des pubs pour ces films à la télé, avec ces chapeaux, et ces hommes qui portent de drôles de shorts avec des collants.

— Lis les romances de l'ère de la Régence d'Alice, Bren, intervient Ariana.

Alice est la femme de mon cousin.

— Ça t'ouvrira peut-être les yeux sur un peu plus que l'Histoire.

Elle hausse les sourcils et sourit. J'ai entendu dire que les histoires d'Alice n'éludaient aucun détail croustillant. Même s'il est hors de question que je lise une histoire d'amour girly.

— Ah ! Une romance, réplique Brendan, le bout des

oreilles écarlate. Je n'ai pas besoin d'un livre pour ça.

Nous nous moquons tous de lui sans pitié, parce que c'est plus ou moins un homme des cavernes, avec les femmes. Il croit être charmeur, mais il n'y a rien derrière. Aucune substance, tout est en surface, et tout ce qui l'intéresse sont les aventures sans lendemain. Jack était pareil, mais il a changé depuis que Riley a fait irruption dans sa vie.

— Les Rourke vont retourner à Villroy ! s'exclame mon oncle.

— Hourrah ! acclame mon père, révélant sans le moindre doute qu'il n'est pas New-Yorkais.

Il a beau vivre à Brooklyn depuis de nombreuses années, au fond de lui, il est toujours un roi de Villroy.

Josie et Riley parlent du voyage avec ma mère d'un ton enthousiaste. Mes frères discutent entre eux, l'air beaucoup moins ravis.

Je me tourne vers Becca et lui murmure à l'oreille :

— Tu veux aller à Villroy pour Noël ?

Elle sourit et j'embrasse sa joue.

— Oui.

Elle me regarde dans les yeux et, à cet instant, je sais. Je peux enfin me détendre. À partir de maintenant, tout se passera comme sur des roulettes.

Elle pose une main sur mon épaule pour s'y appuyer et me dit doucement à l'oreille :

— D'ici là, je saurai s'ils veulent me garder comme professeur, et toi et moi devrions être à l'abri de la zone de danger. Ce sera si agréable d'être tirés d'affaire.

— C'est le plan.

Une sombre pensée m'envahit lentement. S'ils ne la gardent pas comme professeure, m'en tiendra-t-elle responsable ? Non, elle ne ferait jamais ça. Je crois. C'est difficile à dire, parce qu'elle a tendance à beaucoup s'obséder en ce qui concerne l'aspect éthique de notre situation.

Je ne peux pas envisager ça. Nous resterons discrets, et Becca est très douée dans son métier. On va continuer comme ça, et tout ira bien. Il le faut.

16

———

Becca

J'avance d'un pas léger vers ma réunion avec le doyen Sears. Les cours se terminent dans deux semaines et je pense que c'est l'heure de l'évaluation de mes performances. Je vais enfin découvrir si je vais me voir offrir ce poste à plein temps. Je me sens assez optimiste. La semaine dernière, juste avant les vacances de Thanksgiving, des questionnaires ont été distribués pour que les étudiants puissent noter leurs professeurs. Je suis sûre qu'ils seront positifs. Le cours s'est passé extrêmement bien. Il y a eu un tas d'excellentes discussions et j'ai atteint un niveau de confort et de confiance avec Conny qui me permet d'apprécier ses participations. Nous avons étudié en profondeur son étude de cas concernant l'entreprise de sa famille, et elle a servi d'expérience d'apprentissage fantastique pour tout le monde. Ma relation avec Conny ne pourrait aller mieux. Il a passé Thanksgiving avec ma famille, et je vais l'accompagner à Villroy pour Noël. Et dire que je craignais de m'impliquer avec lui, alors que c'est la meilleure chose qui me soit jamais arrivée. Rien que de penser à lui me fait sourire.

Mon rendez-vous a lieu une heure avant mes heures de présence du jeudi soir, auxquelles je vois rarement du monde. J'ai vraiment essayé, mais depuis que j'ai refusé l'offre à dîner de Mike, il a arrêté de venir. On ne vient plus me voir que de manière occasionnelle, avec une question concernant un devoir. Je vais devoir m'entretenir avec les autres professeurs pour voir si je peux faire quelque chose de plus pour arranger ça à mon prochain cours. J'aimerais recommencer à donner celui-ci au printemps, et avec un peu de chance, j'aurais aussi un emploi du temps de cours sur toute la semaine.

J'entre dans la salle de réunion, un grand espace avec un mur de baies vitrées, une longue table de conférence et des chaises. Deux personnes sont assises d'un côté de la table – le doyen-recteur Sears et la directrice des ressources humaines, Cheryl Boggs. Mon estomac se tord. Cheryl doit avoir la quarantaine, elle a les cheveux blonds et fins et un visage rond d'habitude enjoué, mais qui arbore aujourd'hui une expression sérieuse. Tout comme celui du doyen Sears.

Ne panique pas. Ils font peut-être toujours venir les ressources humaines pour les décisions d'embauche. Tu as déjà eu un entretien avec elle. Elle est peut-être ici pour s'occuper de la paperasse.

Mon estomac se serre, peu convaincu. Quelque chose ne tourne pas rond. Je m'assois.

— Bonjour, comment allez-vous ?

— Très bien, Rebecca, répond Cheryl d'une voix douce.

Le doyen Sears remue quelques papiers devant lui.

— Comment ça se passe en cours, mademoiselle Edwards ? demande-t-il.

Il lève la tête, mais son expression est difficile à déchiffrer.

— Tout va très bien, réponds-je en m'efforçant de prendre un ton assuré. Il y a eu un tas d'excellentes discussions autour de nos études de cas, et une bonne participation. J'ai l'impression que nous apprenons beaucoup les uns des autres.

— Hum hum, dit le doyen Sears.

— Y a-t-il autre chose dont vous aimeriez nous parler ? demande Cheryl.

Les pensées tourbillonnent dans ma tête. Sont-ils au courant que je sors avec Conny ? Je ne peux pas me trahir. Il s'agit peut-être d'autre chose.

Je hausse les épaules.

— J'apporte toujours des cookies faits maison pendant les heures de présence, même si je dois admettre que la participation a décru. C'est l'une des choses que j'aimerais améliorer pour le semestre prochain. En ce moment, tout le monde est très concentré sur la dissertation finale, et ils semblent bien appréhender les choses.

Ils échangent un regard. Le doyen Sears fait signe à Cheryl de parler.

Je me tourne vers elle, le cœur dans la gorge.

— Rebecca, un étudiant a déposé une plainte à votre encontre. Il dit qu'il était évident que vous aviez une relation avec l'un des élèves de votre classe.

Je songe aussitôt que Mike m'a dénoncée. Je lui ai dit que je voyais quelqu'un, et il a peut-être compris que c'était Conny.

— Eh bien, un étudiant m'a invitée à sortir, Mike Ahern, et j'ai décliné son invitation. Il voulait peut-être se venger.

C'est tiré par les cheveux, parce que je savais depuis le début que je faisais mauvaise impression avec Connor.

— Cette plainte a été déposée par une femme de votre cours, précise le doyen Sears, enfilant ses lunettes et faisant référence au document devant lui.

Je me penche en avant, mais ne parviens pas à le lire depuis l'autre côté de la table.

— Elle dit… commence-t-il en se raclant la gorge, que les regards brûlants entre vous et cet étudiant masculin l'ont mise mal à l'aise. Elle s'est sentie ébranlée, parce que quand elle était au lycée, un professeur a tenté de la séduire.

Mon estomac se noue. Je n'ai jamais voulu mettre quiconque mal à l'aise par mes actions.

— Personne ne m'a rien dit, réponds-je en m'obligeant à ravaler la boule qui s'est formée dans ma gorge.

— Elle n'a pas osé vous le dire directement, dit Cheryl. Elle espérait qu'on s'en occupe.

Oh mon Dieu. Mon visage est rouge de honte et une vague de nausée me remonte dans la gorge.

— Je n'ai jamais voulu que ça arrive, mais vous devez me

croire, je ne suis pas une prédatrice. C'est une relation consen-suelle. Je l'ai rencontrée avant le début des cours.

Le doyen Sears me lance un regard sceptique.

— L'étudiant avec lequel vous avez eu une relation est nommé dans ce document, mademoiselle Edwards. Je vous ai vue avec lui, en grande conversation, au début de ce semestre. Vous m'avez dit que vous veniez de vous rencontrer.

Zut. J'ai bien dit ça, et j'ai insisté pour préciser que j'étais célibataire, ce qui ne peut vouloir dire que j'ai commencé à sortir avec Conny après ça, pendant qu'il était étudiant dans mon cours. Les preuves semblent accablantes.

— Je, euh…

Le doyen Sears abaisse ses lunettes sur son nez et croise mon regard.

— Je vous ai revu ensemble quelques semaines plus tard, l'air très à l'aise ensemble. Que suis-je censé penser ?

— Je sais que ça fait mauvaise impression, dis-je, ma voix se brisant. La première fois que vous nous avez vus, j'ai paniqué et j'ai menti. On s'était déjà rencontrés, et on était ensemble. J'ai…

— Et comment je peux savoir que vous ne me mentez pas en ce moment ? demande-t-il.

J'ouvre la bouche, puis la referme. J'ai planté moi-même les germes du doute. De la bile me remonte dans la gorge.

— Rebecca, intervient Cheryl, admettez-vous avoir une relation avec un élève ?

— Oui, mais nous avons commencé à sortir ensemble avant le début des cours, je vous le jure. Je ne savais pas qu'il deviendrait mon étudiant.

Cheryl écrit quelque chose dans ses notes. Le doyen Sears secoue la tête et me regarde d'un air déçu. Il croit que je fais du rétropédalage pour me couvrir. La preuve est sous ses yeux, dans la plainte contre moi.

Cheryl incline la tête.

— Avez-vous discuté avec lui de l'éventualité de s'inscrire à votre cours, avant qu'il commence ?

Elle essaie de me laisser le bénéfice du doute. À supposer que ce que je dise soit vrai – qu'on ait déjà été ensemble – on aurait dû parler de mon cours.

Mes épaules s'affaissent et une douleur sourde s'installe dans ma poitrine.

— Non.

Comment expliquer que j'ai eu une aventure d'un soir débridée la veille du cours, et qu'on n'a pas vraiment eu l'occasion de discuter ?

Le doyen Sears a l'air résigné. Cheryl arbore une expression si sympathique qu'elle en est presque angélique.

Elle a sûrement été formée à gérer ce genre de situation sensible.

— Il suit le cours en tant qu'auditeur libre, dis-je d'un ton désespéré. Techniquement, ce n'est même pas un vrai étudiant.

— Mais il assiste aux cours avec les autres élèves, n'est-ce pas ? demande Cheryl.

Je hoche la tête. De toute évidence, ils savent que Conny a assisté aux cours, autrement nous n'aurions pas cette discussion.

— Je peux lui parler ? demandé-je. À l'étudiante qui a déposé plainte ? Je voudrais m'excuser et lui expliquer la situation. Je suis sûre que si nous pouvions en discuter, tout serait arrangé.

— Je ne peux pas vous donner son nom, répond Cheryl. Nous faisons passer les étudiants en priorité, ici. Ils doivent se sentir soutenus et en sécurité.

— Ils l'étaient, réponds-je. Ils le sont. Tout ça n'est qu'un malentendu.

Cheryl hoche la tête.

— Quoi qu'il en soit, reprend-elle d'un ton apaisant, cela a créé un environnement inconfortable pour les autres élèves. Nous envoyons toujours un questionnaire pour avoir des retours avant l'examen ou le projet final, et votre évaluation s'est avérée très mauvaise. Certains avis étaient même très critiques.

Mon sang se glace et je la dévisage, sous le choc.

— Vraiment ?

— Oui.

— Je croyais vraiment que ça se passait bien, dis-je dans un murmure.

Je n'arrive pas à croire que tout le monde a détesté m'avoir comme professeur.

— On a eu un tas de bonnes discussions. Ils avaient l'air d'apprendre des questions qu'ils posaient.

Le doyen Sears remet ses lunettes en place et étudie le document devant lui.

— Presque tout le monde a dit que vous étiez inattentive, distraite, et que vous passiez trop de temps à vous occuper de votre étudiant préféré.

— Je n'ai pas fait de préférence.

À moins que si ? J'ai vraiment trouvé que l'étude de cas de Connor ferait un bon outil d'apprentissage.

Le doyen Sears fait courir son doigt sur le papier.

— Ici, il est dit que vous avez passé trois semaines à discuter d'un projet de développement en détail, comme si vous étiez la consultante de l'entreprise de votre petit ami.

— Ce n'est pas le cas. J'ai juste trouvé que c'était une étude de cas intéressante et qu'on pourrait tous en apprendre quelque chose.

Mon regard passe du doyen Sears à Cheryl, les suppliant de comprendre.

Le doyen pousse un brusque soupir.

— Votre relation a peut-être mené à un manque d'attention concernant les autres étudiants de votre cours, en vous poussant à vous concentrer sur lui.

Une sueur froide m'envahit. Zut. Je n'aurais jamais dû laisser les choses aller aussi loin avec Conny. J'avais mes doutes depuis le début. Oui, il m'a rendue heureuse, mais à quel prix ?

— Je vous jure que je n'ai pas été inattentive aux autres étudiants, dis-je dans un dernier effort pour préserver mon emploi.

Le doyen Sears retire ses lunettes et croise les mains devant lui sur la table.

— Je suis désolé, Rebecca, mais ça ne va pas pouvoir fonctionner. Vous ne pouvez pas continuer à travailler à l'université.

Mes yeux sont brûlants. Je suis si emplie de honte et de regret que je ne peux que le dévisager bêtement, à court de mots, à court de moyens de me défendre.

— Je peux au moins terminer le semestre ? demandé-je. Il ne reste que trois cours et j'ai préparé du contenu.

Le doyen Sears m'observe un long moment.

— Si vous vous sentez capable de le faire en respectant les règles de convenance de cette université.

Je hoche la tête, la gorge trop serrée pour parler.

— Rebecca, dit gentiment Cheryl.

Je cligne des paupières et tourne la tête vers elle, les larmes brouillant ma vision.

Ses yeux sont emplis de compréhension.

— Malheureusement, nous allons devoir divulguer qu'une plainte a été délivrée à votre encontre, si quelqu'un nous appelle à l'avenir pour avoir vos références.

Mon estomac se tord alors que tout l'impact de cette terrible erreur me heurte de plein fouet – je ne travaillerai plus jamais pour l'académie. Toute ma carrière est terminée, après un seul cours. Je croyais que Conny et moi nous débrouillions si bien, mais c'est exactement ce que je craignais. J'étais la seule à prendre tous les risques depuis le début.

— Est-ce que vous comprenez tout ce dont nous avons discuté aujourd'hui ? demande Cheryl.

Son ton a quelque chose d'irrévocable. Il n'y a rien de plus à dire. Je suis finie.

Je me lève, les jambes flageolantes.

— Oui, je comprends. Doyen Sears, ne parlez pas de ça à mon père, s'il vous plaît. Je préférerais qu'il l'apprenne de ma bouche.

Le doyen Sears me lance un long regard.

— S'il me demande pourquoi je ne vous ai pas gardée, je ne mentirai pas.

Je déglutis, hoche la tête et me dirige vers la porte d'un pas raide.

Je parviens à rejoindre mon bureau à l'étage avant de fondre en larmes. Je m'en veux terriblement d'avoir blessé une autre étudiante par mes actions. Si j'avais su, je leur aurais tout expliqué. Je n'ai jamais voulu blesser qui que ce soit. Et maintenant, je vais devoir affronter les conséquences de mes actes. Mes parents auraient si honte, s'ils savaient. Ils étaient si fiers de savoir que je voulais devenir professeur et suivre leur exemple. Je ne peux pas leur en parler tout de suite. Je ne peux pas.

J'appuie le front sur le bureau. Tous mes projets m'ont explosé au visage. Je savais que sortir avec Conny était une mauvaise idée, mais j'ai cédé. Et maintenant, je suis perdue, sans plus aucune voie à suivre.

Je suis fichue.

On est vendredi soir et Connor est en chemin pour ici. J'étais trop déprimée pour quitter mon canapé. Je ne suis pas impatiente d'avoir cette conversation. Je ne lui ai pas parlé de la réunion d'hier, parce que j'étais trop bouleversée pour ça. Je ne crois pas qu'il comprendra la douleur et l'humiliation terribles que j'éprouve à l'idée d'avoir perdu mon emploi. Et je dois encore montrer mon visage en cours demain. Ce sera difficile, mais je veux réussir à surmonter ça et, si possible, tourner la page dans l'environnement éducatif le plus positif possible. Ça me tue qu'un étudiant ait souffert à cause de mon comportement. J'ai envie d'avoir l'occasion d'arranger les choses. Mes yeux brûlent à nouveau de larmes, et je les balaie. J'en ai tellement marre de pleurer. J'ai dû sauter les heures de présence après cette affreuse réunion, et je réalise désormais pourquoi personne n'y assistait : parce qu'aucun étudiant n'avait envie de travailler avec moi. Je suis officiellement une professeure ratée. C'est d'autant plus humiliant sachant à quel point mes parents prennent la profession d'enseignant au sérieux. Mon père est le professeur de l'année de New York, bon sang.

L'interphone buzze et je me traîne jusqu'à la porte pour ouvrir.

Sa voix grave et familière me parvient depuis le haut-parleur.

— Salut bébé, c'est moi.

Je me plaque une main sur la bouche pour retenir un sanglot. Il sera dans mon camp, mais je suis dans le mauvais camp, justement parce qu'il y est aussi. Je dois me montrer forte et prendre enfin la bonne décision. J'appuie sur le bouton pour le laisser entrer dans l'immeuble.

Quelques minutes plus tard, je le laisse entrer dans mon appartement. Aussitôt qu'il a posé les yeux sur moi, il se précipite vers moi et me prend dans ses bras.

— Bec, qu'est-ce qui ne va pas ? Tu es encore en pyjama et tu as l'air d'avoir pleuré.

Je porte un T-shirt trop grand et mon pantalon de jogging en coton gris. Je suis plus ou moins en pleurs depuis vingt-quatre heures.

Je m'appuie contre lui un instant et sens mes nerfs en pelote s'apaiser temporairement. Puis je me ressaisis et m'écarte.

— Il faut qu'on parle.

— Oh oh.

— Oui.

Je m'assois sur mon canapé et coince une jambe sous moi. Il me rejoint.

J'écarte mes cheveux décoiffés de mon visage et explique :

— Je n'ai pas quitté l'appartement, aujourd'hui. En fait, je n'ai même pas quitté le canapé.

— OK, dit-il lentement. Pourquoi ?

Je me tords les mains, les yeux fixés sur elles.

— J'avais trop honte.

Il prend ma main dans la sienne et pose l'autre sur ma joue pour me faire tourner la tête vers lui.

— Bec, je ne vois pas comment *tu* pourrais faire quoi que ce soit de mal. Tu es l'une des meilleures personnes que je connaisse.

— Non, c'est faux, réponds-je en secouant la tête.

— Qu'est-ce qui s'est passé ?

Je lui raconte toute l'horrible histoire entre deux accès de larmes. Je ne suis même pas sûre que ce que je dis a le moindre sens. Le fait de parler de ce qui s'est passé durant cette réunion réveille la douleur.

— Merde, lâche-t-il en se frottant la nuque. Bec, je n'ai jamais voulu que tu vives ça. Je sais que je suis entièrement responsable, pour t'avoir poussée à continuer de me voir. Mais je ne pouvais pas vivre sans toi. Je t'aime, tu le sais.

Je mords ma lèvre tremblante, hoche la tête et retiens désespérément mes larmes.

Il se rapproche et me caresse le dos.

— Je suis tellement désolé. Laisse-moi parler au doyen. Je vais arranger ça.

— Non !

— Bec.

— Non, c'est trop tard, et ça ne fera qu'empirer les choses.

J'attrape un mouchoir sur la table basse et m'essuie les yeux, avant de me moucher le nez et de serrer le mouchoir dans mon poing.

— Je dois faire quelque chose. C'est ma faute.

Je regarde son expression peinée.

— Non. Ce n'est pas seulement ta faute. J'ai fait mes propres choix, même si j'avais mes doutes. Et j'avais de bonnes raisons, hein ? remarqué-je avec un rire sans joie. Je ne sais pas quoi faire, maintenant… à propos de toi, du boulot, de tout.

— Oh, là, comment ça, tu ne sais pas quoi faire à propos de moi ? Tu viens de dire que tu ne m'en voulais pas.

Je reste assise là un long moment, perdue dans la tourmente causée par l'explosion de tous mes plans prudents. Je suis en surchauffe, agitée, et mon esprit rebondit entre le regret et la honte, tout ça à cause du mauvais choix que j'ai fait. Je savais que c'était une mauvaise idée. J'aurais dû écouter mon instinct.

Je prends une grande inspiration.

— Je crois qu'on devrait arrêter de se voir.

Il crispe la mâchoire.

— Me repousser ne te rendra pas ton boulot.

— C'est à cause de nous si je n'ai plus de boulot, réponds-je à voix basse.

— Non, c'est parce que quelqu'un avait des problèmes et en a fait les tiens.

— C'est une plainte légitime, Connor, répliqué-je en levant les mains au ciel. J'ai créé un environnement de travail hostile pour mes étudiants.

— Ridicule, raille-t-il.

— Ce n'est pas ridicule. Si c'était le cas, toute cette histoire ne m'aurait pas explosé en pleine face.

— Bec, écoute. Je vais parler au doyen et tout lui expliquer.

— Il n'y a rien à expliquer ! m'exclamé-je en bondissant du canapé. Il n'y a que les faits, et ils sont tous contre moi.

Je croise les bras contre mon corps et ajoute :

— Pars, s'il te plaît. Je dois réfléchir à tout ça.

Il se lève.

— On peut y réfléchir ensemble.

Je regarde vers la porte.

— J'ai besoin d'espace. Tu peux respecter ça, s'il te plaît ?

Je l'entends pousser un brusque soupir et il s'en va, m'accordant l'espace que j'ai demandé. Je ferme les yeux et lève la tête vers le plafond, m'efforçant de retenir mes larmes. C'est peine perdue.

Pour finir, je décide de me changer et d'aller courir dans Prospect Park, dans l'espoir de m'éclaircir les idées.

Mon jogging ne fait que m'épuiser encore plus. Maintenant, je suis fatiguée à la fois émotionnellement et physiquement. Mon téléphone sonne pendant que je reviens en marchant. Je regarde l'écran. Simone. Je l'ai appelée un peu plus tôt, mais je suis tombée sur la messagerie. Elle était sûrement en session d'enregistrement, à travailler sur son prochain album.

— Becca, je viens d'avoir ton message. Chérie, tu vas bien ?

— Non, réponds-je en m'asseyant sur le banc le plus proche. C'est horrible. Mes parents auraient si honte de moi. J'ai si honte de moi.

— Tout ça parce que tu as perdu ton boulot ?

— Non, il y a plus que ça.

Ma voix se brise et je prends une grande inspiration avant de vider mon sac, sans occulter le moindre détail accablant.

— C'est des conneries, lâche-t-elle.

— Non. Les plaintes de mes élèves étaient légitimes. J'ai peut-être fait des préférences sans le vouloir. Je croyais vraiment que cette étude de cas était une bonne expérience d'apprentissage.

— Ils ne peuvent pas te virer pour ça, lance-t-elle avec colère.

— Je n'ai pas été virée. Ils ne vont pas me garder, c'est tout. Le pire, c'est qu'il y a eu une plainte officielle contre moi, qu'ils devront communiquer à mes futurs employeurs, ce qui veut dire que ma carrière à l'académie est plus ou moins terminée.

— Oh, Bec. Je suis tellement désolée. Je sais que tu avais vraiment envie que cette nouvelle carrière fonctionne.

Je regarde le sol.

— Quel est l'intérêt de tout planifier quand tout finit par nous exploser en pleine face ? Je suis stupide d'avoir cru pouvoir tout avoir, conserver mon emploi et mon…

Je m'étrangle et reprends :

— Je ne crois pas que ça va fonctionner avec Conny.

— Je suis désolée.

— Merci, reniflé-je.

— Je sais que ta situation est vraiment nulle en ce moment, mais j'ai toujours besoin de toi dans mon équipe.

Viens à LA. On parlera de tout ça et je te présenterai à tout le monde. On verra comment tu te sens après ça. Tu n'as pas envie de t'échapper un peu ?

— Oui, j'aimerais beaucoup, à vrai dire.

J'avais dit que j'envisagerais de devenir sa directrice commerciale quand j'aurais terminé mon semestre. Maintenant, c'est fini pour de bon. Je ferme les yeux et laisse échapper un long soupir.

— OK. Je sais que tu as un cours samedi. Pourquoi pas dimanche ? Je demanderai à mon assistante de tout organiser. On fera en sorte que tu sois rentrée à temps pour ton prochain cours. Tu peux prendre des congés dans ton autre boulot ?

— Oui, je crois.

— Super. Je suis tout excitée. Tu vas adorer LA, il y a du soleil tout le temps.

— OK, lancé-je, m'efforçant d'insuffler de l'enthousiasme dans ma voix même si je me sens encore hébétée. Je suis impatiente de te voir.

17

———

Bec n'est pas concentrée sur le cours, aujourd'hui. Je lui ai laissé de l'espace, dans l'espoir qu'elle retrouve ses esprits, et ça a été une torture, de passer tout ce temps à me demander si c'était fini entre nous. Je ne l'avais jamais vue comme ça. Elle n'arrête pas de s'interrompre et de reprendre sa leçon, et son regard étudie les femmes dans la pièce d'un air anxieux. Elle veut vraiment parler à celle qui s'est plainte d'elle, et s'excuser. Je ne crois pas qu'elle ait fait quelque chose de mal, et je ne dis pas seulement ça parce que c'est avec moi qu'elle sort. Bec s'est toujours montrée professionnelle, en cours. C'est normal, si elle me regarde parfois avec une affection réelle dans les yeux. Elle n'est pas un robot. On ne peut pas éteindre ses sentiments. Mais il n'y a jamais eu de geste manifeste. Je ne la touche jamais, je ne flirte pas avec elle et je ne lui parle jamais directement, à moins qu'elle me le demande. J'ai été très prudent, comme je le lui avais promis depuis le début.

Le cours continue cahin-caha, et c'est douloureux à regarder. C'est l'enthousiasme de Becca qui donnait de l'élan à ce cours, et elle l'a perdu.

Quand il prend fin, je pars avec les autres et l'attends à l'extérieur du bâtiment. Il faut qu'on parle. Elle apparaît quelques instants plus tard et relève la capuche de son long manteau blanc pour se protéger du froid.

— Eh, Bec, dis-je en venant me placer sur son chemin.

Elle sursaute.

— Conny, on ne peut pas être vus ensemble.

— C'est un peu tard pour ça, non ?

Elle cligne rapidement des paupières et les larmes lui montent aux yeux.

— Je veux juste rentrer chez moi. Je dois faire la lessive et préparer mes valises.

Elle marche d'un pas vif en direction de la station de métro, et je calque mon pas sur le sien.

— Pourquoi tu fais tes valises ? Tu vas où ?

— À LA. Je vais rendre visite à Simone. Elle a peut-être un boulot à me proposer, je travaillerais pour elle.

Mon estomac se serre.

— Tu vas déménager à LA pour ce nouveau job ?

— Je ne sais pas, Connor. C'est une possibilité, et j'ai besoin de partir. Ça fait un moment qu'elle me demande de devenir sa directrice commerciale, elle a vraiment besoin de moi, et maintenant que je suis sans emploi, je dois y réfléchir.

— Est-ce que tu as réfléchi à nous ?

— Quoi, nous ?

Je l'arrête en posant une main sur son bras.

— Je suis enraciné ici, avec mon entreprise familiale, tu le sais ? Tu planifies ce genre de truc sans même m'en parler ?

— Et qu'est-ce que tu aurais répondu ? réplique-t-elle en repoussant sa capuche.

— Je t'aurais dit de ne pas partir.

— Tu vois ? Je dois réfléchir à ce qu'il y a de mieux pour moi. Ce n'est pas ce que j'ai fait la dernière fois, et ma vie a explosé.

— Alors tu me tiens responsable, finalement, lâché-je, ma poitrine se comprimant.

Elle secoue la tête.

— Je sais que c'était notre faute à tous les deux, mais Conny, j'ai besoin d'espace pour réfléchir à la suite. C'est trop facile, pour moi, d'oublier ce que *je* veux quand on est ensemble.

Elle se détourne de moi et s'éloigne, peut-être pour toujours. Le désespoir me submerge.

— Alors tu vas fuir tes problèmes et laisser Simone s'occuper de toi ? aboyé-je.

Elle se retourne.

— C'est un vrai boulot. Et je n'ai rien à perdre.

— Alors je ne suis rien, pour toi.

— Je n'ai pas dit ça, répond-elle en croisant les bras.

Je réduis la distance entre nous.

— J'ai l'impression qu'on perd tous les deux, là-dedans. Bats-toi pour nous.

— S'il te plaît, dit-elle en reculant, son visage se plissant. Laisse-moi juste l'espace que je t'ai demandé.

Puis elle s'éloigne d'un pas vif, et je la laisse partir.

Je reste planté là et regarde son dos s'éloigner. Je suis en train de la perdre. Tout s'écroule sous mes yeux, et je n'ai aucune idée de comment arranger ça.

Becca

Je suis de retour après une semaine passée à LA. Je me sens plus calme concernant l'implosion de ma vie. Rien de mieux que de passer du temps avec sa meilleure amie pour trouver soutien et réconfort. J'ai encore beaucoup de choses à régler, mais Simone m'a offert un discours d'encouragement du tonnerre, et je compte bien garder la tête haute et terminer mes cours du mieux que je peux.

J'arrive en avance au cours le samedi matin, et m'installe au pupitre. Il ne reste plus que deux cours. Aujourd'hui, je vais parler de comment aborder les nouvelles priorités de l'entreprise à travers la restructuration. Le dernier cours est celui de la remise du devoir final, et chaque étudiant présentera ce qu'il a écrit au sujet du cours. En bref, ce jour est le dernier où j'enseignerai, et je compte donner la meilleure leçon possible.

Je sors mes notes tandis que mes étudiants arrivent. Je suis encore blessée en songeant aux piètres résultats de mon évaluation des performances, mais comme l'a dit Simone, ce que pensent les autres n'est pas mon problème. Je suis sûre que ça fonctionne mieux quand on est une célébrité. Au fond, je suis encore dégoûtée que ma première incursion dans ce que je croyais être mon destin se soit avéré un échec aussi spectaculaire. Je ne peux pas rejeter toute la faute sur Connor. J'ai fait mon choix. Et j'ai peut-être été distraite sans le vouloir par sa présence ; je lui ai peut-être vraiment lancé des regards d'envie sans m'en rendre compte. Le fait est qu'on était deux à être impliqués dans cette relation. Après le cours, je lui demanderai de revenir chez moi. Nous avons tant de choses à discuter.

Je commence mon cours d'une voix ferme, en me répétant que mes étudiants sont impatients que je leur apprenne des choses. Je suis en train de parler d'une entreprise pour qui j'ai été consultante par le passé, concernant leur restructuration visant à traiter les objectifs de durabilité, quand je réalise que personne ne prend de notes. En fait, tout le monde est anormalement silencieux. Je n'ai peut-être pas laissé assez la place à la participation.

Je les examine avec ce que j'espère être une expression encourageante.

— Quelqu'un a-t-il un exemple de nouveaux objectifs d'entreprise, et de la façon dont ils sont implémentés ? Vous aurez un point bonus si ça implique de nouveaux emplois et des lignes de hiérarchie directes.

C'est une petite blague, parce que je leur demande de me redonner l'exemple que je viens de leur donner.

Personne ne lève la tête.

Je prends une grande inspiration.

— OK, revenons-en à l'exemple de Regenerix. Un nouveau département dédié à la durabilité a été créé, qui répondait directement au président de l'entreprise, pour s'assurer que tous les objectifs d'entreprise soient alignés aux objectifs de durabilité.

Je lève les yeux en entendant des murmures. Mike, assis au premier rang, est en train de parler à son voisin à voix basse. Plusieurs personnes sont sur leur téléphone.

Je me racle la gorge.

— Est-ce que je peux avoir votre attention, s'il vous plaît ? Je sais qu'on est samedi matin, mais c'est l'avant-dernier cours et j'espère vraiment que vous en ressortirez avec des informations utiles.

Rien. Tout le monde m'ignore. Est-ce qu'ils me détestent à ce point ?

— Mike, gardez cette conversation privée pour plus tard, s'il vous plaît, dis-je.

Il plisse les yeux en deux fentes et répond :

— Oui, madame.

— Pas la peine de m'appeler madame, dis-je d'un ton léger. J'ai l'impression d'être ma mère.

Je ris un peu. Les élèves me regardent d'un air impassible ; certains arborent une expression sombre.

Je ne me laisse pas impressionner et baisse les yeux sur mes notes.

— Bon, on est tous ici pour une raison, alors revenons-en à…

— J'aimerais dire quelque chose, lance une voix grave et familière.

Je relève vivement la tête. *Oh non.* Connor est debout, l'air sur le point de faire une grande déclaration.

Je secoue la tête.

Il lève la paume et m'adresse un petit signe de tête, mais continue quand même :

— Je voudrais juste éclaircir la situation. Il y a eu des rumeurs concernant Rebecca et sa relation avec moi. Je veux que tout le monde sache que nous étions ensemble avant que ce cours commence, il n'y a donc eu aucun abus de pouvoir, ni quoi que ce soit d'inapproprié, entre nous. C'était, et c'est toujours, une relation entre deux adultes consentants. Je suis ce cours en auditeur libre, je n'aurai pas de note, notre relation n'a donc aucun impact sur les autres étudiants.

J'en reste bouche bée de stupéfaction ; mes yeux et mes joues sont brûlants. Je déglutis plusieurs fois, sans voix.

Il se rassoit. Un silence total s'est abattu dans la salle.

Mon regard passe d'un visage à l'autre ; tout le monde a l'air mal à l'aise. Quelques femmes remuent sur leur siège, les yeux baissés sur leur ordinateur. Je me sens si humiliée. Comment pourrais-je continuer ?

— Prenons une pause de quinze minutes, annoncé-je, avant de m'enfuir de la salle.

Je n'ai envie de voir personne. Je ne peux prendre le risque d'aller dans les toilettes des dames. Je monte dans l'espoir de rejoindre l'intimité de mon bureau, mais un concierge est en train de le nettoyer. Je trouve une salle de réunion vide, ferme la porte derrière moi et regarde par la fenêtre. Comment a-t-il pu me faire ça ? Sur quelle planète s'adresser à toute la classe pour faire une grande déclaration concernant notre vie personnelle pourrait-il être approprié ? Et dire que j'étais prête à surmonter tout ça.

La porte s'ouvre.

— Bec ?

Il m'a suivie. Évidemment. Il fait ce qu'il veut, peu importe l'effet que ça renvoie aux autres gens. J'entends la porte se refermer sans bruit derrière lui.

Je me tourne face à lui et attends qu'il se soit assez rapproché pour pouvoir parler à voix basse, et que lui seul puisse m'entendre.

— Tu as dépassé les bornes. T… tu…

Ma voix tremble de fureur et je dois prendre une inspiration pour me calmer.

— Tu as rendu cette histoire publique, et ça n'a fait qu'empirer les choses. Et tu ne m'en as même pas parlé avant !

Ma voix a gagné en volume sur les derniers mots, mais je n'ai pas pu m'en empêcher.

Il se renfrogne.

— Tu es partie sans me parler de tes plans non plus. Qu'est-ce que ça fait ?

Je cligne plusieurs fois des paupières, sans voix. Pas d'excuses, pas de remords, il se contente de me balancer ça au visage. Je n'arrive pas à croire que c'est pour cet homme que j'ai risqué ma carrière. Qu'il aille au diable.

— Minable, Conny. C'est minable. Et je n'aime pas les relations où on compte les points. Ne reviens pas en classe. Ne… ne fais plus rien. Je ne veux plus te voir.

Il crispe la mâchoire et plisse les yeux. Je l'ai énervé. Eh bien, bienvenu au club.

Je le dépasse et il me prend le bras.

— J'ai acheté le café où tu travailles.

Je fronce les sourcils, totalement perdue.

— Quoi ?

— Oui. Je suis ton patron, maintenant, et les autres employés risquent de croire que je fais du favoritisme, alors tu devrais démissionner.

Je dégage mon bras de ses doigts.

— Je travaillais là-bas avant. Et puis, en quoi c'est du favoritisme si on était ensemble avant ?

— Parce que j'ai pris une position d'autorité.

Je plante les mains sur mes hanches.

— Je ne démissionnerai pas parce que tu me le dis.

— Je pourrais te virer.

Je laisse retomber mes mains. *Il est sérieux ? Qui est cet homme ?* Je croyais le connaître. Je croyais que c'était quelqu'un de bien.

— Qui ferait ça ?

Il secoue la tête.

— Je n'ai pas acheté le café. Je voulais que tu comprennes comment ça aurait pu se passer si les rôles avaient été inversés.

Je vois rouge et la fureur me submerge.

— Oh, c'était donc un exercice intellectuel ayant pour but de me ficher la trouille après m'avoir humiliée. Merci beaucoup.

Je m'éloigne, la tête haute. Je vais terminer le cours d'aujourd'hui, même si ça doit me tuer. Connor Rourke ne me vaincra pas.

Juste au moment où j'ouvre la porte, il lance dans mon dos :

— Tu es lâche.

Je fais volte-face.

— Et tu es un connard.

Je m'éloigne sur des jambes tremblantes, m'efforçant désespérément de retenir mes larmes. Je vais surmonter tout ça. Je n'ai pas besoin de quelqu'un comme lui dans ma vie. Je vais aller de l'avant.

Je suis forte. Je suis déterminée, je suis… *dévastée*.

18

____

Connor

J'ai merdé. D'abord, j'étais en colère parce qu'elle avait cessé de croire en nous, et une fois que ce sentiment s'est dissipé, je me suis senti juste très, très triste. Je voulais garder Becca dans ma vie, et j'ai réussi à tout gâcher. J'ai dépassé les bornes et dit des trucs que je n'aurais pas dû. S'il existait un mode d'emploi sur la façon de faire fonctionner une relation, je serais l'exemple de ce qu'il ne faut pas faire. Ça fait trois jours, et je n'ai toujours aucune idée de comment arranger les choses. Je ne peux pas faire pire. Elle refuse de me parler, de me voir. J'ai juste envie que tout redevienne comme avant. Le cours se termine ce samedi, et je ne supporte pas l'idée que ce soit la dernière fois que je la verrai.

C'est la pause déjeuner au boulot, et je rejoins l'équipe et mes frères à notre table de fortune. Je déballe mon sandwich habituel au rosbif, provolone et chips de pomme de terre, et le regarde. Je mange ce même sandwich tous les jours pour économiser de l'argent. Je pense toujours à l'avenir, mais maintenant, quand je regarde vers le futur, je ne vois qu'un gouffre sombre, sans Becca.

— Ce sandwich a besoin de sauce piquante, remarque Jack en faisant un geste vers la sauce au milieu de la table.

Ce n'est pas une farce. En tout cas, ce n'en était pas une

jusqu'ici. Ce jour est peut-être celui où il a échangé la sauce avec un truc dégueu et à brûler la gorge.

— Non merci, réponds-je platement.

Il secoue la tête.

— Je m'attendais à ce que tu sois de meilleure humeur, avec le problème du château d'eau qui s'est réglé hier. Tu étais si anxieux à ce sujet.

— Oui, je suis content.

Je n'arrive pas à insuffler beaucoup d'enthousiasme dans ma voix. Tout craint tellement. Mais c'est une bonne nouvelle pour nous. Le château d'eau n'a pas obtenu le statut de monument historique, mais après les discussions en cours concernant mon étude de cas (basée sur notre entreprise), j'ai songé à de nouvelles manières d'aborder le problème. Nous avons accepté de garder le château d'eau, avec une barrière tout autour pour éviter que les enfants grimpent dessus. Nous allons aussi le repeindre pour faire disparaître les graffiti et lui faire retrouver son apparence de l'époque où il s'agissait d'une usine de cordes de marins. Nous avons conservé l'aspect historique sans le côté dangereux, c'était donc gagnant-gagnant.

Soudain, Jack bondit de sa chaise.

— Ry, qu'est-ce que tu fais là ?

Sa fiancée, Riley, entre dans la pièce et lui lance un regard rayonnant.

— Je me suis dit que j'allais te faire une surprise et te rejoindre pour le déjeuner. J'avais une réunion au bas de Manhattan et j'ai pris le ferry.

Il l'étreint, sourit et la fait nous rejoindre.

— Ma fiancée est là.

Ils s'assoient à la table et il commence à faire les présentations avec l'équipe tout en tendant une moitié de son sandwich à Riley.

Ma poitrine se comprime quand je les regarde, si heureux et à l'aise l'un avec l'autre. Je me souviens quand Riley est venue me voir pour me demander de l'aider à faire en sorte qu'elle vienne sur notre lieu de travail pour reconquérir Jack, en lui montrant tous les souvenirs qu'elle avait conservés de leur relation, y compris une brique sur laquelle était gravé son futur nom de femme mariée. Riley Walsh-Rourke. Cette brique gravée fait désormais partie de l'allée de notre premier projet de développement. Après ce geste symbolique, elle a déclaré son amour à Jack devant nous tous. Ça demandait un sacré courage, et Jack n'a pas répondu tout de suite. C'est ce qu'on appelle ouvrir son cœur. Et maintenant, regardez comme ils sont heureux ensemble.

Qu'est-ce que je fais assis là, à me complaire dans mon malheur ? Je dois me servir de mes couilles d'acier pour dire la vérité à Becca. Je l'aime, je ne cesserai jamais de l'aimer, et je suis prêt à me battre pour nous.

Je me lève.

— Je dois partir. Une urgence. Dites à Dylan que je ne reviendrai pas aujourd'hui.

— Eh, eh, lance Jack. En tant que chef d'équipe, je ne peux pas te laisser quitter le boulot sans prévenir.

— Je suis l'exemple de la brique de Riley, dis-je.

Elle sourit.

— Oooh, il va lui dire qu'il l'aime. Tu te souviens quand je t'ai donné cette brique ?

Il m'embrasse et me fait signe de partir.

— Bien sûr que oui, ma magnifique fiancée aimante.

Je n'attends pas d'entendre le reste de cette conversation mièvre. J'ai mes propres soucis à gérer.

Je réfléchis à ce que je vais dire durant tout le trajet en métro. Je sais qu'elle est au café les mardis après-midi. Je ne sais même pas si elle compte toujours accepter ce boulot à LA, vu qu'elle ne me parle plus. Je vais commencer par lui expliquer que je n'aurais jamais dû dépasser les bornes en faisant cette déclaration devant toute la classe. Ça m'a paru une bonne idée, sur le moment. Elle pataugeait à cause de moi et la classe était peu réceptive à cause de sa relation avec moi. J'ai eu la sensation que cette histoire était comme l'éléphant dans la pièce. J'aurais dû ignorer ce qui se passait et laisser couler. J'aurais pu tenir jusqu'à la fin des cours. Oui, c'était douloureux de la voir en difficulté, mais c'est mon problème. Elle faisait des efforts, et j'aurais dû la laisser se débrouiller.

Quand j'arrive au café, seules deux personnes font la queue pour commander, alors j'attends qu'elle ait pris leurs commandes au bout du comptoir.

Dès qu'elle me remarque, elle se renfrogne.

— Je travaille.

— Je sais. Je vais attendre ta pause et on discutera.

Je lève une main pour saluer sa patronne, Judy, une femme d'une soixantaine d'années avec de l'énergie à revendre.

— Fais ce que tu veux, rétorque Becca. Je suis occupée.

Judy me lance un regard plein de compassion. De toute évidence, Becca n'est pas si occupée que ça, vu qu'il n'y a que deux clients présents. Elle ne veut pas me voir, c'est tout. Comment la situation a-t-elle pu dégénérer à ce point ? Les deux clients s'en vont et le café reste désert. Il est un peu plus de midi et ce n'est pas une période très animée, vu que la plupart des gens sont en train de déjeuner. Ils ne vendent que de la nourriture de petit-déjeuner, ici.

Je décide de commander un café et d'attendre le temps qu'il faudra pour qu'elle me parle. Quand elle me tend ma boisson, je dis :

— Je vais attendre juste ici que tu prennes ta pause.

J'indique du doigt une table près de la vitre.

— Je n'ai pas envie de te parler, réplique-t-elle entre ses dents.

— Dans ce cas tu n'auras qu'à écouter. S'il te plaît, Bec. Écoute juste ce que j'ai à dire, et si tu n'as toujours pas envie de me parler après que je t'ai dit ce que je suis venu te dire, je te laisserai tranquille.

— Je dois nettoyer les machines, dit-elle.

— Prends ta pause, Becca, intervient Judy. Je m'en occupe.

Becca retire son tablier d'un mouvement saccadé et sort de derrière le comptoir, avant de faire un geste vers une table dans le coin de la pièce.

Je la suis et m'assois en face d'elle.

— J'aime bien ta patronne.

— Connor, qu'est-ce que tu fais là ?

— OK, pour commencer, je suis désolé. J'ai dit des trucs sans réfléchir, et que je ne pensais pas. Tu n'es pas lâche. Je regrette *vraiment* d'avoir dit ça, et j'ai dépassé les bornes en m'adressant à la classe. J'essayais juste d'arranger les choses, et je comprends, maintenant, que ce n'était pas la bonne façon de faire.

— Non, c'est vrai, répond-elle à voix basse, les yeux fixés sur la table. Tu as la moindre idée d'à quel point c'était humiliant, pour moi ?

Elle lève la tête, le visage crispé.

— Je dois encore affronter ces gens samedi. Je ne sais même pas comment j'ai réussi à surmonter le reste du cours de samedi dernier.

— C'est parce que tu es forte et déterminée. J'aurais dû me taire. J'ai perdu la tête. Je nous considère comme étant dans une relation sérieuse. Je pensais qu'on était sur la même longueur d'onde, et puis tu es partie avec Simone pour accepter un nouveau boulot loin d'ici, et j'ai cru m'être trompé sur nous. Je me suis trompé, Bec ?

Sa lèvre inférieure tremble et elle cligne rapidement des paupières. Je me suis peut-être trompé. Elle a peut-être déjà prévu de déménager à LA. Le désespoir m'étreint les entrailles.

— Bec, je vais être honnête avec toi, d'accord ? Depuis le début, j'ai été si envoûté par toi que j'avais qu'une envie : être avec toi. Il me semblait impossible d'attendre quatre mois. Je ne regrette pas une seconde du temps qu'on a passé ensemble, mis à part le moment où je t'ai blessée. Je n'ai jamais voulu ça, et je te jure que je ne recommencerai jamais.

Je prends une inspiration.

— Si tu me pardonnes, on formera toujours une équipe, à partir de maintenant. On élaborera un plan à l'avance pour régler les problèmes ensemble.

Son menton frémit.

— Oh, merde. Ne pleure pas. Je reprends ce que j'ai dit.

— Tu ne peux pas le reprendre ! J'adore ce plan. Je t'aime !

Elle se lève, me tend les bras et, sans hésiter, je la serre contre moi. Mes yeux se mouillent de larmes.

— Je croyais t'avoir perdu, dis-je en lui embrassant les cheveux. Je suis si content de ne pas t'avoir perdue.

— J'étais si malheureuse, lâche-t-elle en se blottissant contre mon torse.

— Moi aussi.

Je m'écarte pour la regarder et demande :

— Et pour ce boulot avec Simone ?

Elle s'essuie les yeux.

— Elle a changé d'avis après m'avoir vu rencontrer certains types qui travaillaient dans l'industrie de la musique. Elle dit que je ne suis pas assez agressive. Sans rancune. Tu y crois, à ça ?

— Oui, réponds-je en écartant ses cheveux de son visage.

— Mais j'ai un visage de garce, au repos.

Je souris un peu.

— Je ne savais pas.

Elle hoche la tête, et son doux visage prend une expression déterminée.

— Mon ex disait que j'étais la reine des glaces.

— Tu es tout sauf ça. Chérie, tu as pleuré la première fois que je t'ai dit que je t'aimais.

Elle renifle.

— Je préfère « chérie » à « bébé ». Et je n'ai pleuré que parce que tu t'es montré émouvant et sincère, et ta voix était si chaleureuse que je l'ai sentie me pénétrer jusqu'aux os.

— Seigneur, c'était une torture de rester loin de toi. Je ne savais pas si je te récupérerai un jour.

— J'étais si perdue. Je ne savais pas quoi faire. Mon plan avait explosé et ensuite j'étais si en colère que je n'arrivais pas à réfléchir clairement.

Je m'assois et l'attire sur mes genoux.

— Oui, ce n'est pas le moment dont je suis le plus fier, mais mes intentions étaient nobles.

— Grâce à ton sang royal ? demande-t-elle en me caressant le torse.

— Bien sûr, on va dire ça. C'est mieux que de dire que j'avais désespérément besoin de tout arranger pour que tout aille bien entre nous.

— Oh Conny. J'aime ton idée qu'on forme une équipe. À partir de maintenant, nous devrons en parler l'un avec l'autre chaque fois qu'il y aura un problème, *avant* que l'un de nous trouve une solution impulsive. Comme ça, on prendra la décision de manière raisonnable et avec discernement, au lieu de laisser nos émotions prendre le dessus.

Je laisse échapper un soupir soulagé. Elle est de retour, on est sur la même longueur d'onde et on travaille ensemble plutôt que l'un contre l'autre. Et elle m'a appelé Conny, de sa voix affectueuse, pas Connor.

— Donc, il reste le problème de ton absence de job.

— Je sais. Ce n'est pas comme si une université allait accepter de m'embaucher maintenant.

— Tu aimais vraiment enseigner ? Je suis sûr qu'on pourrait trouver un moyen pour que tu continues à le faire.

Elle fronce les sourcils.

— Tu sais quoi ? Je n'aimais pas être face à la classe. J'aimais partager ce que je sais, mais il m'était difficile de voir les résultats aussitôt. Comme dans un projet professionnel dont on ne voit pas les résultats. Quand on enseigne, on ne revoit plus ses élèves après qu'ils ont obtenu leur diplôme, en général, et on ne sait jamais si notre travail a eu un impact.

— Tu as eu un impact sur moi, c'est une certitude.

Elle éclate de rire, et je m'imprègne de la beauté d'une Becca souriante et heureuse. Heureuse avec moi. C'est alors que j'ai une super idée. C'est en partie la raison pour laquelle elle a perdu son emploi, et ce pourrait aussi être la solution. Quel est l'intérêt d'être directeur des opérations si je ne peux pas prendre de décision importante ?

— Bec, travaille pour mon entreprise. Tu adores les projets de construction et tu as de l'expérience dans la gestion. Tu pourrais nous aider à gérer ces projets. Tu nous as déjà étudiés en cours. J'ai le sentiment que tu as une bonne compréhension d'où nous en sommes et d'où on veut aller.

Elle se redresse et son regard s'illumine.

— Je pourrais être DS.

— Directrice Sexy, tout à fait, réponds-je en baissant la voix et en prenant un ton rauque.

— Directrice Stratégique, rectifie-t-elle en riant. En partie esprit créatif, en partie stratège. Je dépendrai directement du directeur général, et pas de toi, même si on travaillerait en équipe. Tu penses que Dylan serait d'accord ?

— Je te veux. Je ferai en sorte que ça soit possible.

Elle sourit et pose la main sur ma joue.

— Tu viens d'inventer ce poste rien que pour me garder près de toi ?

— Je pense légitimement que tu feras une excellente contribution à l'entreprise.

— Oooh, merci.

Je lui adresse mon sourire sexy et ajoute :

— Et je te veux aussi d'une manière personnelle et pas du tout appropriée sur le lieu de travail.

— Conny !

— Eh, l'entreprise nous appartient, à mes frères et moi, alors tout va bien.

Elle me lance un regard sévère.

— On doit rester professionnels au boulot.

Je laisse couler, parce que parfois, ce genre d'alchimie insensée peut devenir hors de contrôle.

— Quoi qu'il en soit, je n'ai qu'un mot à dire et tu seras embauchée.

Elle se mordille la lèvre inférieure.

— Je devrais quand même amener mon CV et rencontrer Dylan.

— On discutera des détails à l'avance pour que tu puisses le convaincre. Tu es partante ?

Elle m'adresse un sourire rayonnant.

— Oui.

— Super.

Je l'embrasse, puis lui murmure à l'oreille :

— Maintenant, est-ce qu'on peut retourner chez toi pour des ébats de réconciliation torrides, s'il te plaît ?

Elle sourit.

— Oui. Seulement parce que tu as demandé poliment, dit-elle en se levant. Laisse-moi juste demander l'autorisation à ma patronne.

Elle se dirige vers Judy pour lui parler.

— Vas-y, dit Judy en m'adressant un clin d'œil. Je m'occupe de tout, les tourtereaux.

Becca se penche par-dessus le comptoir pour serrer Judy dans ses bras, puis se tourne à nouveau vers moi et m'adresse un sourire éclatant.

— Allons-y, le BS.

J'émets un petit rire. Le Bâtisseur Sexy. Ça me plaît.

Becca

Dès que j'ai fait entrer Conny chez moi, je me jette sur lui. Il me rattrape, enveloppe les bras autour de moi et m'emmène dans ma chambre pendant que je l'embrasse partout sur son visage barbu. Il n'a pas dû se raser depuis des jours.

Il me dépose à côté du lit et nous arrachons nos vêtements, nos bouches collées l'une à l'autre, pressés d'être à nouveau unis. Nous nous écroulons sur le lit dans un entremêlement de bras et de jambes.

— Je t'aime, dit-il en m'embrassant dans le cou.

Je lui prends la tête pour le regarder dans les yeux.

— Je t'aime aussi.

Je l'embrasse tendrement, de tout mon cœur.

Il sourit, puis dépose des baisers le long de mon corps, jusqu'à m'illuminer de l'intérieur. C'est le grand amour, et nous ne pouvons nous retenir plus longtemps.

Je tire sur ses cheveux pour le faire se redresser.

— Je ne peux pas attendre.

Il m'embrasse longuement et profondément, puis récupère

un préservatif dans la table de chevet. Puis il revient et s'enfonce au plus profond de moi. Il entrelace nos doigts et presse mes mains sur le matelas tout en se dressant au-dessus de moi.

— Je t'aime tellement, dit-il d'une voix rauque.

— Moi aussi, réponds-je en levant les hanches. Encore.

Il sourit contre mes lèvres, puis me donne ce dont j'ai besoin, des ébats torrides, enivrants à faire cogner mon cœur dans ma poitrine. Je suis haletante, je scande son nom et soudain, je suis au bord de l'orgasme. Il me soulève les hanches d'une grande main pour se placer à l'angle parfait. Je hoquette dans une explosion de plaisir qui me secoue jusqu'au plus profond de moi. Il me pilonne vite et fort, m'apportant de plus en plus de plaisir. Il presse les lèvres contre mon cou et lâche prise avec un grognement bas.

Je l'étreins.

— Quel homme merveilleux !

Ses épaules tressautent et il lève la tête, souriant.

— Quelle femme magnifique et merveilleuse. Je t'ai déjà dit que je t'aimais ?

Je le regarde d'un air rayonnant.

— Oui, tu l'as fait, mais ça ne me dérange pas que tu le répètes.

— Je t'aime tellement.

— Je t'aime aussi.

Il m'embrasse et roule à côté de moi. Nous restons silencieux un moment, nous tenant la main, encore sous le contrecoup de l'orgasme. Je repense à toutes ces fois où on s'est vus en cours, tentant de dissimuler nos sentiments au monde entier, alors que tout le monde le voyait de toute façon. Je continue de penser que l'étude de cas de son entreprise était pédagogique et qu'elle valait la peine qu'on passe du temps dessus. Et je crois aussi que Conny a retiré quelque chose de ces cours. Malgré les retombées, je ne pense plus que ce cours a été un échec total.

— Tu as fait ton devoir final ? lui demandé-je.

Il tourne la tête vers moi.

— Non. Je croyais que je n'étais plus le bienvenu en classe.

— Fais-le. Tu as parfaitement le droit d'être là, et ça ne changera pas l'issue de ce cours pour moi, de toute façon. Je veux que tu ailles au bout.

— Je ne dois pas me retrouver en décrochage scolaire, hein ?

— Exactement. Mais pas de grande déclaration, cette fois, d'accord ?

— Bec, je te jure que j'ai pris la parole par désespoir. J'ai cru t'avoir perdue.

Je roule sur lui et il enroule les bras autour de moi.

— Eh bien, tu n'auras plus jamais à t'inquiéter de ça.

Becca

Conny est de retour pour notre dernier cours, et les gens ont l'air plus détendus, cette fois. Peut-être parce qu'ils ont tous rendu leur devoir final. Ou parce que je leur ai montré que je pouvais affronter la situation et reprendre le cours, samedi dernier, après être partie complètement mortifiée. Ou bien c'est parce que j'ai amené deux plateaux de cookies de Noël fait maison.

J'adresse un signe de tête encourageant à Anita tandis qu'elle présente le sujet de son devoir, qui concerne le rachat de son entreprise par une autre plus grande, et les effets débilitants qu'ont eus les licenciements sur elle et ses collègues restants.

Je tire une certaine satisfaction du fait d'entendre mon influence dans les présentations. Je leur ai bien appris quelque chose. Jusqu'ici, ils ont tous examiné leur étude de cas à travers l'optique du changement, et de la façon de s'en accommoder plutôt que de le combattre ou de regretter le bon vieux temps. C'est une leçon importante, dans le monde de l'entreprise en constante évolution. C'est plus ou moins changer ou mourir.

Le cours se termine et je me sens un peu émue.

— Avant qu'on se sépare, j'aimerais tous vous remercier d'avoir passé du temps avec moi. Je sais qu'il n'est pas facile de se lever pour aller en cours un samedi matin, mais j'espère que vous en avez retiré quelque chose. Je sais que j'ai appris beaucoup en écoutant des hommes et femmes d'affaires intelligents et dynamiques tels que vous. Je suis impatiente de savoir tout ce que vous accomplirez à l'avenir. C'était mon dernier cours. J'ai trouvé une autre opportunité de carrière que je ne pouvais refuser, je me lance donc dans une autre aventure.

Je croise le regard de Conny, qui m'adresse un sourire chaleureux. Je le lui rends, l'impression que mon cœur va exploser.

— Je vous souhaite à tous de très bonnes fêtes ! Je vous en prie, prenez quelques cookies en partant, ou je devrais tous les manger.

Tout le monde rit et s'arrête au bureau pour prendre une poignée de cookies. Certains me disent au revoir, d'autres se contentent de me remercier pour les cookies. Je ne sais toujours pas laquelle des femmes a déposé une plainte contre moi, mais j'espère qu'elle va mieux, maintenant. Personne n'a abandonné mon cours.

Conny part sans dire au revoir, mais je sais qu'il m'attendra dehors. Il essaie encore d'être discret pour s'assurer que la femme qui s'est sentie mal à l'aise avec notre relation n'ait pas à la voir. C'est vraiment une perle.

Mike est la dernière personne à sortir. Et dire que je craignais qu'il soit un problème parce qu'il s'était montré trop enthousiaste durant mes heures de présence, et parce qu'il m'avait proposé de sortir avec lui.

— Prenez des cookies, lui proposé-je. Il en reste plein.

Il se tourne lentement vers moi.

— Rebecca, j'ai une confession à faire. J'ai entendu dire que vous aviez été virée…

— Je n'ai pas été virée. J'étais en période d'essai, et on ne m'a pas demandé de rester. Mais tout a bien tourné.

— C'est moi qui ai écrit une mauvaise évaluation sur le

questionnaire des professeurs, dit-il en se rapprochant. Quand vous m'avez repoussé en disant que vous ne sortiez jamais avec les élèves, j'ai réalisé que vous étiez avec Connor. C'était un coup bas. Désolé que les retombées aient été aussi graves.

Je détourne les yeux, ne sachant trop quoi répondre.

— Ne vous en faites pas pour ça, Mike. Vous n'étiez pas le seul à avoir laissé une mauvaise évaluation.

— C'était moi aussi.

Je tourne vivement la tête vers lui.

— Comment ça ?

— J'ai dit à tout le monde de vous donner une mauvaise évaluation, et je leur ai expliqué pourquoi. Vous aviez un préféré, vous étiez inattentive et distraite ; vous n'en aviez rien à faire, de nous.

Je déglutis.

— Mais ce n'est pas vrai.

— Je les ai retournés contre vous, et Carla a plus ou moins conclu l'affaire en disant à tout le monde qu'elle se sentait ébranlée. Ça s'est ajouté à la pile.

— Je ne sais pas quoi répondre.

— Moi, si, lance une voix grave.

Je porte la main à ma gorge et me retourne face au doyen Sears. Il s'avance en fusillant Mike du regard.

— J'ai tout entendu. Vous serez exclu pour le rôle que vous avez joué dans la diffamation à l'encontre de mademoiselle Edwards. Avez-vous la moindre idée des dégâts que vous avez causés ? Nous avons mis fin à son contrat et sa réputation auprès de l'académie aurait pu être anéantie, mettant fin à toutes ses futures opportunités dans l'éducation. C'est un coup sérieux porté à une carrière.

— Vous ne pouvez pas m'expulser, rétorque Mike en levant le menton. Vous n'avez aucune preuve.

Le doyen Sears croise les bras.

— Je suis sûr que les autres étudiants parleront, quand je leur aurai expliqué les conséquences qu'ils encourent pour avoir détruit la réputation d'un membre de la faculté sous de fausses accusations. Bien sûr, je vais devoir apprendre à votre employeur qu'il n'a plus besoin de payer vos études.

— C'est elle qui sortait avec un étudiant ! s'exclame Mike en me pointant du doigt. Ça va à l'encontre de la politique de l'université.

— C'est fini, Mike, dis-je doucement. Je ne travaille plus ici. Peut-être que la prochaine fois, vous réfléchirez aux conséquences de vos actes avant d'agir par rancune.

Il plisse les yeux d'un air menaçant et l'adrénaline me submerge. Le doyen Sears s'empresse de venir se placer devant moi, empêchant Mike de se rapprocher plus. Ce dernier plonge en avant et bouscule les deux plateaux de cookies. Ils sont projetés dans tous les sens. Puis il se dirige vers la porte et la claque en sortant.

Je prends plusieurs inspirations tremblantes, mon cœur retrouvant peu à peu un rythme normal. J'ai du mal à croire à ce que je viens d'entendre. Ça veut dire que seuls Carla et Mike avaient un problème avec moi, et que la plainte de Mike était totalement injustifiée. Je n'étais pas une si mauvaise enseignante, finalement. Un poids immense se soulève de mes épaules.

Le doyen Sears se penche pour ramasser les cookies, et je me joins à lui.

— Rebecca, je suis désolé pour cet horrible malentendu. Les preuves étaient accablantes, mais j'aurais dû savoir que vous ne pouviez être aussi mauvaise que le disaient ces évaluations d'étudiants. Je regrette de ne pas avoir creusé un peu plus.

Je secoue la tête.

— Vous ne faisiez que votre travail. Je dois prendre mes responsabilités, moi aussi, pour avoir continué de voir Connor. J'ai ignoré les règles parce que j'avais le sentiment qu'il était une exception. J'étais trop bouleversée à notre dernière réunion pour bien l'expliquer, mais j'ai commencé à sortir avec lui avant même le début des cours, il les suivait en auditeur libre et n'était pas officiellement inscrit comme étudiant, et c'était totalement consensuel. Je l'aime.

C'est aussi simple et merveilleux que ça.

Il hoche une fois la tête. Nous finissons de ramasser les morceaux de cookies en silence.

Une fois que nous les avons jetés dans la poubelle la plus proche, il se tourne vers moi.

— Si vous avez besoin d'une référence pour un autre emploi d'enseignante, je serai ravi de vous en donner une.

Je souris.

— Merci, mais j'ai une nouvelle opportunité que je suis enthousiaste de concrétiser. Je suis juste contente que les étudiants aient finalement retiré quelque chose d'utile de mes cours.

Il incline la tête.

— Bonnes fêtes, Rebecca. Passez le bonjour à vos parents pour moi.

— Je le ferai. Joyeuses fêtes à vous aussi !

Il s'en va et je retourne derrière le pupitre. Je reste à cet endroit quelques instants, à parcourir une dernière fois la salle de classe du regard. Même si je n'ai pas l'intention de continuer à enseigner, je suis si contente que mes étudiants n'aient pas détesté mon cours. Je pense que c'était un bon cours. Je pourrai garder la tête haute devant mes parents – qui sont tous deux des professeurs fabuleux – et avoir la sensation d'avoir fait du mieux que je pouvais. Et pour finir, le mieux que je pouvais n'était pas si mal.

Je laisse échapper un long soupir et sors de la salle pour entamer la prochaine étape de ma vie avec Conny.

ÉPILOGUE

Bal de Noël de la Régence à Villroy

Connor

Je n'arrive pas à croire que je porte des braies. Et des bas ! La femme de mon cousin, Alice, dit qu'on est tous « fringants » dans notre tenue officielle de la Régence. Alice est américaine, mais elle adore l'ère de la Régence anglaise. C'était son idée loufoque, de faire porter des manteaux noirs à queue de pie aux hommes, ainsi que des chemises blanches et ce qu'on appelle une cravate nouée au cou, des braies beiges et de bas blancs. Au moins, je porte mes propres chaussures.

— C'est comme un conte de fées, murmure Becca d'un ton émerveillé tout en parcourant des yeux la salle de bal du palais.

C'est une pièce impressionnante, un espace immense avec de multiples chandeliers en or et en cristal, des fresques peintes au plafond et un parquet en bois scintillant. Les plantes de Noël et l'abondance de bougies donnent aux lieux une atmosphère toute particulière, à la fois grandiose, chaleureuse et festive.

Mon irritation s'évanouit. J'ai surtout accepté de passer Noël à Villroy pour nourrir la fascination de Becca pour mon côté royal. Pour être honnête, la robe de style Régence qu'elle porte – bleue pâle, avec des manches courtes et un décolleté, qui s'écoule en une cascade soyeuse de sa taille haute et jusqu'à ses chevilles – lui va vraiment bien. Elle est magnifique. Et je ne dis pas seulement ça parce que je suis fou amoureux d'elle.

Alice se précipite vers nous, vêtue d'une robe de la Régence similaire à celle de Becca, mais rose vif, et ses cheveux blonds noués en un chignon avec deux mèches pour encadrer son visage.

— Oh mon Dieu, Becca ! Tu es splendide ! Tes ancêtres sont-ils anglais ?

Becca rougit.

— Certains, oui. Et merci. Tu es magnifique, toi aussi.

Alice a les yeux écarquillés, derrière ses lunettes en forme d'œil de chat avec des cœurs sur les côtés.

— Tu ressembles à une rose anglaise ! Vraiment. Je peux prendre ta photo ? Tu m'inspires tellement. Je te mettrai peut-être dans mon prochain livre, avec ton teint pâle, tes boucles blondes et ton cou de cygne.

Becca me lance un regard nerveux.

Je souris.

— Tu comptes faire d'elle l'héroïne de ta prochaine romance de la Régence ? Parce que je pourrais peut-être en être le héros.

Je fais un clin d'œil à Becca, qui s'appuie contre moi et sourit. Cette femme est aussi folle de moi que je le suis d'elle.

Alice sort son téléphone d'un minuscule sac à main et nous prend en photo.

— Tu lis de la romance ? demande Alice à Becca en rangeant son téléphone.

— Non. Je lis surtout de la littérature.

Alice lui adresse un sourire rayonnant et imperturbable.

— Eh bien, si un jour tu cherches un truc marrant à lire, fais-le-moi savoir, je te donnerai des conseils de lecture, ou je te donnerai l'un de mes livres.

— OK, merci, répond poliment Becca.

Alice commence à nous parler du contexte historique sans qu'on lui ait rien demandé.

— Durant l'Angleterre de la Régence, Noël était célébré pendant douze jours, du vingt-cinq décembre au six janvier, qui était le festival de l'Épiphanie. C'est à ça qu'ils font référence dans la chanson « Douze jours de Noël ». J'ai un peu contourné les règles pour que ça convienne à notre planning, et organisé ce bal un peu plus tôt.

— Connor contourne les règles, lui aussi, répond Becca avec un sourire.

Elle affirme que c'était ma justification pour être sorti avec elle alors qu'elle était mon professeur – que je contournais les règles à ma convenance. La vérité, c'est que je ne pouvais lui résister, et elle le sait. J'ai peut-être contourné les règles, mais comment m'en vouloir ? Je ne pouvais pas la laisser me filer entre les doigts.

— Un comparse rebelle, hein ! s'exclame Alice en me donnant une tape dans la main.

Mon cousin Lucas approche, vêtu de sa tenue officielle noire de la Régence. C'est la même que tous les hommes portent, mais elle semble plus naturelle, sur lui, que sur moi et mes frères. Sûrement parce qu'il a grandi dans un environnement plus formel, ici au palais.

— Te voilà, roucoule-t-il à Alice dans son accent unique de Villroy.

C'est un accent anglais convenu, avec une pointe de cadence française, vu que Villroy est situé près de la côte sud-ouest de la France. Il attire Alice contre lui et l'embrasse, avant de se tourner vers nous.

— Alors, que pensez-vous du bal ?

— C'est incroyable ! s'exclame Becca. Rien que la salle de bal est éblouissante, mais quand on ajoute les décorations de Noël, la verdure, toutes les bougies et les miroirs. C'est à couper le souffle.

Alice lui adresse un sourire rayonnant.

— On a ajouté des miroirs pour qu'ils reflètent la lueur des bougies. On a aussi des coins où s'embrasser sous les sapins, le gui ou les pommes, explique-t-elle en pointant du doigt les globes verts qui pendent du plafond. N'oubliez pas d'aller au-dessous de l'un d'eux.

— On les a déjà tous testés, annonce fièrement Lucas. Ils fonctionnent tous à merveille.

— Oh, toi, dit Alice d'un ton affectueux.

Le groupe commence à jouer et Lucas effectue une révérence formelle.

— Puis-je avoir le plaisir de vous offrir cette danse, Dame Alice ?

Elle s'incline à son tour.

— Avec plaisir, mon prince.

Elle lui prend le bras et se tourne vers nous.

— Vous devriez vous joindre à nous. C'est une danse country de l'époque de la Régence, les pas sont très simples à suivre. Plus tard, on fera une valse et on tentera la bobine écossaise.

Je tourne un regard interrogateur vers Becca. Elle se mord la lèvre inférieure, l'air mal à l'aise. Je n'ai jamais dansé avec elle, mis à part dans ce club lors de la fête d'anniversaire de Simone. C'est un style de danse très différent.

— On va d'abord se rafraîchir un peu, réponds-je.

— Bonne idée, dit Alice. La danse dure une heure avant la première pause.

— Juste de la limonade pour toi, ma magnifique femme, dit Lucas, avant de se tourner vers nous et de sourire. Elle est enceinte.

— Félicitations, répondons-nous à l'unisson, Becca et moi.

Alice affiche un sourire éclatant.

— Merci. N'oubliez pas de goûter le lait de poule. Il est authentique !

Ils rejoignent tous deux une longue file de danseurs qui évoluent avec énergie les uns autour des autres. Il s'agit principalement de mes cousins, leurs femmes et quelques membres de la famille que je ne connais pas. Même mes parents sont là-bas.

Becca me prend la main et me guide vers une longue table de rafraîchissements située sur le côté de la salle de bal.

— Je préférerais de la limonade, dit-elle avec une grimace dégoûtée, plissant le nez et tirant la langue. Du lait de poule, beurk.

Je souris.

— Dommage qu'ils ne servent pas de bière aux bals de la Régence.

Je nous serre un verre de limonade tiré du pichet en cristal et nous regardons les danseurs.

Brendan apparaît à nos côtés et se sert un verre de punch rouge.

— Je tiens de source sûre que le punch est fortifié avec du rhum et du brandy.

Il en boit une gorgée et sourit.

— En fait, c'est mon deuxième verre, et je sens très bien l'alcool. Apparemment, on ne sert pas de nourriture, aux bals de la Régence.

— Tu n'as pas entendu quand Anna a annoncé qu'il y aurait un dîner officiel à onze heures ? demandé-je.

Anna est la reine de Villroy, la femme de mon cousin Gabriel.

— J'ai dû rater ça. J'étais en retard. Le décalage horaire m'a rattrapé et j'ai dormi plus longtemps que j'en avais l'intention.

Il soulève son verre, puis l'abaisse et parcourt la pièce des yeux.

— Qui est cette rousse, là-bas ? Je t'en supplie, dis-moi qu'on n'est pas de la même famille.

Je jette un coup d'œil à la jeune femme rousse qui observe la danse depuis l'autre côté de la salle de bal. Brendan a un faible pour les rousses, il les trouve plus fougueuses, mais elle ne m'a pas l'air très fougueuse. Elle a l'air pensive, comme si elle était à un million de kilomètres d'ici, au lieu de se trouver dans une salle de palais bruyante, vêtue d'une robe de la Régence verte.

— Elle doit être liée à un membre de la famille royale, si elle est ici, remarqué-je.

— Je vais aller l'inviter à danser, annonce Brendan en me tendant son verre.

— Bien sûr, je te garde ton verre, réponds-je d'un ton amer. Considère-moi comme ton majordome.

Un garde du palais large d'épaules – il porte l'uniforme caractéristique composé d'une veste noire, d'un T-shirt noir et d'un pantalon noir – rejoint la femme rousse en premier, et elle passe la porte à sa suite.

Brendan revient et reprend son verre.

— Vous avez vu ça ? Elle a son propre garde du palais.

— Elle doit donc faire partie de la famille royale, réponds-je. On doit être liés d'une manière ou d'une autre.

— Zut, marmonne-t-il.

Mes frères s'approchent de la table des rafraîchissements avec nous – Sean, Jack et le Fauve. Ils ont l'air tout aussi mal à l'aise que moi, dans leur tenue formelle de la Régence. Le Fauve n'arrive même pas à boutonner son manteau, parce que ses épaules sont trop costaudes et étirent les coutures de la tenue. Il va la faire exploser d'une minute à l'autre.

— Comment vous avez réussi à esquiver la danse ? demandé-je en pointant Sean et Jack du doigt. J'étais certain que vos femmes vous obligeraient à aller pratiquer cette danse country en file indienne, ou quel que soit son nom.

— Elles sont en train de visiter les lieux avec Anna, répond Sean en tirant sur sa cravate. Un répit temporaire.

— J'aime danser, dit Jack en se versant de la limonade. Ça ne me pose aucun problème.

— Tu aimes ce genre de danse ? demandé-je à Becca.

Elle regarde la piste de danse, où les danseurs sont en train d'évoluer, se rapprochant puis s'éloignant les uns des autres.

— J'ai l'impression que tout le monde connaît les règles de cette danse. Je préfère les danses libres, tu sais.

Elle illustre cette remarque d'un petit mouvement de

hanche. Elle est adorable. Je la rapproche et lui embrasse les cheveux.

Nous restons sur le côté à siroter nos verres et à regarder ce qui se passe jusqu'à ce qu'Anna arrive – la Reine Anna – accompagnée d'une Josie à bout de souffle et d'une Riley aux yeux écarquillés. Josie porte une robe jaune vif et Riley une violette, tandis qu'Anna a revêtu une robe blanche qui souligne son ventre rond de femme enceinte. Elle doit accoucher en février, d'un garçon, cette fois, et elle nous a confié qu'il se nommerait Leo, même si nous devons rester discrets parce que Gabriel suit le protocole royal et n'annoncera officiellement le nom au public qu'à la naissance du bébé.

— On a vu la salle d'audience, s'extasie Josie. Deux trônes en bois sculptés à la main !

— Et on s'est assises dessus, renchérit Riley. Vous y croyez ? On était comme la Reine Une et la Reine Deux.

Les trois femmes éclatent de rire.

Une fois qu'elle s'est assez calmée pour reprendre la parole, Josie continue :

— Et on a vu le salon, la cour et la salle à manger officielle.

— On va manger ici ce soir ! s'exclame Riley.

Elle est du genre plutôt sage, d'habitude, la visite a dû lui faire forte impression.

Anna leur adresse un sourire rayonnant. Elle est jeune, a les cheveux brun foncé et bouclés et les yeux marron brillants.

— J'adore votre enthousiasme. Le palais a eu le même effet sur moi, la première fois que je l'ai vu.

Elle est américaine, elle aussi. Je suppose que nous ne sommes pas habitués aux palais royaux somptueux, nous autres Américains.

— Eh, Anna, lance Brendan, avant de se corriger : je veux dire, Votre Altesse Majesté la Reine Anna.

Anna éclate de rire.

— On est de la même famille. Je t'en prie, appelle-moi juste Anna.

C'est censé être « Votre Majesté » pour le roi et la reine. Ce sont les princes et les princesses qu'on appelle « Votre

Altesse ». Hum, je pourrais peut-être convaincre Becca de m'appeler comme ça tant qu'on sera ici. Ah ah.

— Anna, bien sûr, répond Brendan en inclinant la tête. Tout à l'heure, j'ai vu une femme d'une vingtaine d'années qui se tenait dans un coin de la salle de danse. Une rousse avec une robe verte. C'était qui ?

Anna réfléchit un instant.

— Une rousse, c'était sûrement Chloé. Elle avait l'air plongée dans ses pensées et à un million de kilomètres d'ici ?

— Je ne sais pas, répond Brendan. Elle était juste plantée là.

— Oui, interviens-je. Elle avait l'air songeuse, pas du tout consciente des danseurs et du bruit.

Anna hoche la tête.

— Oui, c'est bien Chloé. C'est la sœur de la femme de votre cousin Adrian. Elle est de Brooklyn, elle aussi, mais elle vit à Manhattan, maintenant.

— Alors elle n'est pas de ma famille, dit Brendan avec un grand sourire. Mais pourquoi elle a besoin d'un garde ?

— Ce n'est pas le cas.

Anna fait un signe et un domestique lui apporte un verre d'eau.

Becca me lance un regard en coin qui reflète exactement ce que je pense – ce doit être sympa, d'avoir des domestiques qui vous obéissent au doigt et à l'œil.

— J'ai vu Chloé partir avec un garde, insiste Brendan.

— Oh, ce doit être Michael, répond Anna, avant de baisser la voix. Ce n'est pas son garde. Ils sont, eh bien, je ne suis pas sûre de ce qu'ils sont. C'est compliqué.

— Ah, lâche Brendan.

— C'est plutôt mignon, non ? remarque Josie. De tomber amoureuse de son garde du corps.

Sean se racle bruyamment la gorge. Josie passe un bras autour de sa taille et lui sourit.

— Tu es le seul garde du corps de qui je tomberai jamais amoureuse.

— Ça, c'est sûr, grommelle-t-il.

Depuis quand Sean est-il garde du corps ? Je jette un coup d'œil à mes frères pour vérifier, mais le seul qui me prête attention, c'est le Fauve, et il lève les yeux au ciel. Ce doit être une blague entre Sean et Josie.

— Ce n'est pas son garde du corps, dit Anna.

Elle sourit au domestique qui vient de lui apporter un verre d'eau, lui murmure un remerciement et en boit une longue gorgée. Le domestique s'incline et s'éloigne.

— Ils se sont juste rencontrés à Villroy quand Chloé rendait visite à sa sœur. Il n'était pas en service, à l'époque.

Elle finit de boire son eau et pose le verre sur la table la plus proche. Un autre domestique l'emporte une seconde plus tard.

Mon cousin, le roi Gabriel, arrive en tenant la main de sa fille. Mila a deux ans, elle a les cheveux brun foncé et bouclés de sa mère. Ses cheveux sont coiffés en un chignon désordonné, avec beaucoup de boucles détachées qui pendent autour de son visage, et porte une jolie robe rouge à frou-frous. Gabriel nous salue rapidement avant de se tourner vers sa femme.

— Je lui ai dit que c'était l'heure de se préparer à aller au lit, mais elle veut danser avec Pop-Pop.

C'est drôle, de l'entendre dire « Pop-Pop » avec son accent anglais convenu. Je suis sûr que mon père serait ravi de danser avec sa petite fille honoraire.

Anna prend Mila dans ses bras et l'installe sur sa hanche.

— Pop-Pop danse avec Grand-mère Tara.

Mila fourre son pouce dans sa bouche et s'appuie contre l'épaule de sa mère une seconde, avant de relever la tête.

— Pas le lit.

Anna regarde Gabriel.

— C'est une occasion spéciale.

Il écarte les cheveux de Mila de son visage.

— Tu sais comment elle est quand elle n'a pas assez dormi.

Anna soupire et se tourne vers Mila.

— OK, ma chérie. Tu peux faire trois danses avec Pop-Pop, trois avec Grand-mère Tara, et ensuite c'est un bain et au lit.

Elle la pose par terre et Mila se précipite vers la piste de danse.

Gabriel lui court après et s'empresse de la rediriger vers les abords de la piste pour qu'elle ne soit pas renversée par les adultes en train de danser.

Anna sourit.

— Elle est aussi vaillante que doit l'être une future reine.

Elle se retourne quand une femme l'appelle.

— En parlant de ça, viens par ici, Reine Polly !

C'est mon cousin Oscar et sa femme, Polly. Ils sont roi et reine de son royaume, Beaumont, un archipel dans les Caraïbes. Oscar est passé de prince à roi. Pas mal comme avancement. Polly tient sa petite fille contre sa poitrine.

Ils se joignent à nous quelques instants plus tard. Polly a des cheveux brun foncé et bouclés qui ressemblent un peu à ceux d'Anna, bien qu'ils n'aient qu'un lien de parenté distant. Elle frotte le dos de son bébé à travers une couverture rose.

— Elle a un peu recraché, alors j'ai dû me débarrasser du bavoir. Je ne sens pas mauvais ?

Anna la renifle.

— Tu sens la poudre pour bébé et l'angoisse de la jeune maman.

Becca jette un œil au bébé.

— Elle est si mignonne. Comment elle s'appelle ?

Poppy regarde sa fille en souriant.

— Ce petit ange de quatre ans s'appelle Juliette, et c'est la future reine de Beaumont.

— Waouh, tant de reines dans une seule pièce, remarque Becca.

— Et tant de bébés aussi, s'exclame Anna. Soit en train de grandir dans un ventre, soit tout juste sortis du four. Adrian et Sara ont un garçon de trois mois, Henry. Ils n'ont pas voulu l'amener dans ce cloaque rempli de germes. Ce sont les mots d'Adrian.

Elle lève les yeux au ciel et reprend :

— C'est un père tellement surprotecteur. Vous les verrez au Réveillon de Noël, quand tout sera un peu plus calme. Alice est enceinte depuis peu et Emma a annoncé sa grossesse le mois dernier. Elle est enceinte de cinq mois, mais ça se voit à peine.

Elle indique du doigt ma cousine Emma, qui est assise sur une chaise dans un coin de la pièce. Son mari, la rockstar Jackson Walker, se tient près d'elle, arborant une expression sévère comme s'il était son garde du corps. Ça, c'est ce que j'appelle être surprotecteur. Le bébé n'est même pas encore né.

— Quelle belle famille vous avez, dit Becca.

— Merci, répond Anna. Je les aime de tout mon cœur.

Ses yeux se mouillent de larmes et elle reprend :

— Désolée, les hormones me rendent trop émotive.

Elle lève la main en voyant Gabriel s'approcher d'elle à grands pas.

— Je vais bien.

Il l'attire de côté et lui parle à voix basse. Quelques instants plus tard, elle nous dit au revoir et ils récupèrent Mila, blottie contre la poitrine de ma mère et en train de faire tournoyer une mèche de ses cheveux, le pouce dans la bouche.

Une fois qu'ils sont partis, Becca lève la tête vers moi.

— Et maintenant quoi, Prince Connor ? Tu veux qu'on essaie cette danse ?

— J'ai une meilleure idée. Retournons dans notre chambre et retirons ces costumes.

— Conny ! J'aime bien ma robe.

— OK, faisons trois tours de danse, et ensuite au lit, réponds-je en lui adressant mon sourire le plus sexy.

Elle éclate de rire.

— Tu parles d'un ange, tu es plutôt un diable, dit-elle en m'embrassant. On fera une pause rapide dans notre chambre *après* le slow. Je dois être de retour à temps pour le dîner officiel dans la salle à manger royale.

Je lui pince le menton.

— Tu es dure en affaires. OK, d'abord le slow. Je suis impatient de te ramener à la chambre. J'ai un cadeau de Noël en avance pour toi, et je veux te l'offrir en privé.

Elle me scrute d'un air suspicieux.

— Je suis sérieux, assuré-je en riant. Je le jure sur la vie de ma sœur.

Elle secoue la tête en riant. Elle sait que je n'ai pas de sœur.

~

Becca

Le bal était très drôle, à partir du moment où les valses ont commencé. Évidemment, aucun de nous ne savait danser la valse, alors on s'est contenté d'osciller lentement au son de la belle musique qui emplissait la sublime salle de bal. Ensuite, on est parti passer un peu de temps seul à seule dans notre chambre. En temps normal, il aurait été hors de question que je rate une seule seconde de ce moment – après tout, ce n'est pas tous les jours qu'on participe à un bal dans un palais royal, hein ? – mais Conny a dit qu'il voulait me donner mon cadeau de Noël en avance. Il veut qu'on ne soit que tous les deux, et pas regroupés tous ensemble le matin de Noël. Je suis impatiente. Je suis sûre que c'est vrai et qu'il n'essaie pas juste de me séduire. Même si je sais que je fondrais, s'il essayait. La tension sexuelle n'a fait que grandir entre nous, ces deux derniers jours, vu que nous n'étions quasiment jamais seuls ou assez réveillés pour faire quoi que ce soit.

Dès que nous nous retrouvons seuls dans notre chambre, il me prend dans ses bras et m'embrasse. Soudain, nous sommes affamés l'un de l'autre. C'est déchaîné et torride, et j'adore ça. Avant que j'aie compris ce qui se passait, je me retrouve nue sur l'immense lit à baldaquin, unie à lui autant que deux personnes peuvent l'être, et il me fait grimper de plus en plus haut. J'explose comme un feu d'artifice, à peine consciente de son propre grognement quand il lâche prise.

Il laisse tomber tout son poids sur moi et j'enroule les bras autour de lui pour l'étreindre. Mon prince, mon fantastique amant, mon bâtisseur sexy. Il est tout ce que j'ai toujours voulu, sans jamais penser à le chercher sur mon application de rencontre. Je ne pensais pas qu'un homme tel que lui pouvait exister. Je suis la femme la plus chanceuse du monde.

Un long moment plus tard, il lève la tête et annonce :

— Je reviens tout de suite.

Il disparaît dans la salle de bain et je me prélasse sur le lit, complètement détendue. J'espère que les costumes de la Régence ne sont pas trop froissés, étalés par terre quelque part.

Il revient, enfile son caleçon et rejoint sa valise, dont il sort un cadeau à l'emballage rouge vif, avec un nœud sur le dessus. Il remonte dans le lit avec moi, se couche sur le côté et me le tend.

Je frappe dans mes mains et me redresse en position assise.

— J'avais presque oublié. Je vais aller te chercher le tien.

Il me retient en posant une main sur mon épaule.

— Ouvre d'abord le tien.

— En même temps ?

— Non, mon amour, répond-il d'une voix tendre, le regard doux. Tu dois passer en premier.

Ma respiration se coince dans ma gorge et mon cœur se met à battre la chamade.

— Pourquoi ?

Ses yeux bleus pétillent. Il m'a acheté quelque chose d'important, je le sens.

— Parce que.

Je retire l'emballage avec précaution, les mains tremblantes. Oh, waouh. C'est une magnifique boîte à bijoux en bois d'érable.

— Conny, elle est *sublime*.

— Je l'ai faite pour toi.

Je le regarde, émerveillée. Mon bâtisseur sexy a fabriqué ça de ses propres mains compétentes. Je vais défaillir !

— Je l'adore ! Oh, Conny, tout ce savoir-faire, c'est divin.

J'observe la boîte, puis lève les yeux vers lui.

— Je crois que je vais devoir te trouver un autre cadeau.

Il sourit.

— Je suis sûr que j'adorerais ce que tu as choisi, quoi que ce puisse être. Ouvre ta boîte à bijoux. Il y a une clef.

Il indique du doigt l'endroit où il a attaché une petite clef en métal avec du scotch.

Je déverrouille la boîte et un compartiment secret s'ouvre sur le côté. Je lâche un hoquet.

— Un tiroir secret !

Je le fais coulisser et y découvre un petit sac en velours bleu. Je l'ouvre et en sors une bague en diamant.

— Oh mon Dieu.

Je n'arrive pas à le croire. Une magnifique boîte à bijoux avec un tiroir secret *et* une bague en diamant. Je ne lui ai acheté qu'un tout petit cadeau que je n'ai même pas fabriqué moi-même.

— Conny… commencé-je, avant de m'interrompre.

Il est à genou à côté du lit.

Je me plaque une main sur la bouche. J'étais si captivée par le tiroir secret que je n'ai pas compris, au début.

— Becca, je suis tombé amoureux de toi dès la première fois qu'on s'est rencontrés, et je n'ai fait que tomber de plus en plus amoureux à chaque jour qui passait. Veux-tu passer le restant de ta vie avec moi et devenir ma femme ?

— Oui !

Il se redresse légèrement, me fait sortir du lit et me serre contre lui. Des larmes se déversent sur mes joues alors que le choc se dissipe. Je suis si heureuse.

Il prend mon visage à deux mains.

— Ton plan a fonctionné, Bec. Tu es casée à trente ans.

— Je n'aurais trente ans qu'en avril, parviens-je à articuler malgré la boule qui s'est formée dans ma gorge.

Il sourit et m'embrasse.

— On est un peu en avance, alors. Ça doit te plaire.

— Oui, acquiescé-je en essuyant mes larmes avec un rire. Regarde-moi, je dis déjà « oui ». Je ne pourrais jamais surpasser ton cadeau, mais laisse-moi aller chercher le mien quand même.

Je prends le drap, l'enroule autour de moi pour avoir chaud et vais chercher la petite boîte dans ma valise.

Je me mords la lèvre inférieure et la lui tends.

— Ce n'est pas une bague, mais…

Il arrache le papier et ouvre la boîte.

— Ma clef de ton appartement. Merci.

— Je comptais te proposer d'emménager avec moi. C'est plus grand chez moi que chez toi et tu as l'air de t'y plaire. Ça te dit ?

— J'adorerais. J'aurais dû ouvrir ton cadeau en premier, comme tu l'as dit. Le mien aurait été la cerise sur le gâteau.

Je jette les bras autour de son cou et mon drap tombe par terre.

— Ton cadeau est à la fois le gâteau, la cerise et toutes les décorations.

Il éclate de rire.

J'admire ma nouvelle bague.

— Mais si quelqu'un pose la question, je ne leur dirai pas que tu m'as demandée en mariage alors qu'on était nus et au lit. Ça ressemble à une proposition faite dans le feu de l'action plutôt que, tu sais, un geste incroyablement romantique.

Il m'attire à nouveau au lit et tire les couvertures au-dessus de nous. Nous sommes couchés l'un à côté de l'autre.

— Ce n'était pas une proposition dans le feu de l'action. J'ai envie de faire ça depuis un bon moment, maintenant. Et puis, qui poserait la question ?

Je lui caresse le torse tout en admirant ma bague au diamant étincelant.

— Tout le monde veut toujours savoir comment le mec a fait sa demande.

— Ah oui ?

— Oui, ce sont des discussions de femmes.

— Tu veux que je refasse ma demande ?

J'arrache mon regard de ma bague scintillante et croise son regard.

— Tu serais prêt à faire ça ?

— Bien sûr, ma chérie. Devine comme je vais la faire ?

Je réfléchis un instant.

— Oh ! Tu vas attendre le Réveillon de Noël, m'attirer sous le gui, m'embrasser et te mettre à genou.

— C'est exactement ce que j'avais l'intention de faire.

— C'est vrai ?

Il éclate de rire.

— Non, tu m'as juste dit ce que tu voulais vraiment.

— C'est un bon plan. Assure-toi juste qu'on soit seuls. C'est un moment intime.

— Ça risque d'être plus difficile. Faisons-le maintenant.

Je fronce les sourcils et tente d'imaginer la scène.

— Tu veux que je m'habille et que j'erre à travers ce palais plein de courants d'air à la recherche d'une branche de gui ?

— Non, je veux que tu restes nue au lit.

Il m'attire contre lui et fourre son nez dans mon cou tandis que ses mains glissent partout sur moi. Hors de question que je quitte ce lit. Il m'embrasse le long de la mâchoire et jusqu'au point sensible derrière mon oreille.

— Contentons-nous de *raconter* qu'on a fait tous ces trucs de Réveillon de Noël, et profitons de nos fiançailles plus sexy ici.

Il m'embrasse profondément, et je suis perdue. Quel homme. Quel homme merveilleux.

Quand il me laisse enfin reprendre mon souffle, je dis :

— Je ne peux pas te résister !

Il roule sur moi et sourit.

— Je sais.

Ne manquez pas le prochain roman de la série, *Rogue Devil - Version française*, dans lequel Brendan connaît une romance slow burn et friends-to-lovers !

Chloé

L'amitié avec bénéfices n'existe pas. Non. Une fois qu'on a franchi la ligne, l'amitié est terminée. Je suis bien placée pour le savoir. Alors je garde profil bas et je me concentre sur mon objectif d'être acceptée en école de médecine, dans le but ultime d'œuvrer à trouver un remède contre le cancer. Je veux que ma vie ait en sens, et laisser au monde quelque chose de significatif. Les mecs sont une distraction que je ne peux me permettre.

Brendan

Dès que j'ai rencontré Chloé Travers, un instinct protecteur que je n'avais encore jamais éprouvé s'est emparé de moi. Malgré mon désir violent, je l'ai gardée à distance. Nous avons un lien familial, ce qui signifie qu'il est hors de question d'avoir une aventure sans lendemain avec elle. Trop de retombées potentielles et de probables rencontres futures gênantes.

Puis elle emménage à côté de chez moi pour l'été. Gênant ? Disons plutôt le test de volonté ultime. Nous passons tout notre temps libre ensemble, en tant qu'amis, et ça me rend dingue. J'ai envie de franchir cette ligne, mais si je tentais quelque chose et la perdais ?

Inscrivez-vous à ma newsletter afin de ne rater aucune de mes nouvelles publications: Kyliegilmore.com/FRnewsletter

AUTRES LIVRES DE KYLIE GILMORE

La série du Club de Lecture Happy End << quand la famille Campbell et un club de lectrices de romance se rencontrent !

Hollywood incognito (Tome 1)

Au-devant des ennuis (Tome 2)

Même pas cap (Tome 3)

Entente formelle (Tome 4)

Erreur sur le bad boy (Tome 5)

Joue avec moi (Tome 6)

Résister au destin (Tome 7)

Une chance de romance (Tome 8)

Un séducteur diabolique (Tome 9)

Un plan désagréable (Tome 10)

Un mariage Happy End (Tome 11)

Les Rourke de Villroy << des princes à se damner et des héroïnes qui ne s'en laissent pas compter !

Royal Catch - Version française (Tome 1)

Royal Hottie - Version française (Tome 2)

Royal Darling - Version française (Tome 3)

Royal Charmer - Version française (Tome 4)

Royal Player - Version française (Tome 5)

Royal Shark - Version française (Tome 6)

Les Rourke de New York

Rogue Prince - Version française (Tome 1)

Rogue Gentleman - Version française (Tome 2)

Rogue Rascal - Version française (Tome 3)

Rogue Angel - Version française (Tome 4)

Rogue Devil - Version française (Tome 5)

Rogue Beast - Version française (Tome 6)

À PROPOS DE L'AUTEURE

Kylie Gilmore est auteur de best-sellers sur la liste de USA Today tels que la série du Club de Lecture Happy End, la série Rourkes, la série Clover Park et la série Clover Park Charmeurs. Elle écrit des romances comiques qui vous feront rire, vous feront pleurer et vous donneront un coup de chaud.

Kylie vit à New York avec sa famille, ses deux chats et un chien complètement fou. Quand elle n'est pas en train d'écrire, de courir après ses enfants ou de prendre des notes lors de conférences sur l'écriture, vous la trouverez sur la pointe des pieds, cherchant à atteindre sa cachette secrète de chocolat tout en haut du placard.

Cliquez ici pour vous inscrire à la newsletter de Kylie afin de recevoir des informations concernant les sorties de nouveaux livres, les promotions et les cadeaux réservés aux abonnés. https://www.kyliegilmore.com/FRnewsletter

Pour d'autres bonus sympas, allez voir le site de Kylie https://www.kyliegilmore.com.

www.ingramcontent.com/pod-product-compliance
Lightning Source LLC
Chambersburg PA
CBHW070522100726

47907CB00004B/950